ULLSTEIN

DAS BUCH

Ein argentinischer Regisseur inszeniert im berühmt-berüchtigten Berliner Friedrichstadtpalast eine Revue. Vielleicht die letzte, denn das Theater ist wegen Geldmangels von der Schließung bedroht. Für den Journalisten Conrad Pingel eine optimale Gelegenheit, eine große Story über die Tradition und »den Geist des Hauses« zu schreiben. Doch schon bei seinen ersten Recherchen stößt er auf Schwierigkeiten – und auf ungute Erinnerungen: Als er der ehemaligen Primaballerina Jelena begegnet, deretwegen sich vor zwanzig Jahren ein guter Freund und Regieassistent im alten Palast das Leben genommen hatte, befallen Pingel dieselben Zweifel wie damals. War es wirklich Selbstmord aus unglücklicher Liebe gewesen oder doch etwa Mord?
Je tiefer der Journalist in die Geschichte der beiden Revue-Häuser eindringt, um so klarer wird ihm, daß im Friedrichstadtpalast längst nicht alles mit rechten Dingen zugeht. Dann kommen nacheinander mehrere Menschen zu Tode . . .

DER AUTOR

Jan Eik, geboren 1940 in Berlin, war von Beruf eigentlich Rundfunkingenieur, als er zu schreiben begann. In über dreißig Jahren hat er zahlreiche Krimis, Hörspiele und Sachbücher verfaßt. Außerdem ist er Herausgeber der SYNDIKATS-Informationszeitung *Secret Service,* dem Fachmagazin für Krimiautoren. Jan Eik lebt und arbeitet in Berlin.

Jan Eik

Der Geist des Hauses

Ein Friedrichstadtpalast-Krimi

Ullstein Gelbe Reihe

Ullstein Buchverlage GmbH,
Berlin
Taschenbuchnummer: 24268

Originalausgabe
Februar 1998

Umschlagentwurf:
Vera Bauer
Illustration:
© Masterfile Cooperation/BAVARIA

Printed in Germany 1998
Gesamtherstellung:
Ebner Ulm
ISBN 3 548 24268 5

Gedruckt auf alterungs-
beständigem Papier mit
chlorfrei gebleichtem Zellstoff

Die Deutsche Bibliothek –
CIP-Einheitsaufnahme

Eik, Jan:
Der Geist des Hauses: ein Friedrichstadtpalast-Krimi/
Jan Eik. – Orig.-Ausg. – Berlin: Ullstein, 1998
(Ullstein-Buch; 24268: Gelbe Reihe)
ISBN 3-548-24268-5

1 Vorspiel nach der Premiere

Conrad Pingel fühlte sich unzufrieden. Irgendwas lief schief in dieser Nacht. Dabei war das Programm unterhaltsam und die Stimmung besser als dem Anlaß angemessen. Von seinem Balkontischchen hatte er die beste Sicht auf die kleine Bühne, die Beine der Girls und auf die Damen im Publikum. Einige davon boten einen durchaus erfreulichen Anblick. Zumindest aus der Entfernung. Sehr blond, sehr schlank und sehr elegant gekleidet. In dieser Umgebung war das kein ungewöhnliches Markenzeichen. Ihm fiel die einzige brünette Schönheit auf, die neben einem beinahe ebenso schönen jungen Mann in der ersten Tischreihe saß. Wahrscheinlich Tänzer aus der Großen Revue.

Pingel konnte sich ganz ungestört seinen Beobachtungen widmen. Die Serviererin belästigte den unauffälligen Gast ohne Schlips nicht mehr, seit er den zweiten Pfirsichsaft bestellt hatte. Nicht einmal seine Begleiterin lenkte ihn ab. Meike hatte sich rechtzeitig vor Schluß der vorläufig letzten Premiere in der *Kleinen Revue* des großen Berliner Friedrichstadtpalastes in das zu erwartende Getümmel der Premierenfeier gestürzt. Wenn er Glück hatte, zog sich der Trubel bis in die frühen Morgenstunden hin. Conrad Pingel bereute sein leichtfertiges Versprechen, sie als Dank für die Einladung nach Hause zu fahren. Er fühlte sich jetzt schon schläfrig.

Wahrscheinlich rührte seine Verstimmung daher, daß er sich nur allzugut an eine ähnliche Premierenfeier erinnerte, die zwanzig Jahre zurücklag. Zu viert hatten sie an ebenso einem Ecktisch gesessen, oder vielmehr anfangs zu dritt – Merten, seine Ex-Frau und er. Mertens damalige Flamme spielte eine Rolle in dem Revueprogramm und war später direkt vom Podium zu ihnen an den Tisch gekommen. Erhitzt und aufgedreht wie ein Hubschrauber. Was mochte aus ihr geworden sein? Seit Mertens Verschwinden hatte er nie wieder etwas von ihr gehört. Die letzte Nachricht von seiner Ex-Frau hingegen stammte aus Rupolding und informierte ihn über ein weiteres Studienjahr des gemeinsamen Sohns.

Damals schien die Welt noch in Ordnung. Er verdiente ganz gut mit der Schreiberei. Seine Ehe verlief ohne Probleme. Merten hatte den Job im Friedrichstadtpalast gefunden, eine neue Liebe war erblüht.

Natürlich stimmte das nicht. Zwischen Merten und der Soubrette hatte irgendeine Mißstimmung geherrscht, und zwischen ihm und seiner Frau Doktor hatte es nicht besser ausgesehen. Nicht mal über die beschissene Situation im Lande durften er und Merten ungestört herziehen. Frau Doktor wußte es ständig besser. Nur Mertens Herkunft aus dem sozialistischen Hochadel hatte die promovierte Philosophin daran gehindert, eine Grundsatzdiskussion zu entfachen.

Melancholisch sah er über die Brüstung. Im Parkett turnte eine Menge Prominenz herum. Sänger, Tänzer und natürlich Schauspieler, dazu der Regisseur mit stolzgeschwellter Brust und schmachtendem Blick. Und allerlei Leute aus Politik und Öffentlichkeit. Bis Meike die alle abgelichtet hatte, war es bestimmt sechs. Wahrscheinlich erwartete sie außerdem, daß er für sie das eine oder andere kluge Wort aus berufenem Mund aufschrieb. Als hätte einer von den Promis jemals etwas Bemerkenswertes gesagt. Morgen würde mindestens eins der hauptstädtischen Wurstblätter melden, es hätte mal wieder *der Bär gesteppt*. So sahen die da unten aus.

Von seinem Platz aus hatte Conrad Pingel, den alle Welt *Conny* nannte, einen guten Überblick. Der grämliche Obersenator blickte beleidigt, als wolle er seinen Bonner Chef imitieren. Der kuglige Kulturboß gestikulierte mit einem Sektglas in der Hand und sah aus wie ein Raubtierdompteur, der gut ins Varieté paßte. Die Fraktionsvorsitzenden zogen unterschiedlich verkniffene Grimassen. Conny entdeckte den kahlköpfigen Stadtkommandanten mit der haspligen Aussprache. Ob seine Kommandos überhaupt jemand verstand? Wahrscheinlich gab ein General gar keine Kommandos. Allenfalls Fernseh-Interviews und auch davon höchstens sieben in der Woche. Der Mann im Smoking reckte und streckte sich, als wolle er noch wachsen. Bei seiner Größe fiel es ihm sicher schwer, dem Feind ins Auge zu blicken. Es sei denn, er kämpfte zu Fuß gegen Napoleon. Meike, die Kamera mit beiden Händen hoch über den Kopf haltend, überragte ihn, als wolle sie ihn aus der Vogelperspektive porträtieren. So groß wie sie war von den Feldherren allenfalls Karl der Große gewesen – wenn es ihn denn gegeben hatte. Die Historiker zweifelten neuerdings daran.

Meike drängte es zu der importierten Fiskaläquilibristin, von der die dringliche Forderung zur Schließung der *Kleinen Revue* rührte. Immerhin mutig von ihr, an der Beerdigung teilzunehmen. Noch dazu mitten in der Nacht, mitten im tiefsten Osten. Vermutlich war allen Inselpolitikern da unten ein bißchen unheimlich zumute. Zumal die Gegend noch immer zum Fürchten aussah, wie Conny bei der Anfahrt bemerkt hatte. Meike hatte nur spöttisch gegrient, als er seinen betagten Toyota mit der Lenkradkralle sicherte. Sie wohnte in Moabit und fuhr üblicherweise Fahrrad.

Er sah die Kamera und das blonde Stoppelhaar über der Menge und beschloß, ihr ein wenig Gesellschaft zu leisten. Bei der Gelegenheit konnte er am kalten Büfett vorbeigehen. Er begegnete dort der brünetten Frau aus der ersten Reihe. Sie legte ihrem Partner gerade ausgewählte Häppchen auf den Teller. Als ihr Blick auf Conny fiel, schien sie einen Augenblick überrascht, aber das war sicher eine Täuschung. Conny nickte ihr zu und nahm sich eine Bulette. Langsam ging er hinter den beiden her. Sie hatte die trainierte Figur und die Beine einer Tänzerin. In ihren hochhackigen Schuhen schritt sie wie eine Diva dahin. Für die Solorolle in der Revue schien sie ihm doch eine Spur zu alt.

Im Saal nahm Meike ihm die halbe Bulette aus der Hand.

»Siehst du noch irgendwen, der wichtig wäre?«

»Da drüben steht der Liebling aus SO 36.«

Meike winkte kauend ab. »Ich wundere mich, was der hier will. Ich denke, der ist krank?«

»Er ist früher hier aufgetreten. Als Sänger.«

Sie verzog das Gesicht. »Als Sänger? Hier im Osten?«

Der Schauspieler, mit dem Conny sich vor Äonen geduzt hatte und der ihm schon deshalb sympathisch war, weil er keinen Schlips trug, legte seinen Arm um die Schulter eines älteren Herrn mit Brille, der nicht sehr gesund aussah.

»Hast du ihn wenigstens mit Rolf Ludwig im Kasten?«

»Der Juhnke-Verschnitt daneben? Hat der auch gesungen?«

»Er ist . . .«, begann Conny auszuholen und gab es im gleichen Augenblick auf. ». . . ein bedeutender Schauspieler.« Meike war ein guter Kumpel, und Kumpels belehrt man nicht pausenlos. Sie tat das ja auch nicht. Sie setzte einfach voraus, daß alles in diesem Land schon immer so gewesen war, wie sie es von irgendeinem *Nordwestdeutschen Stadtboten nebst Friesischem Fremdenblatt* her kannte. Dort hatte sie ihr fotografisches Volontariat absolviert, bevor es sie auf dem Umweg über Bielefeld mitten ins Herz der Norddeutschen Tiefebene verschlagen hatte. Jetzt machte sie Fotos für die hauptstädtischen Klatschspalten. Auf diese Weise war sie zu zwei Premierenkarten gekommen und hatte an ihn gedacht. Seit sie sich vor zwei Jahren bei einem getürkten Fototermin in einem Ostberliner Redaktionsgebäude kennengelernt hatten, hegte Meike ein mütterliches Gefühl für ihn. Gelegentlich schoben sie sich gegenseitig kleinere Aufträge zu. Meike war fast zwanzig Jahre jünger als er und einen halben Kopf größer. Bei der Fotosession hatte er eine Leiche gespielt, die abtransportiert wurde. Mit ihren Schuhen an den Füßen. Größe 46.

»Da drüben ist Sandro Waldschmitt!« stieß Meike mit ungewohntem Temperament hervor und stürzte davon. Von Ferne sah Conny sie vor einem gelackten Bürschchen herumspringen, das versuchte cool und nicht kleiner auszusehen als die Schönheitskönigin mit dem törichten Gesicht an seiner Seite. Das Paar war sich seiner Bedeutung bewußt. Conny kannte beide nicht.

»Du bist ein Ignorant«, war alles, was Meike dazu einfiel. »Sandro Waldschmitt und Melissa Buschmann – das heißeste Frühstücksradio der Metropole! – Besorg mir mal noch eine Frikadelle.«

Gegen zwei war Meike noch nicht satt, aber das kalte Büfett bot nur noch Reste vom Eiersalat. »Gehn wir«, schlug sie vor. Conny warf einen letzten Blick in den Saal. Auf der zum Tanzen freigegebenen Bühne waren einige Paare zu einem internen Wettbewerb gegeneinander angetreten. Bei einem offiziellen Turnier hätte die Brünette mit ihrem Partner auf jeden Fall eine hohe Wertung erreicht.

Unterwegs zum Auto bemerkte Meike ganz beiläufig: »Ist vielleicht gerade die richtige Zeit, um ein paar Szenefotos auf der Oranienburger zu schießen.«

Conny stellte sich vor, wie scharf die Nutten darauf waren, mitten in der Nacht kostenlos fotografiert zu werden. Vom Fahrrad aus ließ sich das schlecht erledigen. So selbstlos, wie er Meike eingeschätzt hatte, war sie wohl doch nicht. Hoffentlich warf niemand einen Stein auf seinen antiken Toyota.

Er hatte den Wagen in der schmalen Johannisstraße vor einer weiten Trümmerfläche geparkt, auf der einmal eine Synagoge gestanden hatte. Jetzt wartete der Investor, den nur der alternative Kulturschuppen *Tacheles* behinderte, auf die Neubebauung des Areals.

Conny schloß die Tür auf, entfernte das Lenkradschloß und zog den Sicherungshebel auf Meikes Seite. Sie stieg nicht ein. Sie stand nicht einmal neben dem Wagen.

Er kurbelte die Scheibe herunter und rief nach ihr. Vor ihm parkte ein Wagen der oberen Preisklasse mit ausladender Heckpartie. Über das Dach dieses Gefährts hinweg antwortete Meike: »Augenblick.« Dann zuckte ein Blitzlicht und noch eins.

Conny sehnte sich nach seinem Bett. »Fotografen!« stöhnte er, stieg aber doch aus. Vielleicht hatte sie einen Igel entdeckt, obwohl das in dieser Ödnis unwahrscheinlich war.

Sie hatte einen Menschen entdeckt. Einen, der in gekrümmter Haltung in der engen Lücke zwischen der Nobelkarosse und einem alten Golf im Rinnstein lag und sich nicht bewegte.

»Scheiße«, sagte Conny aus tiefstem Herzen. Es drückte sein Mitgefühl für das Schicksal der Gestalt am Boden aus – und die Befürchtung, daß diese Angelegenheit nicht mit zwei Fotos abgeschlossen war. Er beugte sich hinunter. Der Duftwolke nach zu urteilen, handelte es sich um eine Frau. Sie trug eine seidene Hose und teure Turnschuhe. Das Gefühl beim Anfassen der kräftigen Knöchel ließ Conny nichts Gutes ahnen. Er ging um den Wagen herum und versuchte es von der anderen Seite. Als seine Hand das Gesicht berührte, spürte er, daß der Mensch einen Schnurrbart trug.

Meike hockte neben ihm und fotografierte. »Hol lieber Hilfe«, schnauzte Conny sie an. Im Blitzlicht erkannte er, daß es sich um einen jungen Mann mit straff nach hinten gebundenen Haarschopf handelte. Die starren Augen mit stecknadelgroßen Pupillen standen offen.

»Ist dem noch zu helfen?« erkundigte sich Meike nüchtern.

Conny brauchte eine Weile, um den Arm des Jünglings unter dem Wagen hervorzuziehen. Er fand keinen Pulsschlag.

»Einen Taschenspiegel!« forderte er. Ein solcher Gegenstand gehörte nicht zu Meikes Ausrüstung. Er nahm ihr die Kamera aus der Hand und schob die großflächige Linse vor den Mund des Liegenden.

Meike zerrte am Kameragurt. »Bist du verrückt?«

Conny ließ sich nicht beirren. Er hielt den Apparat schräg ins Licht der nächsten Laterne und sah, daß kein Hauch die Linse trübte.

»Wir müssen die Polizei holen«, sagte er. »Um die Ecke vor der Synagoge steht ein Posten.«

»Dann fahr du«, sagte sie.

Als Conny den Toyota wendete und in die Tucholskystraße einbog, blitzte es hinter ihm mehrmals.

2 Prolog im Himmel

Es dauerte eine ganze Weile, bis er das häßliche Geräusch in seinem Kopf als Telefonklingeln identifizierte.

»Kalvenkämper«, sagte eine jugendlich joviale Stimme. »Schön, daß ich Sie erreiche, Herr Pingel.«

Conrad Pingel war nicht leicht zu verblüffen. Er war Journalist. Ein Beruf, den jüngere Kolleginnen gerne *Djornalist* aussprachen. Aber die sprachen *eh halt* für *Loite*, die *hoite* ihren *Spass* haben wollten. Er hatte den Beruf nicht *erlernt*, in den Fährnissen der Zeit jedoch mit einigem Geschick auszuüben *ge*lernt. Er verstand von allem etwas und von vielem nichts, was ihn prädestinierte, über das meiste zu schreiben. Das war schließlich sein Job.

Jedenfalls hatte Conny seit den Herbstereignissen vor acht Jahren keine Überraschung von der Güte erlebt, wie sie ihm Kalvenkämpers Anruf bereitete. Er kannte Kalvenkämper nur vom Hörensagen.

»Ich habe Ihren Beitrag über dieses *Theater ohne Namen* mit großem Interesse gelesen, Herr Pingel. Ich glaube, es wäre an der Zeit, daß Sie mal etwas Größeres für uns schreiben.«

Der Umstand, daß der Anruf ihn morgens um 9.10 Uhr erreichte, erschütterte Conny noch stärker als die frohe Botschaft. Den Pferdefuß der Angelegenheit würde er früh genug im Gesäß verspüren. Einen leitenden Redakteur, der kurz nach Mitternacht anrief, um ausgerechnet den allerletzten der freien und sehr gelegentlichen Mitarbeiter zu loben, hatte Conny in seinem früheren Leben allenfalls erlebt, wenn es sich um einen besonders unangenehmen Auftrag handelte, vor dem sich alle Festen erfolgreich zu drücken verstanden. In den letzten sieben Jahren war ihm vor zehn Uhr überhaupt kein festangestellter Redakteur begegnet. Nicht einmal am Telefon.

»Ja, gerne, Herr Kalvenkämper«, sagte er deshalb mit soviel Munterkeit in der Stimme, wie er zu dieser frühen Stunde aufzubringen in der Lage war. Ein wahres Glück, daß er das Telefon mit dem urzeitlichen Läutewerk nicht längst ausgemustert hatte. »Darüber könnten wir gerne mal reden.«

»Na eben. Wie würde es Ihnen denn heute mittag passen?«

Conny unterdrückte einen Hustenreiz. Er wußte, daß ihm jede Tageszeit zu passen hatte, wenn Kalvenkämper rief. Aber er wußte auch, was er sich und seinem Ruf schuldig war. Er sagte: »Ich schaue mal in meinen Terminkalender«, und wühlte ein bißchen in dem Papierberg auf dem Schreibtisch. Für das passende Computergeräusch war es zu spät. Der schrottreife 286er war nicht eingeschaltet.

»Heute mittag ginge es, Herr Kalvenkämper«, sagte er schließlich und gab sich dabei Mühe, nicht zu gähnen.

Der freute sich. »Na, super, mein lieber Pingel. Dann sehen wir uns um dreizehn Uhr in der Clubetage. Ist das recht?«

Connys Erstaunen wuchs parallel zu seinem Mißtrauen. In der Clubetage. Er hatte von diesem sagenhaften Club gehört, in dem die Großen des Gewerbes dinierten. Meike hatte es durch Zufall, wie sie behauptete, einmal dorthin verschlagen. Beim Kilkenny, das sie liebte, träumte sie noch immer davon.

In Wirklichkeit war alles viel prosaischer. Conny brauchte eine Viertelstunde, um einen kostenfreien Parkplatz für den Toyota zu finden, und weitere zehn Minuten, um von dort das Pressehaus zu erreichen. Dessen marmornes Vestibül erinnerte an die Abfertigungshalle eines Provinz-Flughafens. Kalvenkämpers Name war geeignet, eine schauspielerisch gelungene Reaktion des Pförtners hervorzurufen, der von Natur aus wirkte, als hätte er jeden Besucher viel lieber gebissen. Er telefonierte und teilte dem Gast mit der hoheitsvollen Grandezza des unkündbaren deutschen Beamten mit, er hätte zu warten, bis er abgeholt würde.

Conny fühlte sich an die Gepflogenheiten in den höheren

Dienststellen eines unlängst dahingegangenen Staatsapparates erinnert. Niemals hatte er gehört, daß auch nur ein einziger Klassenfeind – oder gar ein Terrorist! – durch eine solche Sicherheitsmaßnahme oder durch einen handgeschriebenen Passierschein entlarvt worden wäre.

Gelangweilt überflog er die Balkenüberschriften der ausliegenden Blätter. *Krenz abgeschmettert* hieß es da. Handelte es sich nicht um das Blatt, in dem der vom langweiligen Pionierleiter zum kurzzeitigen Staatsratsvorsitzenden Emporgestiegene einst seine dürftigen Memoiren publiziert hatte?

Senat kürzt Millionen entzifferte Conny über der Faltkante, aber da kam schon Kalvenkämper aus dem Aufzug quer durch die Halle auf ihn zu. Sie erkannten sich sofort. Er war so jung, wie Conny ihn sich vorgestellt hatte. Wo ältere Journalisten die Zeit bis zur Veröffentlichung ihres Nachrufs verbrachten, war ihm schleierhaft.

Kalvenkämper schüttelte ihm die Hand und gab sich viel lockerer als alle Untergebenen, denen Conny bisher hier begegnet war. Im Lift lobte er nochmals den hervorragenden Beitrag zum *Theater ohne Namen* – das sich tatsächlich so nannte, weil alle anderen unsinnigen Namen in dieser Stadt schon besetzt schienen. »So einen munteren und echt Berlinischen Ton brauchen wir. Und noch dazu aus dem Osten.«

Immerhin war ihm neu, daß man etwas aus dem Osten brauchte. Aber die jungen Leser wollten eben gerade das, wie Kalvenkämper betonte. Und was lag da näher, als einen bewährten und kenntnisreichen Mann heranzuziehen, eben ihn, Conrad Pingel (alias P. Legin alias C. Nigel alias Carl Peingold alias Congelin, um wenigstens die wichtigsten seiner Pseudonyme aufzuzählen. Auf Leo C. Pingrad hatte Conny der Klangassoziation *Leningrad* wegen seit längerer Zeit verzichtet.).

Der Club war tatsächlich etwas Besonderes. Wieder einmal fühlte er sich ohne Schlips ein bißchen nackt um den Hals, als er den langgestreckten Raum betrat. Die Fenster boten einen weiten Blick über die Kräne der Hauptstadt. Die Möbel waren nicht so neu wie in den Nobeltavernen der neuen Mitte, was ihren Charme um einiges erhöhte. An den eichengebeizten Wänden hingen Fotos und Bilder aller Formate und Œuvres – in dieser Umgebung zweifellos ausschließlich Originale. Um ein solches handelte es sich auch bei dem Oberkellner: Ein aufrechter, kaum mittelgroßer Mann, der auf verblüffende Weise einem bekannten englisch-deutschen Entertainer glich, dessen Akzent er vollendet nachzuahmen verstand.

Sie nahmen in einer der Sitzecken Platz, und Mister Pumpernickel erläuterte ihnen seine speziellen Angebote. Conny, durch seine finanzielle Lage und die Grenzen der eigenen Küchenkunst bisher erfolgreich daran gehindert, sich zu einem Gourmand, geschweige denn zu einem Gourmet zu entwickeln, entschied sich für Klare Brühe, Zanderfilets auf Risotto mit geröstetem Sellerie, dazu Wasser und – erst auf Anraten Pumpernickels und nach dringlicher Aufforderung durch Kalvenkämper – für eine Flasche guten trockenen Weißweins.

Kalvenkämper hielt sich nicht damit auf, die Wirkung des Clubs auf Conny zu beobachten, und das war gut so. Pingel hätte sonst gestehen müssen, daß es bei der originalen Goldelse in der Sperlingsgasse mindestens ebensoviele Originale an den Wänden gegeben und das in weißem Schleiflack gehaltene Vorstandsspeisezimmer in der ehemals Volkseigenen Filmfabrik Wolfen ihn stärker beeindruckt hatte.

Kalvenkämper, der aus Iserlohn stammte, wußte vermutlich nicht einmal, wo Wolfen lag und an welchem Geruch man die Gegend früher auf siebzig Kilometer Entfernung erkannt hatte. Er war via Tübingen, Passau und Bonn nunmehr in Berlin gelandet, wo es galt, die Leser in der *ganzen* Stadt und in den neuen Ländern gleichermaßen an eine modern und hauptstädtisch aufgemachte Zeitung heranzuführen, wie Kalvenkämper sie sich vorstellte.

»Das Tageblatt hat gerade so eine Serie zu den künftigen Standorten der Ministerien gebracht. So etwas scheidet leider für uns aus«, sagte er und blickte sinnend auf das Perlenspiel in seinem Wasserglas. Conny nickte weise, während er aus den Augenwinkeln verstohlen die schwarzbestrumpften Beine der jungen Serviererin betrachtete, die ihm Wasser eingoß. Sie trug einen erfreulich kurzen Rock und war außerdem hübsch.

»Obwohl das schon etwas ist. Sie hatten ja hier sozusagen eine ganze Regierung mit allen Ministerien.«

Und was für eine, dachte Conny, sagte aber nur gemessen: »Die hatten wir.«

Ministerien waren nicht sein Fachgebiet gewesen. Wie die meisten Leute im Lande hatte er kaum die Namen der Minister gekannt. Einmal hatte man ihn kurzfristig ins Justizministerium bestellt, um ihm mitzuteilen, daß in einem Film des Fernsehens der DDR weder Intershop noch Strafvollzug im Bild erscheinen dürften. Richtig verstanden hatte er das erst bei der Besichtigung einer Untersuchungshaftanstalt. Nach der Wende.

»Wir haben hier eine bedeutende Kulturlandschaft, viele Theater, eine breite off-Szene . . .«

Kalvenkämper nickte heftig. »Wie dieses *Theater ohne Namen*«, sagte er. Anscheinend kannte er keinen anderen Beitrag von Conny.

Die Serviererin mit den ansehnlichen Beinen unter dem kurzen Rock brachte die Suppe. In der sehr klaren Brühe schwammen Gemüseschnitzel. Die von Kalvenkämper bestellte Wirsingcreme sah aus wie ein Teller Milch, verziert mit einer exotischen Blüte. Kalvenkämper tauchte den Löffel so ungerührt hinein, als äße er Erbsen. »Ich hatte eigentlich an etwas Größeres gedacht«, sagte er und schickte einen prophetischen Blick in die Runde.

»In dieser Stadt muß es doch noch anderes geben. Gebäude,

architektonische Ensembles, was weiß ich. Historische Orte einfach, an denen sich die Geschichte der Hauptstadt, ja Deutschlands abgespielt hat . . .« Er hob bedeutungsvoll den Löffel. ». . . und die dennoch vergessen scheinen. Verstehen Sie, was ich meine?«

Conny verstand. Er hatte nach der Wende ein Jahr in einer ABM-Gesellschaft *Historisches Stadtbild* verbracht, die in einem weitgefächerten Forschungsprogramm nahezu jeden Pflasterstein zu erfassen suchte. Ob Ortsgeschichte, Architekturdetails, Straßennamen, Denkmäler oder Hinterhöfe – alles wurde katalogisiert und mehr oder weniger systematisch untersucht. Dabei war manches Interessante ans Tageslicht gekommen. Conny hatte sich zuletzt mit der Topografie des Stasi-Geländes in Lichtenberg befaßt.

Kalvenkämper rümpfte ein wenig die Nase. »Das Thema lassen wir besser für die nächsten fünf, sechs Jahre weg. Es sei denn, wir haben etwas wirklich Substantielles zu bieten.«

Conny dachte nach. »Die Bahnhöfe«, schlug er vor. »Das ist ein interessantes Kapitel.«

Mister Pumpernickel nahte mit dem Wein und kredenzte ihn Kalvenkämper mit großer Gebärde. Der kostete und nickte abwesend. »Verkehr findet immer seine Leser, das ist wahr. Aber sind die Bahnhöfe in Ostberlin nicht alle abgerissen worden? Ich meine, bis auf diesen Hauptbahnhof . . .«

»Die Bahnhöfe waren alle zerstört. Der Anhalter und der Potsdamer lagen im Westen. Der Lehrter und der Görlitzer Bahnhof auch. Im Osten gab es direkt an der Grenze den Stettiner Bahnhof. Alle diese Ruinen sind im Mai 1952 stillgelegt worden, als die DDR den Fernverkehr aus Westberlin herausnahm. Später hat man sie abgetragen.«

Seine Kenntnisse schienen Kalvenkämper zu beeindrukken. »Ich kannte nur diesen Ostbahnhof, weil ich da mal nach Stockholm weitergefahren bin.«

»Der eigentliche Ostbahnhof lag ein ganzes Stück entfernt am Küstriner Platz. Da war bis 1945 ein Varieté drin. Die Plaza.«

Und im Augenblick, in dem er das aussprach, traf Conny die Erleuchtung. »Der Friedrichstadtpalast!« sagte er. »Das ist das Thema, das Sie suchen.«

Davon schien Kalvenkämper ganz und gar nicht überzeugt. »Dieser orientalische Basar aus Beton?« fragte er ungläubig. »Ich habe da eine ziemlich platte Revue gesehen. *Long Legs* oder so ähnlich.«

»Zugegeben, der Palast sieht aus wie der Hauptbahnhof von Jerewan. Aber um dieses Gebäude geht es gar nicht. Und nicht um das augenblickliche Programm. Jedenfalls nicht nur. Ich meine die Geschichte des Hauses, von der alten Markthalle bis zu Europas größtem Revuetheater.«

»Na, wer weiß, wie lange noch«, wandte Kalvenkämper ein. »Sie wissen doch, wie es mit dem Geld für die Kultur aussieht in dieser Stadt.« Aber etwas interessierte ihn doch an Connys Vorschlag: »Und diesen Palast hat die DDR als Markthalle bauen lassen?«

Heinrich Pumpernickel und seine hübsche Hilfskraft rollten den Servierwagen heran. Unter der ersten der beiden großen Metallglocken verbargen sich zwei kleine Zanderfilets neben einem Reishäufchen, garniert mit einer Art verdorrtem Sauerkraut. »Geröstete Sellerieschnitzel!« verkündete Pumpernickel stolz in seinem angelsächsischen Idiom. »Auch die Roten Bete – geröstet.« Das waren vermutlich die vier groschengroßen Scheibchen undefinierbarer Färbung rings um den Reis. Kalvenkämper bekam sein Steak mit Kräuternudeln ohne Kommentar. Das Steak stammte augenscheinlich von einem kleinen Ochsen.

»Nicht die DDR hat die Markthalle bauen lassen. Das war der Eisenbahnkönig Bethel Henry Strousberg. Vor einhundertdreißig Jahren. Dann hat man einen Zirkus draus gemacht. Und später das Große Schauspielhaus. Max Reinhardt hat dort inszeniert.«

Kalvenkämpers Gabel, mit einem winzigen Stück Fleisch bestückt, blieb in der Luft hängen. »Das Schauspielhaus steht am Gendarmenmarkt«, sagte er befremdet.

»Das Schauspielhaus. Aber nicht das *Große* Schauspielhaus. Das stand an der Spree. Oder besser: an der Panke.«

»Sie meinen, Max Reinhardt hätte tatsächlich in diesem – Friedrichstadtpalast inszeniert? Die *Orestie*? Und *Dantons Tod*?«

»Nicht in *diesem* Friedrichstadtpalast. In dem alten. Der stand ungefähr zweihundert Meter entfernt. Direkt neben dem Berliner Ensemble.«

»Hochinteressant. Ich bin nämlich von Hause aus Theaterwissenschaftler. Über Max Reinhardt habe ich meine Magisterarbeit geschrieben. Er hatte sich doch das Theater von Poelzig ausbauen lassen.«

Noch bevor auch das zweite Zanderstückchen in seinem Schlund verschwunden war, wußte Conny, daß er den richtigen Nerv bei Kalvenkämper getroffen hatte. Sie hoben die Gläser.

»Da ist etwas dran, mein Lieber, an diesem Palast«, sagte Kalvenkämper anerkennend. »Ich werde mit dem Chef reden. Vielleicht ist eine mehrteilige Serie drin.«

Das Wort *Serie* hörte Conny im Zusammenhang mit eigenen Arbeiten ausgesprochen gern. Indes dämpfte der Hinweis auf die nächsthöhere Instanz seinen aufschießenden Optimismus. Chefs waren grundsätzlich anderer Meinung, wie Conny aus leidvoller Erfahrung bei Zeitungen und Fernsehen in zwei angeblich unversöhnlichen, manchmal erschreckend ähnlichen Gesellschaftssystemen wußte. Chefs unterlagen den direkten Einflüssen höchster Instanzen, die Politbüro, Generalsekretär, Herausgeber, Anzeigenkunde, Sponsor oder wie auch immer heißen mochten. Darin unterschieden sich die ungleichen deutschen Hälften wenig. Daß inzwischen Ossis dem Landarzt vom Marienhof die Dialoge unterlegten, sprach nicht gegen diese Ähnlichkeit.

Pumpernickel erkundigte sich nach dem Wohlgeschmack seiner Kreationen. Conny wollte nicht bestreiten, daß es ihm geschmeckt hatte, von den gedörrten Roten Rüben einmal abgesehen. Er stimmte dem Dessertvorschlag zu, der undeutlich wie *Heidelbeerkompott* klang.

Inzwischen hatte er Kalvenkämper einen Beitrag über die Premiere in der *Kleinen Revue* untergejubelt, und ihr Gespräch war tatsächlich in etwas Ähnlichem wie einem Auftrag für einen größeren Artikel über den Friedrichstadtpalast und seine Geschichte gemündet. Sogar von Vorschuß war die Rede und von einer Serie, wenn es das Material hergab. »Finden Sie irgendeinen Kick, eine besonders brisante Geschichte, etwas, was den Leser gespannt auf die Fortsetzung warten läßt. Das brauche ich ja einem Profi wie Ihnen nicht zu sagen, Pingel.«

Daß ihn jemand aus Iserlohn einen Profi nannte, vermerkte Conny nicht ohne Stolz. Er hatte Leute aus größeren Städten kennengelernt, die nicht daran zweifelten, daß er seine bisherige Laufbahn mit dem Beschriften von roten Transparenten verbracht habe. In russischer Sprache selbstverständlich. Er würde Kalvenkämper etwas Spannendes liefern. Und er hatte auch schon eine Idee.

Pumpernickel servierte ihnen zwei große, mit Cocosraspeln besäte Teller. In der Mitte ragten aus einer quarkähnlichen Masse dunkelgelbe Fruchtstücken. Conny vermochte nicht herauszufinden, ob es sich um Mango oder Kürbis aus der Büchse handelte. Heidelbeeren waren es jedenfalls nicht.

3 Am Zirkus

An diesem bläulichen Herbstmorgen war Conny so früh aufgestanden wie man es eben tat, wenn man einer Arbeit nachzugehen hatte. Im Augenblick bestand seine Arbeit darin sich umzugucken. Er war lange nicht in diesem Teil der Friedrichstraße spazieren gegangen. Genau genommen: noch nie. Ein Berliner ging nicht in seiner Stadt spazieren, allenfalls – und auch das selten genug – in einem Park. Conny lebte lange genug in Europas ausgedehntester Häuser- und Baustellenansammlung, um sich als Berliner zu fühlen. Es hatte eine Weile gedauert, bis er wußte, daß der Alexanderplatz Allex hieß und nicht Ahlex, und daß man seinen sächsischen Zungenschlag besser unterdrückte, wollte man in ein echtes Gespräch kommen mit einem echten Berliner. Davon gab es immer noch ein paar. Manchmal fühlte sich Conny wie einer davon. So unzufrieden wie jeder echte Berliner war er schon lange.

Hundertmal war er die Treppe vom nördlichen S-Bahnsteig hinabgestiegen, den eine undurchsichtige Glaswand von seinem südlichen Bruder trennte, wo die Züge gen Westen fuhren, war an der *Distel* und am *Metropol-Theater* vorbeigegangen, hatte sich mit Merten im Pressecafé getroffen und anschließend im tschechischen Pavillon vergeblich nach neuen Jazzplatten gefahndet. Hundertmal hatte er die Weidendammer Brücke überquert und jedesmal Biermanns Preußischen Ikarussen einen Blick gegönnt, ins trübe Spreewasser geblickt und die düstere Öffnung im Ufermauerwerk rechts unter dem *Berliner Ensemble* betrachtet, aus dem sich die Panke in die Spree ergoß. Vielmehr: ergossen hatte. Die Panke war eine Legende, wie so vieles in dieser Stadt. Sie mündete längst am Nordhafen in den Spandauer Schiffahrtskanal. Und die *Komische Oper*, einst die Ecke zum Weidendamm, stand als halber Neubau des alten *Metropol-Theaters* in der Behrenstraße.

In dieser Stadt blieb nichts, wie es war. Hier wurden selbst die Immobilien mobil. Der freie Platz zwischen *BE* und den drei verschämten Altbauten an der Rückseite des Hotels *Adria* bewies es. Des einstigen Hotels Adria. Von weitem sah Conny, daß die Fenster des Hotels und der sagenumwobenen *G-Bierbar* vermauert waren.

Er überquerte die Fahrbahn mitten auf der Brücke. Den Schiffbauerdamm entlang parkten die Autos dicht an dicht. Hier war einmal alles bebaut gewesen. Wenn die Grundstückspreise erst wieder stiegen, war es vorbei mit der falschen Idylle. Brecht saß auf seinem Sockel und blickte über die Spree hinüber zum Tränenpalast. Ein häßlicher Bahnhofsauswuchs, in dem die Ostberliner in den sechziger Jahren von ihren Westverwandten Abschied genommen hatten. Grenzübergangsstelle Berlin-Friedrichstraße. Hatte Brecht das geahnt oder gefürchtet und deshalb die österreichische Staatsangehörigkeit behalten? Die optimistischen Sprüche auf den drei Säulen um den toten Dichter herum verrieten es nicht. Er las:

JA,
ICH GLAUBE
AN DIE SANFTE
GEWALT DER VERNUNFT
ÜBER DIE MENSCHEN.
SIE KÖNNEN IHR
AUF DIE DAUER NICHT
WIDERSTEHEN

Ein Wellblechzaun schloß den Platz ab. Conny sah sich um. Niemand beachtete ihn. Er preßte den Fuß in eine Rundung des Blechs und zog sich hoch. Vor Lachen hätte er beinahe losgelassen. Eine verkrautete Betonfläche, auf der die Autos ohne jede Ordnung herumstanden. Das war alles, was vom alten Friedrichstadtpalast geblieben war. Ein verkommener Parkplatz. Er wandte sich nach links, wo eine Schranke den Hintereingang zum *Berliner Ensemble* abriegelte. Daneben stand hinter einem Zaun ein graues Werkstattgebäude. Conny wußte, daß unter seinen Füßen das Bett der Panke lag. Zu sehen war nichts davon. An diesem Zaun entlang hatte sich die Westwand des alten Zirkusgebäudes erstreckt. Also stand der Zaun genau da, wo sich der Palastgiebel mit dem Bühneneingang befunden hatte. Er ging an dem Zaun entlang und fand die Rinnsteinecke, wo die schmale Straße *Am Zirkus* in Richtung Reinhardtstraße abbog. Rechts standen noch vier Häuser der ursprünglichen Bebauung, die aussahen, als hätte es nicht gelohnt, sie zusammen mit dem Palast abzureißen. Waren ihre Grundmauern nicht angegriffen? Die seit langem unbenutzten Keller lagen fast auf Straßenniveau.

Links neben dem zurückgesetzten Eckhaus verriet eine freie Fläche die einstige Bebauung der Zufahrt zur Reinhardtstraße. Das Haus Am Zirkus 2 auf der anderen Seite war in den siebziger Jahren olivfarben renoviert und allen Zierats aus seiner Bauzeit entkleidet worden.

Conny blickte durch ein Gittertor auf den Parkplatz. Er erinnerte sich genau an den Tag, an dem er hier zum ersten Mal gestanden hatte. Zusammen mit seinem Onkel Alfons war er extra zu diesem Ereignis nach Berlin gefahren. Ein guter Bekannter aus der Hauptstadt hatte Alfons zwei Karten für das Konzert mit Louis Armstrong besorgt.

Dieses Konzert veränderte sein Leben. Er entdeckte seine Liebe zum Jazz und zu der spröden Stadt an der schmutzigen Spree. Und ganz nebenbei die Liebe zu diesem verrückten Varieté-Bau, groß wie ein Stadion, mit düsteren Wandelgängen und verwirrenden Treppen, einer geradezu magischen Beleuchtung und einem vergammelten Ambiente, aber eben mit einer *Atmosphäre*. Noch zweimal war er mit Onkel Alfons in die Hauptstadt gefahren und hatte Ella Fitzgerald und das *American Folk Blues Festival* genossen. Wiederum im Friedrichstadtpalast. Eigentlich das einzige Haus, das er in Berlin kannte, als er Ende der sechziger Jahre zum Studium an der Humboldt-Uni zugelassen wurde.

Es war keine gute Zeit, einen neuen Lebensabschnitt zu beginnen. Die Warschauer Vertragsstaaten waren in Prag einmarschiert. Von den Studenten würden mehr als nur Lippenbekenntnisse zu dieser Maßnahme erwartet. Auch von den Chemikern. Es setzte Versammlungen, Appelle, Grundsatzreferate und vormilitärische Ausbildung. Conny, der von einer Oberschule kam, an der sich die bürgerlichen Pauker noch immer versteckte Grabenkämpfe mit den Patentsozialisten geleistet hatten, ohne völlig zu unterliegen, fühlte sich bei dieser Art von Studium wie ein rotpreußischer Kadett. Am besten gefielen ihm die historischen Hörsäle in den alten Gemäuern an der Invalidenstraße. Er wurde das Gefühl nicht los, daß ihm dort eines Tages der alte Robert Bunsen persönlich über den Weg laufen würde. Doch dazu kam es nicht. Noch vor Abschluß des zweiten Semesters traf ihn die Exmatrikulation. Wenn er es recht bedachte: der glücklichste Augenblick des ganzen Studiums.

War er nicht auch an dem Abend im Friedrichstadtpalast gelandet? Oder wenigstens in der *Großen Melodie*, dem Tanzschuppen im Sockel des Riesenbaus. Erst viel später wurde ihm bewußt, daß es sich auch dabei um einen historischen Ort handelte. Hier war in den zwanziger Jahren das berühmte Kabarett *Schall und Rauch* zu Hause gewesen, für das Tucholsky und Walter Mehring Texte schrieben. Und Ringelnatz war hier aufgetreten.

Wehmütig blickte Conny über die freie Fläche. Alle Spuren waren getilgt. Würde auch vom neuen Friedrichstadtpalast nicht mehr übrig bleiben, wenn er einmal in die Schußbahn der Stadtplaner geriet? Bestenfalls eine Asbestruine. Abriß, die berlinischste aller Alternativen, schien wahrscheinlicher.

Er drehte sich um und trottete die paar Schritte zur Reinhardtstraße. Das rote Gemäuer des Bauernverlags, ursprünglich ein katholisches Krankenhaus und dann *Haus des Reichsnährstandes*, war mit Planen verhängt. Links daneben war die Renovierung schon abgeschlossen, wodurch der gewaltige Bunkerklotz, nur durch die symbolische Panke von den übrigen Häusern getrennt, um so schäbiger aussah. Im Eckhaus gegenüber hatte Conny seine erste Studentenbude bewohnt, kaum hundert Meter vom *Deutschen Theater* entfernt. Die Risse in den Zimmerwänden rührten nicht von Kriegseinwirkungen her, wie die Wirtin zu betonen nicht müde wurde, sondern von den Baumaschinen für den Bunker. Den hatte die Reichsbahn 1942 für die Reisenden vom nahen Bahnhof Friedrichstraße errichten müssen. Jetzt, mehr als ein halbes Jahrhundert später, stand das Ungetüm noch immer da. Relikt einer verdrängten Zeit, geschmückt mit zerschlissener Disko-Werbung.

Einen Augenblick verharrte Conny an der Ecke Albrechtstraße und schickte einen Blick hinüber zum DT. Auch eine Reinhardtbühne. Aus dem studentischen Tanzlokal *Emser* daneben hatte der große Theatermagier die ersten deutschen Kammerspiele gemacht. Das war neunzig Jahre her. Drei Generationen. Zwei Weltkriege. Zwei Diktaturen. Zwei deutsche Revolutionen – oder gar keine?

Es tat ihm noch heute leid, daß er so spät nach Berlin gekommen war. Der Nachkriegs-Glanz des Deutschen Theaters war längst im Schwinden gewesen. Nur noch wenige Schauspieler des Wiener Volkstheaters verliehen dem Ensemble einen besonderen Reiz. Wie oft hatte er Rolf Ludwig als dreifachen Drachen und Johannes Maus als Kater gesehen? Wie oft jeden aufmüpfigen Satz beklatscht, der wie für diese DDR geschrieben schien?

Er bog in die Albrechtstraße ein. Auch hier wurde überall gebaut. Die legendäre *Hajo-Bar* gab es schon seit Jahrzehnten nicht mehr. Nur das alte *Albrechtseck*, der gewölbten Fußgängerbrücke zur S-Bahn gegenüber, sah noch aus wie früher. Conny verspürte Appetit auf ein Bier, doch ein Blick auf die Uhr belehrte ihn, daß er seinen nostalgischen Rundgang nicht unendlich fortsetzen konnte. An neuen Glasfronten vorbei, hinter denen sich einst das *Wein-ABC* (mindestens acht verschieden süße Weine aus Ungarn und Bulgarien im Angebot) befunden hatte, vorbei auch am berüchtigten *Trichter*, in dem Merten einmal festgenommen worden war und Conny vermutlich nur deshalb unbehelligt bleib, weil er eine Viertelstunde zu spät zu ihrer Verabredung erschienen war. Das alles gab es nicht mehr.

Conny ging auf die andere Straßenseite, zwängte sich zwischen den geparkten Fahrzeugen und dem Spreegeländer entlang. Vor dem *Ganymed* standen Tische und Stühle auf der Straße. Das war zu Ostzeiten ein Nobelrestaurant gewesen. Ostberlins berühmtester Rechtsanwalt Friedrich Karl Kaul tafelte gerne dort.

Auf der anderen Seite der Friedrichstraße erhob sich auf einem ehemaligen Trümmergelände der einzige Neubau im weiten Rund. Ein Wohnblock am Spreeufer, in dem einmal ein Jazzkeller eingerichtet werden sollte. Jetzt residierte dort ein Autohaus. Conny erinnerte sich dunkel an die Brandmauer der alten Klinikgebäude in der Ziegelstraße. Was hatte eigentlich den Reiz dieser Straße ausgemacht? Drei Kneipen auf jeder Seite und die beiden Buchhandlungen, die bis zur Chausseestraße noch folgten? Das Studiokino *Camera*, in dem er zum ersten Mal die wunderbaren alten Stummfilme gesehen hatte, während von unten die Musik aus der *Pudel-Bar* heraufdrang?

Aus dieser Perspektive schien *Hauptbahnhof Jerewan* eher eine schmeichelhafte Bezeichnung für das Gebäude auf dem ehemaligen Trümmergelände gegenüber der Reinhardtstraße. Unverkennbar ein Plattenbau, sparsam mit dekorativen Elementen versehen. Von der Frontseite sah er etwas besser aus, wie Conny wußte. Den Anblick hob er sich für später auf.

4 Öffentlichkeitsarbeit

»Der Journalist?« vergewisserte sich die biedere Dame hinter dem Schalterfenster. »Da muß ich oben anrufen.« Während sie das erledigte, ließ sie Conny keinen Augenblick aus den Augen.

»Sie werden abgeholt.«

Der Vorgang erschien ihm bemerkenswert. So streng waren die Bräuche hier nie gewesen. Hatte man ausgerechnet im Friedrichstadtpalast so schlechte Erfahrungen mit der Presse gemacht? Auch die PR-Managerin, die er am Vortag um den Termin gebeten hatte, wirkte am Telefon einigermaßen zurückhaltend. Ein Eindruck, der sich verstärkte, während er hinter ihr die Treppe hinaufstieg. Die rothaarige Mittdreißigerin hatte ihn höflich und sehr reserviert begrüßt und schritt ihm seitdem wortlos voran.

Im zweiten Stock stöckelte sie den lindgrünen Gang entlang. Das gestrichene Mauerwerk erschien Conny sehr vertraut. Unzählige Male war er die endlosen Gänge zur Kantine oder zur Bühne entlang gefegt und hatte sich beinahe ebensooft verlaufen. Obwohl das System ganz einfach war, hatte man es einmal begriffen. Alle Funktionsräume, Toiletten und Büros lagen U-förmig um das Bühnenhaus und den Saal herum, mit den Fenstern zur rückwärtigen Kalkscheunenstraße, wo der Bühneneingang lag, oder zur Ziegel- und Johannisstraße. Aus dem PR-Büro blickte man auf die nüchterne Fassade des *Johannishof*, zu DDR-Zeiten ein Gästehaus der Regierung, wonach es wahrhaftig nicht aussah.

Die Ziegelwände in dem rechteckigen Büroraum waren in einem gelblichen Ton getüncht. Das dunkelgrüne Mobiliar, das zur Erstausstattung des Hauses gehörte, paßte gut dazu. Conny setzte sich an ein Tischchen aus grünem Kunstmarmor und betete sein Anliegen herunter. Frau Fechtenberg hörte ihm zu. Ihre Miene verriet noch immer erstaunlich wenig Begeisterung. Wenn sie nicht erkannte, welche PR-Wirkung von einer wohlwollend verfaßten Serie in einem angehenden Weltblatt für ihren Palast ausging, saß sie auf dem falschen Posten.

Sie hingegen vergewisserte sich, ob er wirklich von dieser Zeitung käme und von keiner anderen. Hätte Conny einen Ausweis gehabt, hätte sie sich auch den zeigen lassen.

»Wenn Sie mir nicht glauben, rufen Sie Herrn Kalvenkämper an«, schlug er schließlich vor. Er war schon hundertmal auf ähnliche Schwierigkeiten gestoßen, aber noch nie an einer Stelle, wo man professionell an Öffentlichkeit interessiert sein mußte.

Für einen Augenblick schien es, als würde sie tatsächlich Kalvenkämper anrufen. Der Name hatte sie etwas aufgemuntert. Wulff-Rüdiger Kalvenkämper veröffentlichte gewöhnlich in der Sonntagsausgabe weitschweifige Essays über die hauptstädtische Kulturszene und unterließ nie den Vergleich zu Wien, Paris oder New York.

Zögernd sagte Frau Fechtenberg: »Wir haben im Augenblick leider einige Probleme mit bestimmten Presseorganen . . .«

»Das verstehe ich«, entgegnete Conny. Solche Probleme kannte er seit fünfundzwanzig Jahren.

Sie schien erleichtert. »Na, dann wissen Sie ja Bescheid. Abgesehen davon werde Ihnen selbstverständlich gerne helfen. Wo wollen Sie denn anfangen?«

»Am besten mit der aktuellen Lage. Ich gebe zu, ich bin diesbezüglich nicht vollständig auf dem laufenden.«

Sie verzog das Gesicht, als verspüre sie Zahnschmerzen. »Meinen Sie wirklich, es ist der gegebene Zeitpunkt, um über unsere *aktuelle* Situation zu berichten?«

Conny verstand nicht recht. »Wegen der dauernden Kürzungen?« fragte er. »Wenn es danach geht, dürften wir nur noch über die Diäten der Abgeordneten schreiben. Nur die bleiben unverändert bis zur nächsten Erhöhung.«

Ihr Lächeln fiel eher zaghaft aus. »Sie werden das nicht wissen. Aber unser Haus hat gewisse Traditionen. Nach der Wende haben wir unser Personal halbieren müssen und zweimal die Eintrittspreise erhöht. Der Zuschuß für unsere stadteigene GmbH betrug 1994 noch 25 Millionen, jetzt sind wir bei 16,5 angekommen. Die gestrigen Senatsbeschlüsse bedeuten früher oder später das Aus für uns.«

Jetzt verstand Conny ihre Bedenken gegen seine Artikelserie um so weniger. »Da muß man erst recht auf den Putz hauen!« sagte er. »Das wird ein hervorragender Schluß für meinen Beitrag: der flammende Appell, ein Haus mit einer solchen Vergangenheit und Tradition nicht untergehen zu lassen.«

Frau Fechtenberg ließ sich nicht von seiner Begeisterung anstecken. »Waren Sie schon in einer unserer Vorstellungen?« fragte sie nüchtern.

Die Tür öffnete sich, und ein junger Mensch schob den Kopf herein. »Huch, du hast ja Besuch!« sagte er affektiert und musterte Conny neugierig. »Ist das mit der Werbung für Sonnabend klar?«

»Natürlich. Ich melde mich, sobald ich hier fertig bin.«

Der junge Mann warf einen letzten Blick auf Conny und schloß die Tür. Conny sagte: »Ich war nur in der *Kleinen Revue.*« Zu Kulturereignissen im großen Haus hatte ihn lange niemand geschickt. Sein Metier waren die Lokalglosse, das historische Streiflicht, der Wandertip, die hundert Off-Theater in der Stadt. Er kannte die *UFA-Fabrik* und die *Neuköllner Oper*, das *Chamäleon* und das *Theater Oblomow*, das *Theater im Eimer* und das *ohne Namen*. Kurz, die Kulturszene alternativer Kettenraucher, wo das Mitbringen und Säugen von Babies während der Darbietungen zum guten Ton gehörte.

»Ich glaube, ich bin 1989 zum letzten Mal im großen Saal gewesen. Zur Jazzbühne.«

»Ach, da sind Sie extra rübergekommen?«

Conny lachte. »Nee«, sagte er. »Ich lebe schon immer hier. Ich habe damals für eine Wochenschrift die Jazzkolumne verfaßt. Und für den Rundfunk ein paar Jazzkommentare. Für unser Adlershofer Fernsehen habe ich auf Ihrer Bühne sogar mal einen amerikanischen Musiker interviewt.«

Ihr Interesse wuchs sichtlich. »Da muß es Ihnen ja gut gehen«, sagte sie. »In der Stadt gibt es jetzt sogar ein Jazz-Radio.«

»Eben. Und Jazz-Experten mit Riesen-Materialsammlungen. Nur unter den Blinden ist der Einäugige König. Ich bin rechts ein bißchen sehschwach ...«

Sie lachten beide. Wieder ging die Tür auf, und eine schwarzhaarige Frau in türkisfarbener Bluse guckte ins Zimmer. »Entschuldigen Sie, ich muß Sie unbedingt sprechen.«

Sie sprach mit einem leichten Akzent, den Conny nicht zuzuordnen wußte.

»Später«, sagte Frau Fechtenberg. Über ihrer Nase stand eine steile Falte. Conny hielt es für besser, nicht danach zu fragen, wer die Schwarzhaarige war, die nach einem prüfenden Blick auf ihn die Tür wieder schloß. Vielleicht würde er sie irgendwann im Haus treffen.

»Na ja, dann wissen Sie ja, wie man sich fühlt, wenn alles auf kein so gutes Ende zuzulaufen scheint«, seufzte Frau Fechtenberg. »Glücklicherweise ist das Haus fast ausschließlich von DDR-Firmen und mit eigenen Rohstoffen gebaut worden. Eine Asbest-Sanierung brauchen wir also nicht zu befürchten.«

»Und der alte Bau war nach Ihrer Meinung nicht zu retten?« Conny wußte nicht zuletzt durch seinen Freund Merten, daß da allerlei Gerüchte im Umlauf gewesen waren.

Sie hob die Schultern. »Ich bin kein Baufachmann. Und ich

bin erst sieben Jahre hier. Das soll natürlich nicht heißen, daß ich mich nicht für die Geschichte des Hauses interessiert habe.«

»Ein guter Freund war im alten Haus Produktionsassistent.«

»Wie ist sein Name?«

Conny winkte ab. »Das ist Jahrzehnte her. Ich wollte damit nur sagen: Auch ich habe ein ziemlich persönliches Verhältnis zum Friedrichstadtpalast.«

Erst jetzt fiel ihm ein, daß er, während seine Scheidung lief, durch Merten eins der Ballettmädchen kennengelernt hatte. Aber irgendwie war aus der Geschichte nicht viel geworden.

»Das freut mich. Und wenn Ihr Artikel uns ein bißchen helfen kann, wäre das sehr schön. Wenn Sie möchten, kann ich Ihnen am Freitag zwei Karten für die Große Revue reservieren. Es sind die letzten Vorstellungen mit dem alten Programm.«

Conny dachte an Meike und daran, daß er sich über sie geärgert hatte. Fotografieren war während der Vorstellung sowieso verboten.

»Eine Karte genügt«, sagte er.

Sie vereinbarten, daß Conny freien Zugang zu den Proben haben sollte und auf Wunsch auch die technischen Anlagen besichtigen dürfe. Außerdem stand ihm das Archiv offen.

»Ich würde natürlich gerne auch mit ein paar Mitarbeitern und Künstlern reden. Vielleicht fallen dem einen oder anderen ein paar Schnurren aus dem alten Haus ein. Ist zum Beispiel Hansjoachim Becker noch bei der Bühne?«

Ihre Miene verschloß sich. »Ja«, sagte sie knapp, »den gibt es noch. Aber ob er im Augenblick der geeignete Interviewpartner ist . . .«

Conny drang nicht weiter in sie. Wahrscheinlich konnte sie den guten Joe nicht leiden. Er kannte ihn durch den Jazz. Für einen Amateur hatte Joe ganz annehmbar Trompete geblasen.

Bei der Jazzbühne waren sie sich regelmäßig begegnet. Joe übernahm bei allen Proben und Konzerten den Bühnendienst.

Frau Fechtenberg stand auf. »Es tut mir leid. Meine Zeit ist begrenzt. Wir stecken mitten in den Proben für die neue Revue. Da gibt es eine Menge Arbeit.«

Conny reichte ihr die Hand. »Sie sollten denen etwas ganz Großes vor die Füße setzen. Etwas, wo keiner drüber weg kommt.«

»Danke, Herr Pingel. Genau das ist unser Ziel. Vielleicht kommen Sie zur Premiere.«

»Gerne. Wie wird denn die Show heißen?«

»*Der Geist des Hauses*. Eine Revue um den Berliner Friedrichstadtpalast.«

Conny wiegte den Kopf. »Guter Titel«, sagte er. »Darf ich ihn für meine Serie benutzen?«

Frau Fechtenberg hatte nichts dagegen. »Unter der Bedingung, daß ich mir vorher mal anschauen darf, was Sie veröffentlichen wollen.«

Conny stand schon in der Tür. Er guckte ein wenig befremdet ob dieses Zensurvorschlags. Frau Fechtenberg trat auf ihn zu und legte ihre fleischige Hand auf seinen Arm.

»Verstehen Sie mich bitte nicht falsch. Sie können natürlich schreiben, was Sie wollen. Aber wie Sie sicher wissen, ist hier in der Nähe gestern nacht ein Herointoter gefunden worden.«

»Davon habe ich gehört«, sagte Conny nicht ganz wahrheitsgemäß. »Was hat das mit dem Palast zu tun?«

Frau Fechtenberg nahm ihre Hand von seinem Arm. Sie war eine gutaussehende Frau, die Conny durchaus gefiel. Ihre Stimme klang angenehm, selbst als sie sagte: »Genau das versucht die Kriminalpolizei herauszufinden.«

5 Unerwarteter Besuch

Sein Schlafdefizit war noch nicht ausgeglichen. Entgegen allen wissenschaftlichen Erkenntnissen brauchte er anscheinend um so mehr Schlaf, je älter er wurde. Gestern abend war es wieder zu spät geworden. Meike war aufgetaucht, wahrscheinlich nur, um ihm die ganze Polizeistory aus der Nase zu ziehen. Er fuhr sie ziemlich harsch an. Daß sie für die Bilder bei drei Redaktionen kassiert hatte und ihm einen Honoraranteil vorschießen wollte, brachte ihn richtig auf die Palme.

»Du bist ein eiskaltes Aas«, hatte er ihr vorgeworfen. Meike verstand ihn nicht. »Der wird doch nicht wieder lebendig, wenn ich ihn *nicht* fotografiere. Im Gegenteil. Solche Bilder kann man den Eltern gar nicht oft genug unter die Nase halten. Wenn es wenigstens in einem Fall hilft, ist schon was gewonnen.«

Es gibt keine von Natur aus mißratenen Kinder. Nur zu viele bescheuerte Eltern. Darüber waren sie sich ziemlich einig. Conny war höflich genug, sich nicht genauer nach den Erziehungsmethoden in einer gewissen friesischen Familie zu erkundigen. Meikes Auftreten glich mitunter verdächtig einer schlecht geschärften Axt im Wald. Dabei war ihr Vater Studienrat, nicht Förster.

Jedenfalls war der Abend unerfreulich verlaufen. Er hatte sich von Meike zu einem Bier im Irish Pub überreden lassen. Das sämige Kilkenny, das sie bevorzugte, hatte ihm die ganze Nacht im Magen gedrückt.

Er brühte sich einen starken Kaffee und las der nachmittäglichen Stunde zum Trotz den Rest des Morgenblatts, dessen Abonnent er noch immer war. Aus Gewohnheit. Früher hatte er der Zeitung gelegentlich einen Beitrag geliefert. Seit der Chefredakteur einer österreichischen Kirchenzeitung das

Blatt übernommen und allmählich auch den vorletzten der verbliebenen Redakteure durch einen der eigenen geistigen Konfession ersetzt hatte, benötigte man ein Wörterbuch, um den Kulturteil zu bewältigen, und kam selbst mit dessen Hilfe nicht hinter den dunklen Sinn allen Schmonzes. Nicht ohne Wehmut erinnerte sich Conny an die schwachbrüstige DDR-Presse. Das bißchen, was im Land passierte, reflektierte sie, und sei es durch Weglassen. Heute dagegen stand nahezu alles drin, was keinen interessierte. Unlängst hatte das Blatt den Brief eines begeisterten Lesers abgedruckt, der sich als Jingle-Komponist eines Radiosenders outete. Conny hatte bis dahin geglaubt, solche einförmigen Klangfolgen brächte der Computer auch ohne menschliches Zutun zustande. Er legte die Blätter zusammen und warf sie zu dem übrigen Altpapier.

Der Blick aus seinem Küchenfenster deprimierte ihn jedesmal aufs neue. Die zehn Minuten, in denen die Sonne zu dieser Jahreszeit die Schornsteine des Hinterhauses erleuchtete, lagen Stunden zurück. Düsteres Zwielicht hüllte den Hofschacht ein. Unten dröhnte ein Motor. Aus einem offenen Fenster im vierten Stock drangen stampfende Bässe und brachten das Küchenfenster zum Schwingen. Sinnlos, sich zum Arbeiten in das Eckzimmer zurückzuziehen, das ebenfalls zum Hof hinaus lag und ihm und seiner nachehelichen Lebensabschnittsgefährtin Susanne als Schlafzimmer gedient hatte.

Vor gut zehn Jahren hatten sie seine Einzimmer-Komfort-Wohnung gegen diese Altbau-Behausung in einer ruhigen Nebenstraße im Bezirk Friedrichshain getauscht. Die Aussicht auf den Fernsehturm, die er einst genossen hatte, fehlte ihm seitdem. Nun saß er hier fest in lärmerfüllten Riesenräumen und wartete auf die nächste Mieterhöhung. Die stille Straße unter dem Balkon des Wohnzimmers hatte in der Nachwendezeit als Aufmarschplatz für die Bürgerkriegsübungen eines rotbeschalten Bürgermeisters gedient. Jetzt war sie eine verkehrsberuhigte Zone und jedes zweite Haus eine Baustelle. Dazwischen suchten täglich und allnächtlich Dutzende Kraftfahrer einen Parkplatz schräg zur Fahrbahn. Auf der Gegenseite standen die Autos hintereinander. In der schmalen Gasse dazwischen galt das Recht des Zuerstgekommenen. Morgens, wenn Müllabfuhr und Baufahrzeuge unbeirrt ihren Dienst antraten und die Lieferfahrzeuge den Öko-Laden, den türkischen Gemüsehändler oder eine der drei Kneipen ansteuerten, wuchs sich die Verkehrsberuhigung mitunter bis zur Schlägerei aus. Conny besaß schon eine Menge Notizen zu diesem Thema. Aber wen interessierte in dieser Stadt das Verkehrschaos in einer Nebenstraße?

Er beschloß, den Computer an seinem alten Platz stehen zu lassen, auf dem Schreibtisch neben dem gefährlich überladenen Bücherregal und fern der Balkontür. Die öffnete er selten. Unten hatte sich eine Kneipe etabliert, deren Miefquirl ihm den Zigarettenqualm auf den Balkon blies, soweit er nicht durch die undichten Dielen im Korridor drang.

Im Nebenhaus schlug jemand mit wuchtigen Schlägen den Putz von der Fassade. Irgendwann würde auch sein Haus drankommen. Conny dachte mit Schrecken daran. Die Elektrokabel widersprachen jeder Norm. Die Abwasserrohre mußten aus besserer Plaste sein als früher. Nicht aus *Plastik*. Darin blieb er kompromißlos. Immerhin ließ der Duden das Wort *Plaste* als *regionale Abweichung* zu.

Er setzte sich an den Computer und begann, seine Notizen zum Friedrichstadtpalast zu systematisieren. Nach dem Gespräch mit Frau Fechtenberg war er ins Zentrum für Berlin-Studien gefahren und hatte die Literatur über Berliner Markthallen und Zirkusse, über Max Reinhardt, Hans Poelzig und das Große Schauspielhaus gesichtet. Viel war das nicht. In der Nazizeit war das Haus zu einem *Theater des Volkes* umgebaut worden. Von einem Architekten namens Fuß, der Poelzigs Tropfsteinhöhle gnadenlos glatthobelte und die Kuppel verhüllte. Auch zum Friedrichstadtpalast gab es ein paar Jubelschriften. Einiges hatte er kopiert.

Er nahm sich vor, mit seinem alten Bekannten Jonny zu sprechen, der das größte Zirkus- und Varietéarchiv in der Stadt besaß. Da er sein Gedächtnis kannte, tippte er alles in eine Datei und gab ihr den Namen FSP. Wenn aus der Serie etwas wurde, war er für eine Weile saniert. Außerdem lagen da noch die beiden Scheine, die Meike unter der Teekanne hinterlassen hatte.

Er dachte ernsthaft darüber nach, einen Schein zu nehmen und damit zum Italiener um die Ecke zu gehen, um endlich mal wieder vernünftig zu essen. In diesem Augenblick klingelte es. Etwa schon wieder Meike?

Er war nahe daran, sich tot zu stellen. Zumindest abwesend. Bis seine natürliche Berufsneugier siegte. Er schlich den langen Korridor entlang und linste durch den Spion. Das tat man besser in einem Haus, zu dem noch immer jeder Zutritt hatte. Die Klingel über ihm schrillte anhaltend.

Draußen stand ein großgewachsener Mensch mit lockigem Haar. Er trug Anzug, Schlips und Aktenköfferchen und sah auch sonst recht adrett aus. Conny öffnete die Tür und sagte nicht einmal unfreundlich: »Sinnlos, mein Guter. Mein Dispo-Limit ist erschöpft.«

Der Mann griente nicht einmal. Er hielt eine ovale Marke in der freien Hand. »Kriminalpolizei. Kommissar Timm. Spreche ich mit Herrn Conrad Pingel?«

Wenn es darauf ankam, hatte Conny ein feines Gehör. Timms Stimme ließ südelbische Dialektanklänge erkennen.

»Kommen Sie rein.« Er zögerte einen Augenblick, in welches Zimmer er Timm bitten sollte. Als er ihm ins Balkonzimmer voranging, fielen ihm zuerst die unabgewaschenen Teetassen und das Geld unter der Kanne auf. Timm nahm im Sessel Platz und schien beides nicht zu bemerken. Conny räumte alles auf den Schreibtisch.

»Ich komme wegen Ihrer Aussage in der gestrigen Nacht«, sagte Timm gemessen.

Conny hatte gelernt, daß man Leute am ehesten durch Schweigen verunsicherte und aus der Reserve lockte. Er sah Timm abwartend an.

Der entnahm seinem Aktenköfferchen ein paar Blätter in einer Klarsichtfolie. »Wir gehen am besten das Protokoll in aller Ruhe durch, und Sie unterzeichnen es dann.«

Conny widersprach ihm nicht.

»Sie kamen gegen zwei Uhr aus der *Kleinen Revue* und gingen direkt zu Ihrem ungefähr dreihundert Meter entfernt geparkten Wagen.«

Conny nickte zustimmend.

»Waren Sie alleine oder in Begleitung?«

Er hatte sich nicht getäuscht. Dieser Timm war ein waschechter Sachse, der seinen Dialekt unzureichend verleugnete. Das Wort Begleitung klang verdächtig nach *Bekleidung*.

»Begleitung ist nicht das richtige Wort. Ich war zusammen mit einer Kollegin bei der Premiere. Wir verließen gemeinsam das Haus.«

»Und sie kam mit zu Ihrem Auto.«

»Sie fährt üblicherweise mit dem Fahrrad.«

»Üblicherweise? Fuhr sie mit Ihnen im Auto?«

»Nein.«

Er hatte es geahnt, daß irgend jemand darauf herumhacken würde. Als er fünfzehn Sekunden vor dem Einsatzwagen der Polizei zu dem Toyota zurückgekehrt war, hatte ihm Meike zugerufen: »Mich läßt du da besser raus«, und war mit großen Schritten in Richtung Kalkscheunenstraße verschwunden. Das bedeutete: in Richtung Fotolabor.

Also hatte er Meike nicht erwähnt, obwohl eigentlich sie den Toten gefunden hatte. Dem müden Beamten, der die erste Befragung durchgeführt hatte, war nichts aufgefallen.

»Wann hatten Sie Ihren Wagen in der Johannisstraße geparkt?«

»Gegen 21.15 Uhr. Wir mußten bis halb zehn die Pressekarten abholen.«

»Haben Sie zwischendurch – vielleicht in der Pause – nach Ihrem Fahrzeug geschaut?«

»Wieso sollte ich?«

»Manchmal will man sich eine Jacke holen. Oder man hat die Zigaretten vergessen . . .«

»Ich bin Nichtraucher. Aber kein militanter. Wenn Sie wollen – bitte.«

Timm winkte energisch ab, bevor Conny in dem Chaos auf dem Schreibtisch seinen einzigen Aschenbecher gefunden hatte.

»Diese Kollegin kann bestätigen, daß Sie die *Kleine Revue* zwischen zweiundzwanzig und zwei Uhr nicht verlassen haben?«

Conny sagte: »Ich denke schon«, obwohl das natürlich Quatsch war. Er hatte zwar ständig Meike im Auge gehabt, aber sie ihn wohl kaum.

»Würden Sie mir bitte Namen und Adresse dieser Kollegin nennen?«

Es gab keinen Grund, Meike noch länger zu schonen. Zumal es um sein eigenes Alibi ging.

»Sie heißt Meike Stovesand und wohnt irgendwo in Moabit. Die Adresse steht im Telefonbuch.«

Timm nickte. »Leider meldet sich dort nur der Anrufbeantworter«, sagte er. »Von Frau Stovesand stammen ja die wunderschönen Fotos, die in der Presse in allen Regenbogenfarben zu bewundern sind.«

Conny hätte sich am liebsten vor die Birne gehauen. Er war ein Idiot und dieser Timm vielleicht gar nicht so dämlich wie er aussah. So eine Art Schwarzenegger-Verschnitt. Er strahlte etwas Kraftvoll-Bäuerliches aus.

»In welcher Zeitung haben Sie über den toten Alexander Senkpiel berichtet?« wollte er wissen.

»Ich wußte nicht mal seinen Namen. Außerdem ist das nicht mein Ressort«, entgegnete Conny frostig. Dabei log er. Unmittelbar nach der Wende hatte er sein Geld mit einer Illustrierten-Kolumne *Krimi der Woche* verdient. Bis das Blatt nach dem Verschleiß von sechs Chefredakteuren, viermal verändertem Layout und drei neuen Namen endgültig in die Pleite gewirtschaftet worden war. Die ABM hatte Conny gnädig aufgefangen.

In dieser Illustrierten-Zeit war Conny bei der Kripo ein und aus gegangen. Allmählich dämmerte es ihm.

»Waren Sie mal bei *Leben und Gesundheit* im Präsidium?« fragte er und hätte beinahe LEBEN und TOD gesagt, wie es damals alle taten.

Zum ersten Mal griente Timm. »Sie haben mich also erkannt.«

Conny wies mit dem Zeigefinger auf ihn. »Der Sänger«, sagte er. »Sie haben den toten Sänger aus dem Wasser gezogen. Und jetzt sind Sie bei den Heroinleichen gelandet?«

»Delikte am Menschen«, berichtigte Timm lakonisch. »Die nichtnatürlichen Todesfälle – wie damals.«

»Ein makabres Gewerbe.« Conny schüttelte sich. »Trinken Sie einen Schnaps mit mir?«

Timm sah auf die Uhr. »Erst das Protokoll«, entschied er. »Ich habe in zehn Minuten Feierabend.«

6 Casino

Der Dienstagvormittag war möglicherweise nicht der günstigste Zeitpunkt, das Ballett bei der Probe zu beobachten. Außerdem: Was gab es da schon zu sehen? Eine lange Reihe konzentriert und verbissen arbeitender Frauen in den unterschiedlichsten Gymnastikanzügen und Trikots, die Beine in dicken Wollstrümpfen oder wenigstens von Knieschonern umhüllt, die Haare mit Tüchern hochgebunden. Die meisten ungeschminkt, jedenfalls nicht vorstellungsreif zurechtgemacht, manche verschwitzt, andere von den Anstrengungen der letzten Wochenendvorstellungen und des freien Montags gezeichnet.

In der Vorstellung am Freitagabend hatte die Show perfekt funktioniert. Die Mädchen schwangen die netzbestrumpften Beine so synchron, wie man es vom preußischen Wachaufzug erwartete. Von Choreografie verstand Conny nicht viel. Hier steckte sie wie die dauernd wechselnden Glimmerkostüme voller verrückter Ideen, und die Lasershow war auch nicht ohne. Er kam nicht umhin, sich besser zu amüsieren, als er erwartet hatte. Selbst das Orchester auf der Empore swingte sich leidlich durchs Programm. Eine chaotische Radfahrertruppe übertraf die Biker auf Berlins Spielplätzen um Längen. Vier Kraftmenschen zeigten ihre Künste am Flugwerk, Hase und Jäger jagten sich auf dem Eis, Nixen tummelten sich im Wasserbecken. Weder Prospekte noch Maschinen wurden geschont. Das im wesentlichen aus altbundesrepublikanischen Pensionären und neureichen GUSsen zusammengesetzte Publikum hatte seine helle Freude, als der Magier Desmondo wie ein zweiter Copperfield seine platinblonde Assistentin mittendurch sägte und sie anschließend zusammen mit einem anderen Mädchen spurlos verschwinden ließ. Die Assistentin kam im Düsenjäger aus dem Saalhimmel gezischt, die zweite tauchte als die hübscheste der Nixen unerwartet aus dem Wasser wieder auf. Ihr freches Mädchengesicht war ihm schon vorher aufgefallen. Auch die triumphierende Miene des Zauberers, der sich im Handumdrehen in eine Doppelgängerin seiner Assistentin verwandelte und zum Schluß als vergreister Lebemann brillierte, kam Conny bekannt vor. Wieder einmal merkte er, daß es mit seinem Personengedächtnis nicht zum besten bestellt war.

Jetzt, am Vormittag in der Probe für die neue Revue, ging es nüchtern und glanzlos zu. Die Lautsprecher-Musik tönte blechern in den schwach erleuchteten Saal. Der argentinische Regisseur sah übernächtigt aus. Er schimpfte radebrechend, aber wie es Conny schien, ein wenig kraftlos. Auch der Ballettmeister wirkte unzufrieden. Auf der Hinterbühne fiel krachend etwas um. Jemand schrie: »Ruhe!«, und ein neues Poltern folgte. Ein Bühnenarbeiter kam von links und ging fünf Schritte vor den tanzenden Girls in die Hocke, um etwas auf dem Bühnenboden festzuschrauben.

Conny, der gar nicht weit von ihm in der ersten Reihe auf dem gleichen Platz saß wie in der Vorstellung, rief gedämpft: »Joe!«

Joe Becker blickte auf und brauchte eine Weile, um Conny zu erkennen. Er hob grüßend die Hand. Conny wies auf sich und ihn und zur Seite. Joe schüttelte den Kopf, tippte auf seine Uhr und hob einen Finger.

Um eins trafen sie sich im Casino, einem gefliesten Raum mit rustikalem Mobiliar in Dunkelgrün. Joe, ein untersetzter Mann mit rundem Schädel, dem man den ehemaligen Gewichtheber noch anmerkte, machte einen bedrückten Eindruck. Er sah alt aus. Mindestens so alt, wie er sein mußte: Anfang sechzig.

»Schön, daß du deinen Job hier behalten hast«, sagte Conny. Er freute sich wirklich, Joe Becker endlich zu treffen.

Leider ließ der sich durch diese Art Zuspruch nicht aufheitern.

»Wer weiß, wie lange noch«, sagte er düster. »Die sparen uns alle zu Tode.«

»Wem sagst du das.«

»Von dir lese ich ab und zu was in der Zeitung. Kann man davon noch leben?«

Conny hob die Achseln. »Guck mich an.«

Joe tat es. »Du bist alt geworden«, stellte er zu Connys Überraschung fest. »Na ja, ist ja wohl auch ein mieser Job, irgendwelchen Leichen nachzujagen . . .«

Spielte er auf den Herointoten an?

»Ich schreibe eine Artikelserie über euern Palast«, sagte Conny lebhaft. »Ich denke, du kannst mir da ein bißchen helfen, Joe.«

Dessen Gesichtsausdruck zeigte wenig Begeisterung. »Wenn du meinst . . . Weshalb fragst du nicht Gina? Die war viel länger im Haus und kennt allen Klatsch.«

Es klang bitter. Aber es war kein schlechter Tip. Gina war auch eine aus der Jazzliga. Sie hatte als Kostümbildnerin gearbeitet.

Er gab es nicht auf, Joe aufzuheitern. »Wir haben uns eine Ewigkeit nicht gesehen. Spielst du noch in der Band?«

Joe schüttelte melancholisch den Kopf. »In alle Winde zerstreut. Für unsere Musik hat keiner mehr Interesse.«

»Schade. Du hast früher mal in der *Großen Melodie* zu den Stars gehört. Und im *Alt Bayern*. Merten hat mir davon erzählt.«

Joes Stimmung ließ sich durch solche Erinnerungen nicht aufhellen. Im Gegenteil. Mertens Erwähnung verdüsterte seine Züge noch mehr.

»Merten! Um den ist es auch schade . . .«

»Du kanntest ihn gut?«

»Wen kennt man schon gut? Er war von Anfang an beim

Jazz dabei. Zuerst wahrscheinlich bloß, um seinen Alten zu ärgern. Aber dann wurde er ein richtiger strammer Jazzer. Am Baß war er gar nicht mal so schlecht.«

»Hattest du im alten Palast viel mit ihm zu tun? Ich meine, beruflich . . .«

»Nicht mehr als mit allen andern. Wir haben ab und zu am Tisch miteinander gesessen. Ein Bier getrunken. Und öfter mal zusammen gejamt. Aber nicht im Palast.« Er sah Conny an. »Du warst doch viel enger mit ihm befreundet.«

Das stimmte. Merten und er hatten sich während Connys Studienversuch beim Jazz kennengelernt, hatten Platten und Bänder getauscht und irgendwann zwei Mädchen kennengelernt, die in der Gegend der Schönhauser Allee gemeinsam ein möbliertes Zimmer bewohnten. Bis dahin hatten sie kaum miteinander über Mertens Vater gesprochen. Der saß in den höchsten Parteigremien. Sein Name hatte keinen guten Klang. Schon gar nicht in den Altbauten rund um die Schönhauser. Als sie sich der neugierigen Wirtin der beiden Studentinnen vorstellten, raunte ihm Merten zu: Sag einfach, ich bin dein Bruder.

Die Wirtin war überrascht: Zwei Brüder. Na so was. Das haben die Mädchen gar nicht erwähnt. Aber wenn man Sie so anguckt – eine gewisse Ähnlichkeit . . . Und ging hin, um die Neuigkeit bei den Nachbarinnen im Haus zu verbreiten.

Von da an hatte Conny gelegentlich Merten als seinen unehelichen Stiefzwilling bezeichnet. Mit der Nummer waren sie öfter aufgetreten. Immer dann, wenn Merten keinen Wert auf die obligatorische Frage legte: Ach, Sie sind der Sohn von dem . . .

Er blieb dennoch der Sohn seines Vaters. Als er Mitte der Siebziger noch vor Abschluß seines Studiums von der Filmhochschule flog und anschließend auch beim Theater kein Bein auf die Erde kriegte, vergingen nur ein paar Wochen, bis er den Job beim Friedrichstadtpalast fand. Die Verbindung zu

Conny wurde wieder enger. Sie waren inzwischen beide verheiratet, wenn auch nicht mit den Mädchen aus der Schönhauser Allee. Mertens Frau hatte irgendwas mit dem Film zu tun. In ausgelassener Stimmung teilte sie in kleinem Kreis gerne mit, ihre Chefin sei bis 1947 mit Kim Philby verheiratet gewesen. Erst sehr viel später war Conny sich der Sensation dieser Mitteilung bewußt geworden. Die Chefin galt in der Spionage-Literatur als die Anwerberin des britischen Geheimdienstmannes, der als KGB-Offizier in Moskau gestorben war. Erst aus seiner Gauck-Akte hatte Conny erfahren, daß auch Mertens Frau als IM *Leonce* eine geheimdienstliche Aufgabe erfüllt hatte. War das der Hintergrund für Mertens unerwartetes Verschwinden gewesen?

Joe Becker hatte seinen Kaffee ausgetrunken. Anscheinend zog es ihn an seine Arbeit zurück.

»Du wirst doch noch ein paar Minuten Zeit haben«, bat Conny. »Wir haben uns seit der Jazzbühne '89 nicht gesehen. Da hast du den Set für Art Blakey aufgebaut.«

Joe machte einen ziemlich abwesenden Eindruck. »Das ist lange her«, sagte er. »Es hat sich viel geändert seitdem.« Sein Blick verlor sich irgendwo über Connys Schulter. Der wandte sich um. Am Tresen stand eine auffallende schwarzhaarige Schönheit in einem leuchtend roten Seidengewand.

»Wer ist das?« fragte er.

Joe schien überrascht. »Du erkennst sie nicht? Chchimena, den Star andalusischer Sommernächte?« Er überzog den spanischen Rachenlaut. »Direktimport aus Sevilla. Oder anderswoher. Wer weiß das schon. Jedenfalls die linke Hand des Regisseurs. Und der stammt aus Argentinien.«

Conny blickte sich noch einmal um. Obwohl sie eine andere Frisur und weitaus weniger Bemalung trug, war Conny sicher, daß es sich um die Brünette handelte, die ihm bei der Premiere in der *Kleinen Revue* aufgefallen und bei Frau Fechtenberg begegnet war.

»Danke für den Kaffee.« Joe stand auf. Einen Augenblick verharrte er, die kräftigen Hände auf die marmorne Tischplatte gestützt, und beugte sich vertraulich zu Conny. »Vor Überraschungen ist man nie sicher, Conrad«, sagte er.

Irgend etwas an ihm wirkte merkwürdig. Noch nie hatte er Connys vollen Namen ausgesprochen.

»Wir sehen uns noch«, rief Conny ihm nach. Er konnte seine Enttäuschung kaum verbergen. Das Wiedersehen mit Joe hatte er sich anders vorgestellt. Außerdem ging ihm die Sache mit Merten nicht aus dem Kopf. Ganz plötzlich war er weg gewesen. Spurlos verschwunden. Niemand wußte etwas Genaues. Gemunkelt wurde natürlich: Der ist abgehauen. Kein Wunder, bei dem Vater.

Es blieb bei Gerüchten. Zu Connys Verwunderung befragte ihn niemand über die angebliche Flucht seines Freundes. Auch im Westen blieb es still. Kein Sender, keine Boulevardzeitung meldeten die Flucht des einzigen Sohns eines so hohen SED-Funktionärs.

Das Eigentümlichste jedoch blieb: Auch nach der Wende hörte Conny kein Wort von Merten. Alle Versuche scheiterten, den Verschwundenen aufzuspüren.

Er saß noch eine ganze Weile allein am Tisch und tat, als mache er sich Notizen. Dabei beobachtete er halb abwesend die Leute. In Wahrheit kreisten seine Gedanken um Merten.

»Geht es voran mit Ihrem Werk?« erkundigte sich eine muntere Stimme. Conny hatte Frau Fechtenberg gar nicht bemerkt.

»Setzen Sie sich zu mir?« fragte er erfreut.

Sie stellte das Tablett mit einem Salattellerchen und einem Mineralwasser auf den Tisch. »Meistens komme ich gar nicht zum Mittagessen«, sagte sie. »Wie hat Ihnen unsere Revue gefallen?«

Conny bedankte sich für den guten Platz und lobte Programm und Ausstattung. Frau Fechtenberg sah ihn zweifelnd an, schien jedoch erleichtert durch sein Lob. »Das ist gar nicht so einfach unter einen Hut zu bekommen – die laufenden Vorstellungen und gleichzeitig die Proben für die neue Revue. Es gerät alles ein bißchen außer Kontrolle.«

»Läßt sich gar nichts aus dem alten Programm ins neue integrieren? Nicht einmal von der Ausstattung?«

»Wo denken Sie hin? Wir haben zum guten Teil ein Stammpublikum. Das hat ein Auge für jedes Detail. Da darf kein Kostüm sich wiederholen. Und schon gar keine Choreografie oder gar das Bühnenbild.«

»Nur die armen Mädchen sind immer dieselben. Kommen die nicht durcheinander, wenn sie vormittags etwas anderes proben, als sie am Abend tanzen müssen?«

Frau Fechtenberg pickte in ihrem Salat herum. »Das ist ihr Job. Dafür haben sie einen festen Arbeitsplatz. Jedenfalls hatten sie den bis jetzt. Der Chef ist heute beim Kultursenator. Aber das lassen Sie besser weg in Ihrem Bericht.«

Da konnte Conny sie beruhigen. »So aktuell wird meine Serie auch wieder nicht. Was für Highlights haben Sie denn im neuen Programm anzubieten?«

»Alles was es jemals in diesem Palast gab. Vom Fischmarkt über Jacques Offenbach, Akrobat schö-ö-ö-n und Karel Gott. Dazu hochrangige Artistik. Sie können sich bei den Proben davon überzeugen.«

»Sind die Nixen wieder dabei?«

»Selbst für das Wasserbecken muß man sich jedes Mal etwas Neues einfallen lassen. Diesmal ist es ein Piratenschiff mit Matrosen, die auf der Liebesinsel landen.«

Conny wollte wissen, auf welche Epoche in der Geschichte des Hauses sich diese Szene bezog. Da war Frau Fechtenberg überfragt. Wasserrevuen hatte es schon im alten Zirkus Schumann gegeben. Noch in den sechziger Jahren erprobte man im alten Palast eine Wasserpantomime. Dazu wurde das Parkettgestühl herausgenommen. Das Wasserbecken aus Gummiplanen verriet, wie schief das ganze Haus stand.

Die Geschichte kannte er von Joe. Als hätte Frau Fechtenberg seinen Gedanken erraten, fragte sie: »Haben Sie sich schon mit Herrn Becker unterhalten?«

»Nur ganz flüchtig. Er schien nicht in der Stimmung zu einem längeren Gespräch zu sein.«

Frau Fechtenberg hatte ihr Mahl beendet und erhob sich. »Das kann ich mir vorstellen. Gucken Sie sich ruhig überall um. Viel Spaß.«

Genau daran fehlte es Conny. Er brachte sein Geschirr zur Ablage und verließ das Haus.

7 Dichterlesung

Joes überraschendes Verhalten und der verschwundene Merten gingen ihm nicht aus dem Kopf, während er am Nachmittag am Computer saß und die Einleitung seiner Serie formulierte. Alles andere hatte er aufgearbeitet: einen Wandertip durch den wunderschönen Gamengrund, der angeblich am Europa-Wanderweg von Athen zum Nordkap liegt, eine Glosse über den aussichtslosen Kampf der Stadtreinigung gegen die allgegenwärtige Hundekacke und zwei Rezensionen lateinamerikanischer Thriller, die ihn schlichtweg begeistert hatten. Die Burschen verstanden es, mit doppeltem Boden zu erzählen und noch die simpelste Einzelheit mit magischem Realismus zu vergolden.

Er dagegen kämpfte sich durch die trockenen Angaben zum Bau der ersten Berliner Markthalle, die schon sechseinhalb Monate nach ihrer Eröffnung, im April 1868, Pleite gegangen war. Immerhin trug die allerhöchste Genehmigungsurkunde zur Gründung der Berliner Immobilien-Actien-Gesellschaft neben der Unterschrift König Wilhelms von Preußen auch die seines Ministers für Handel, Gewerbe und öffentliche Arbeiten, Graf von Itzenplitz, und des Justizministers, Graf zur Lippe. Bauherr war nicht der Eisenbahnkönig Bethel Henry Strousberg gewesen. Der hatte die sechsschiffige Eisen- und Glasbasilika zu Weihnachten 1873 als Auslieferungslager für den Berliner Lebensmittel-Handel übernommen und war damit gescheitert. Zwischendurch diente der Bau als Lagerhalle für Feldpost und Liebesgaben im deutsch-französischen Krieg.

Errichtet worden war die Halle, deren Eisenkonstruktion auf Schinkel zurückgehen sollte, im Winkel zwischen Spree und Pankemündung auf dem Gelände des verkolkten Adlerteichs, dem wohl schlechtesten Baugrund in der noch spärlich besiedelten Friedrich-Wilhelm-Stadt. Das hatte einen ehemaligen preußischen Ministerpräsidenten und die geldgebenden Bankiers Gerson Bleichröder und Peter Mendelssohn-Bartholdy nicht abhalten können, den Geheimen Regierungs-Rath Friedrich Hitzig mit den Plänen und der Bauleitung – *unter Specialleitung des Baumeisters Lent* – zu beauftragen. Hitzig galt als namhafter Architekt. Von ihm stammten die Berliner Börse und und die spätere japanische Botschaft am Reichstag. 1875 wurde er Präsident der Akademie der Künste.

Ironie des Schicksals, dachte Conny beim Tippen. Hundert Jahre später hatte man den Hausherrn des Nebenhauses in diese Funktion gehievt. Nicht etwa Brecht war diese Ehre widerfahren, sondern dem geschwätzigsten seiner Jünger. Erst dessen gewählter Nachfolger wurde für kurze Zeit ein würdiger Akademiepräsident. Auch er ein Brecht-Schüler und Hausherr des Ensembles im Nebenhaus.

Als Hitzig seinen Akademieposten antrat, war die Halle schon zum *Markthallen-Circus* mit 4 500 Sitzplätzen umgebaut worden. Sechs Winter lang bespielte Albert Salamonsky mit seiner Truppe den Riesenbau. Dann ging er nach Moskau und gründete dort den späteren sowjetischen Staatszirkus.

Conny wunderte sich längst nicht mehr, wenn er auf solche historischen Kurzschlüsse stieß. Nichts ist ewig. Nur Provisorien halten etwas länger. Die alte Markthalle, zehnmal umgebaut und verändert, zerbombt und wiederaufgebaut, hatte auf schwankenden Grund fast 120 Jahre überdauert. Die Außenwände wiesen beim Abriß noch beinahe die Originalmaße von 83,75 Meter Länge und 64 Meter Breite auf. *Ein in der westlichen Ecke des Grundstücks (an der Panke) übrig bleibendes dreieckiges Terrain, auf dem Plane mit Fischhalle bezeichnet* nicht mitgerechnet – der spätere Heizungskeller mit darüberliegendem Kulissenmagazin.

An dieser Stelle unterbrach Conny seinen historischen Exkurs. Wenn er pünktlich zur Dichterlesung in der Fasanenstraße erscheinen wollte, wurde es höchste Zeit. Zu diesem Abendvergnügen hatte er sich spontan und keineswegs selbstlos entschlossen, nachdem er den Namen des Vortragenden im Tageblatt entdeckt hatte: Jakob Seidler. Nicht etwa, daß er die Hoffnung hegte, einen Bericht über die Lesung irgendwo loszuwerden. Seit dem endlosen Streit der PEN-Brüder herrschte bezüglich der Literatur im hauptstädtischen Blätterwald Friedhofsruhe, unterbrochen ab und an von einem echten Nachruf. Jakob war ein Freund Mertens aus dessen Zeit beim Film. Und Jakob hatte in der Reinhardtstraße gewohnt, wie sich Conny erinnerte. Direkt hinter dem alten Friedrichstadtpalast.

Notgedrungen beschloß er, sich etwas zu gönnen und öffentliche Verkehrsmittel zu benutzen. Um diese Zeit einen Parkplatz in Kudamm-Nähe zu finden, war ein aussichtsloses Unterfangen.

Jakob erkannte ihn sofort, als er sich zu dem Dutzend Zuhörer im Literarischen Salon setzte, und nickte ihm freudig zu. Er las aus einem umfangreichen Manuskript mit dem Titel *Das grüne Licht der Passagen*. Das erste Kapitel spielte in der Ruine Friedrichstraße Ecke Schiffbauerdamm. Zufrieden lauschend versuchte Conny, eine bequeme Haltung auf seinem Stuhl zu finden. Die Geschichte gefiel ihm nicht nur wegen der Nähe zu seinem eigenen Thema. Jakob war ein brillanter Erzähler.

Leider kam Conny nach der Veranstaltung nicht gleich an ihn heran, weil sich eine junge Berufskollegin vordrängte und Jakob für das Radio interviewte. Schreiben Sie lieber eineiige, zweibeinige oder dreiteilige Fernsehserien? Mußten Sie sich in der DDR täglich ein- oder zweimal bei der Stasi an- und abmelden? Conny bewunderte den Langmut, mit dem Jakob Fragen dieses Kalibers beantwortete.

Jakob war überhaupt gut drauf. Und er besaß ein gutes Gedächtnis, wie sich im Anschluß an die Lesung beim Italiener gegenüber herausstellte. Die freundliche Aufnahme durch das Publikum, ja selbst das naive Radio-Mädchen, hatten ihn in eine gewisse Hochstimmung versetzt, von der Conny profitierte. Jakob sprudelte über. Er wußte von Kinderrevuen im ungeheizten Palastbau, von einem Bombenfund unter der Bühne und den Zirkuswagen auf dem Schulhof an der Panke neben dem Palast zu berichten und kannte Geschichte und Bewohner der Häuser rund um die ganze, um fünf Ecken gewundene Straße Am Zirkus. Zwischen dem *Theater am Schiffbauerdamm* und der Zufahrt zum Palast hatte das Hotel *Hermes* gestanden, ein viergeschossiger Bau aus der Gründungszeit der Markthalle. Das Haus Am Zirkus 8 war ihm durch einen sternförmigen engen Hof im Gedächtnis geblieben. In den vom Krieg verschonten Häusern an der Ostseite des Palastes wohnten viele der dort gastierenden Künstler in möblierten Zimmern, andere in den Wohnwagen an der Panke. Den Platz teilten sie sich mit dem Kohlenhändler Kopka.

Conny machte sich Notizen. Jakob guckte ihm zu und sagte: »Wenn das Zeug was wert sein soll, das du schreibst, geh an die Quellen, mein Junge. Schreibe nie die Fehler der anderen ab und verlaß dich nicht auf die mündliche Überlieferung. Versuche alles nachzuprüfen. Die Leute lügen wie gedruckt. Jeder alte Genosse hat Thälmann persönlich die Hand geschüttelt. Und jeder alte Mime ist von Reinhardt vom Fleck weg engagiert worden.«

Allmählich schweifte Jakob ab, erzählte von seiner Statistenzeit am Deutschen Theater, von den Nutten im Café *Röckchen Hoch* und von dem Reichsbahnbunker, über den er sich Unterlagen beschafft hatte. »Beinahe so schwierig, wie die Unterlagen für die Rente zusammenzubekommen«, sagte er und berichtete ausführlich von seinem Ärger mit dem Arbeitsamt, mit der Bundesversicherungsanstalt und dem Rentenbescheid. Conny kannte das alles. In der Altersgruppe ostdeutscher Endfünfziger gab es anscheinend kein anderes

Thema von ähnlicher Brisanz. Je enger die Treue zum verschwundenen Staat, desto größer die Wut auf die Knauserigkeit und Bürokratie des Ex-Klassenfeindes. Jakob stellte eine Ausnahme dar. Dem alten Staat stand er so fern wie dem neuen, in dem niemand einen alten Mann Filme machen ließ und kein Verlag seine Bücher drucken wollte.

Vorsichtig brachte Conny Jakob auf den Friedrichstadtpalast und auf den gemeinsamen Freund Merten zurück.

»Tja, Merten . . . Der Junge war natürlich der richtige Typ für die Mädels im Palast. Und für manche Knaben auch. Aber dafür hatte er nichts übrig. Einige der Damen waren heftig hinter ihm her, nachdem sich herumgesprochen hatte, aus welchem Stall er kam. Der Alte war auch nicht gerade wegen seiner Zurückhaltung bekannt.«

»Merten hat sich aus seiner Herkunft nie viel gemacht.«

»Er nicht. Aber Frauen haben ein feines Gespür für den Geruch der Macht. Deswegen ist doch auch diese Ira an ihm hängengeblieben wie eine Klette. Ich kannte sie und habe ihn gewarnt. Als ich ihre IM-Geschichte erfuhr, war ich nicht überrascht.« Jakob sah Conny durchdringend an. »Warst du nicht auch mit so einer überkandidelten Philosophin verheiratet?«

Conny nickte.

»Was ist aus der geworden?«

»Sie betreibt in Bayern eine Klinik für Naturheilkunde.«

Jakob schüttelte den Kopf. »Da siehst du wieder, wozu der Marxismus-Leninismus seine treuen Jünger befähigt . . .«

»Sie ist zu einem neuen Glauben konvertiert.«

Jakob lachte bitter. »Da kann ich dir ganz andere nennen! Oder hörst du kein Radio und siehst nicht fern?«

»Um auf Merten zurückzukommen – du meinst also, er hatte eine Menge Affären im Palast?«

»Was heißt Affären? Er war kein Kind von Traurigkeit. Die Sitten im Palast waren immer ein bißchen lockerer. Sogar der

Intendant hatte sich eine komfortable Suite einrichten lassen. Und wenn ich an den alten *Esterhazy-Keller* denke, was da alles lief . . .«

Conny hatte den sagenumwobenen Künstler-Keller am Oranienburger Tor nicht mehr kennengelernt. »Dort trafen sich die Palast-Leute?« fragte er.

»Da gab es feste Rituale. Montags die Tänzer, dienstags die Artisten oder so ähnlich. Dazu alles Volk, das an denen ein wie auch immer geartetes Interesse hatte. Unter anderen ausländische Diplomaten. Da kam es schon mal vor, daß eins der Mädchen im unkontrollierten Diplomatenwagen einen Ausflug unternehmen durfte – auf den Kudamm oder so.«

»Nach einundsechzig?« fragte Conny erstaunt.

»Na sicher. Vorher wohnte die Hälfte des Balletts und der Musiker sowieso in Westberlin. Damals hatte das Fernsehen noch keine so große Bedeutung. Der Palast war so etwas wie die Börse der Unterhaltungskunst. Ein Hamburger Freihafen der Kultur. Ein Treffpunkt zwischen Ost und West. Für das Publikum, für die Künstler und für die Geschäftemacher. Die weinten alle Rotz und Wasserschnecken, als es damit zu Ende war. Aber hinter die Mauer wollte keiner von denen ziehen, obwohl man ihnen goldene Brücken baute. Dahinter saßen wir: *DDR – Der Doofe Rest.*«

»Ergaben sich daraus nicht ziemliche Schwierigkeiten für so ein großes Haus?«

Wieder lachte Jakob. »Was heißt: für so ein großes Haus? Das ganze Land bestand aus Schwierigkeiten. Die besten Fachleute und Ärzte waren längst im Westen. Es gab keine Kartoffeln, keine harte Wurst, keine Butter, keine Zwiebeln, keine Zahnbürsten, kein Klosettpapier – und in Berlin keine Musiker, Sänger und Ballettratten. Also wurden die Provinzbühnen und Volkskunstensembles geflöht. Alles, was eine Bratsche halten konnte oder die Beine höher kriegte als bis zum Kinn, wurde vom Fleck weg engagiert. Der Solotänzer kam vom Erich-Weinert-Ensemble der Nationalen Volksarmee. Dazu ein paar Mädchen aus Ungarn. Der neue Direktor, ein ehemaliger Brecht-Schauspieler, machte trotzdem was aus alldem. Der kam vom Kabarett. Angeblich soll Brecht selber ihn mit den Worten delegiert haben: Langer, du gehst zur Unterhaltung.«

Conny erinnerte sich, daß auch Mertens damalige Freundin aus dem sozialistischen Ausland zugewandert war. Aus Prag oder Bratislava. Sie hieß Verena, war blond und bemühte sich um akzentfreies Sprechen. Wenn Merten sie liebevoll Lenotschka nannte, wurde sie wütend.

»Hast du jemals wieder etwas von der Blonden gehört, mit der Merten zuletzt zusammen war?«

Jakob schüttelte den Kopf und sah auf die Uhr. »Es wird langsam Zeit für mich.« Er übernahm die bescheidene Zeche. Gemeinsam wanderten sie zum Bahnhof Zoo und fuhren noch ein paar Stationen zusammen in der S-Bahn. Erst da kam Jakob auf Verena zurück. »Die Tragik war, daß Merten sie wirklich liebte. Und sie verpaßte ihm ein Geweih nach dem andern. Zuletzt mit diesem Mediziner, der sie dann wirklich geheiratet hat. Nachdem Merten . . .« – Jakob verzog vielsagend das Gesicht – ». . . verschwunden war.«

»Du glaubst nicht an diese Flucht?«

»Mein lieber Junge«, sagte Jakob väterlich. Er war gut ein Dutzend Jahre älter als Conny. »Wenn es zwei Leute gibt, zu denen Merten Vertrauen hatte, dann sitzen die sich hier im S-Bahn-Abteil gegenüber. Glaubst *du* daran?«

Darüber hatte Conny lange genug nachgedacht. »Ich habe nach der Wende einiges in Gang gesetzt, um Merten zu finden. Ergebnis: Nichts. Absolut nichts.«

»Na siehst du. Einen von uns beiden hätte Merten damals oder heute angerufen.«

»Ich hatte bis achtundachtzig kein Telefon. Aber er hatte meine Adresse.«

»Ich muß raus«, sagte Jakob. »Ruf mich gelegentlich an.«

Auf dem Weg von der Warschauer Brücke nach Hause dachte Conny über Merten nach und bemühte sich, nicht in die Hundescheiße zu treten. Ein Auto hielt. Er hörte Schritte hinter sich, achtete aber nicht darauf.

Am Boxhagener Platz überholte ihn plötzlich eine Gestalt und rempelte ihn an. Das war in dieser Gegend und zu dieser Zeit, wenn die Kneipen schlossen, nicht ungewöhnlich. Der junge Bursche drehte sich zu ihm um und knurrte: »Sieh dich vor, du, und kümmer dich um deinen eigenen Scheiß!« Er sah aus, als suche er Streit.

»Bleib ruhig, Kumpel«, entgegnete Conny. Früher hätte er sich stark genug gefühlt für eine handfestere Antwort. Heute mußte man bei solchen Kerlen mit allem rechnen. Ein junger Kollege hatte ihn neulich gefragt, womit er bewaffnet sei, und er hatte geantwortet: Mit meiner Angst.

Er griff in die Tasche und umklammerte sein Schlüsselbund. Einen Schlag mit der gestählten Linken würde niemand so bald vergessen.

Der Bursche blieb schräg vor ihm und drehte sich an der nächsten Ecke noch einmal um. »Vergiß nicht, was ich dir gesagt habe!« zischte er und streckte ihm die Hand drohend entgegen. Eine Messerklinge blitzte.

Unwillkürlich faßte Conny nach dem Ärmel, wo der ihn angerempelt hatte, und fühlte, daß seine Lederjacke aufgeschlitzt war. Verstohlen blickte er dem Messerhelden hinterher, der in der Nebenstraße verschwand und dort auf eine zweite Gestalt traf. Autotüren knallten. Hinter der Hausecke verborgen, versuchte Conny das Kennzeichen des scharf anfahrenden Wagens zu entziffern. Die Entfernung war zu groß.

8 Unterwelt

Den nächsten Vormittag verbrachte Conny wieder im Palast. Für sein Auto hatte er eine Lücke auf dem Gehweg neben dem Spree-Geländer am Schiffbauerdamm gefunden, wo eine Treppe zum Fluß hinunterführte. Er war die Friedrichstraße nordwärts gelaufen, hatte sich von der gegenüberliegenden Baustelle aus einen ausgiebigen Blick auf die Palastfassade gegönnt und noch eine Runde bis zur Chausseestraße gedreht. Gern wäre er bis zum Brechtgrab gepilgert, doch dafür war die Zeit zu knapp.

Nummer 131 war das Eckhaus, in dem Biermann gewohnt hatte. Conny war dem Liedermacher nur zwei Mal bei einem angeblichen Freund begegnet. Von dem stammten auch alle Biermann-Bänder, die er noch immer besaß. Selbst Manfred Krug und manchen anderen hatte er dort kennengelernt. Alle Daten und Namen hatte er in den Gauck-Akten wiedergefunden.

Biermanns Wohnung lag der einstigen Vertretung der Bundesrepublik gegenüber. Auf der anderen Seite der Friedrichstraße hatte es früher das *Café Metro* gegeben, ein Tanzbums der unteren Sorte. Daneben lag die *116*, eine Kneipe, die sich Studenten und Schwule einträchtig teilten. Drei Häuser südlich zweigten die Oranienburger und die Linienstraße ab, zu Ostzeiten nur noch dem Namen nach verschrien. Die Rotlichtszene residierte längst in den Interhotels. Käuflichen Sex gab es nur gegen harte Währung. In den ersten Berliner Monaten hatte Conny vergeblich davon geträumt, mal *von so einer* angesprochen zu werden.

Er warf einen Blick auf den unscheinbaren Kellerzugang gleich hinter der Ecke. Von Merten wußte er, daß es sich bei dieser grauen Tür um den Eingang zum berühmten *Ester-*

hazy-Keller handelte, den die Stasi geschlossen hatte, weil ihr die zwielichtig-multinationale Gesellschaft dort über den Kopf gewachsen war. Oder weil der Wirt während der Staatstrauer die *Schlager der Woche* von RIAS Berlin gehört hatte. Wer wußte das genau?

Die einzige Kneipe, die es noch immer gab, war die *Bärenschänke,* ein endloser Schlauch, der sich bis weit in die Tiefen des französischen Hospital-Viertels erstreckte, das zwischen Friedrichstraße und der ehemaligen Tierarzneischule an der Panke liegt. Eine verwunschene Oase mitten im Häusermeer, von der die wenigsten Berliner etwas ahnen. Noch zu DDR-Zeiten hatte man einen Straßenstummel hineingetrieben und ihm den Namen der unsterblichen Claire Waldoff verliehen. Jetzt existierte dort eine erfreuliche Anzahl neuer Kneipen, die auf alt gestylt waren.

Im Palast lief gerade die Probe des Wasserballetts. Niemand hinderte Conny, durch die offene Tür quer über die Seitenbühne bis zum Pult des Inspizienten vorzudringen. Den Blick in die vordere Hälfte des Wasserbeckens verstellte der Sockel einer darauf schwimmenden Insel. Die Mädchen bewegten sich vor den vorderen Fenstern. Sie trugen blaue Badeanzüge, noch nicht die endgültigen Kostüme. Sechs Tänzer in Räuberzivil markierten auf dem Kunststoff-Eiland Aufregung über das Geschehen im Wasser. Sie sahen aus, als seien ihnen die Mädchen im Wasser scheißegal.

Conny sah nur zwei der Mädchen von schräg hinten. Die Zaubergehilfin war nicht darunter. Er erkannte sie sofort, als die sechs Schwimmerinnen zehn Minuten später winkend auf der Insel standen und mit dem Wasserbecken in die Tiefe fuhren. Es wurde Zeit, sich die Unterwelt anzugucken.

Der technische Leiter, ein behäbiger Hüne mit Berliner Akzent, hielt Conny erstmal einen Vortrag über die Baugeschichte des alten wie des neuen Hauses. Es freute ihn sichtlich, in Conny einen halbwegs fachkundigen Zuhörer zu finden.

Wie es sich in Berlin für einen Bau dieser Größenordnung gehörte, war schon die Ausschreibung für den Neubau nicht ohne sanfte Schiebung abgelaufen. Auch darin unterschieden sich Ost und West nicht voneinander.

Dabei war die Idee, einen neuen Friedrichstadtpalast zu bauen, nicht erst durch die Stillegung des alten entstanden. Seit man 1977 beim Einbau einer modernen Heizung in das alte Gemäuer den Zustand der tragenden Eichenpfähle etwas genauer untersucht hatte, war klar, daß die keine weiteren hundert Jahre im sumpfigen Untergrund überstehen würden. Jeder, der etwas vom Bau verstand, konnte sich ausrechnen, wann die Pfähle bei einer Absenkung des Grundwassers zu zerfallen drohten. Am Bahnhof Friedrichstraße hob man eine tiefe Baugrube für ein internationales Handelszentrum aus, einen Kilometer nordwestlich davon eine noch gewaltigere für den Neubau der Charité. Der Friedrichstadtpalast lag dazwischen. Die zerspringenden Gipssiegel der Staatlichen Bauaufsicht verrieten, was im Untergrund vorging. Als sich schließlich der eiserne Vorhang, der Bühnenhaus und Zuschauerraum brandschutztechnisch voneinander trennt, seiner notorischen Schieflage wegen nicht mehr absenken ließ, war das Schicksal des alten Baus nicht mehr aufzuhalten. Am 29. Februar 1980 fand die letzte Vorstellung statt.

Natürlich taten alle Verantwortlichen, als hätte niemand mit einem so plötzlichen Ende gerechnet. Zwar lag das Projekt für einen Neubau vor, doch vor allem das Prestigeobjekt *Palast der Republik* hatte die materiellen Möglichkeiten des Landes erschöpft. Keiner glaubte an diesen neuen Palast, für den in sämtlichen Plänen keine müde Mark vorgesehen war. Außerdem gehörte der Friedrichstadtpalast dem Magistrat von Berlin. Mochte der zusehen, wie er zu einem neuen Varietéhaus kam.

Von Merten wußte Conny, was folgte: ein halbstündiges und sicherlich nicht ganz trockenes Gespräch des Palastchefs mit dem Parteiboß der Hauptstadt. Der war für seinen Alkoholkonsum, sein rüdes Auftreten und sein Faible für leichtgeschürzte Damen bekannt. Eine, die bereits ihr eigenes Theater leitete, heiratete ihn sogar.

Was zwischen den beiden Herren beredet wurde, blieb deren Geheimnis. Gemunkelt wurde von 250 Millionen – außerplanmäßig. Der eine der beiden starb noch vor der Wende als Hausherr eines neuen und modernen Friedrichstadtpalastes, der andere fiel am Hof des Dachdeckergehilfen in Ungnade und landete als subalterner Beamter im Militärarchiv. Seine blonde Diseuse entfloh ihm und schrieb später ein unanständiges Buch; er selbst starb kurz nach dem endgültigen Umsturz an einem obskuren Ort in Südamerika.

Fest steht, daß knapp ein Jahr nach Schließung des Altbaus das Zentralorgan der Partei urplötzlich ein fertiges Modell des neuen Friedrichstadtpalastes samt Standortangabe präsentierte, eben jenen Hauptbahnhof Jerewan, an dessen Fundamenten man bereits arbeitete. In der auf Plattenbau festgelegten Architekturlandschaft des Landes brodelte es leise. Um die Fachleute zu beruhigen, holte man flugs einen fiktiven Wettbewerb nach, zeichnete zwei Entwürfe mit gleichen Preisen aus und baute weiter den im Zentralorgan vorgestellten. Mit gleitender Projektierung, wie das hieß. Conny nickte verständnisvoll. Auf ähnliche Weise entstand seine Serie.

Im Juni 1981 wurde der Grundstein gelegt, hinein kam eine mit Epoxidharz verklebte Kupferkartusche. Darin das Übliche: Zeitungen vom gleichen Tag, eine Urkunde, Münzen. Dazu zwei Fläschchen Schnaps und eine Botschaft der Bauarbeiter an die Nachwelt. Den Spaß hatten sie sich nicht nehmen lassen.

Das Projekt überstand mehrere tiefgreifende Sparmaßnahmen, verlor ein Segment im Foyerbereich und manches andere Extra. Man reduzierte die teuren farbigen Glasdurchbrüche in der Fassade, die den Serailcharakter des Hauses so vorteilhaft betonten. Aber es wurde kontinuierlich gebaut. Obwohl auch nur einen Steinwurf weit von der Spree entfernt und damit in deren Druckwasserbereich, gab es keine Probleme mit dem Untergrund. Er durfte nur nicht zu stark erschüttert werden. Noch war die alte Augenklinik in der Ziegelstraße mit ihren Operationssälen in Betrieb.

An der Seite des schwergewichtigen Technikers stieg Conny hinab in den Keller. Vielmehr in das Sockelgeschoß, wie so etwas fachmännisch heißt. Ein verwinkelter Gang führte über weitere Stufen hinunter zu den Räumen, um die herum das Gebäude errichtet worden war. Hinter einer unscheinbaren Metalltür sah es aus wie im Maschinenraum eines Ozeanriesen. Eine stählerne Leiter führte nach unten in den Schiffsbauch. Es fehlten nur die Kohlentrimmer. Vor ihnen auf gleicher Höhe befand sich das hydraulische Hubpodium, eine in der Höhe verstellbare Plattform von zwölf Meter Durchmesser, von vier blanken Stahlsäulen getragen, die fünf Meter tiefer im Betonboden verschwanden.

»Die Sohle liegt etwa acht Meter unter Straßenniveau«, erläuterte sein Begleiter. »So tief wären wir im alten Haus auch nicht annähernd gekommen. Die Erdschutzrohre reichen bis minus siebzehn Meter.«

»Und wie dick ist der Beton?«

»Das ist eine druckwasserhaltende Dichtung. Ungefähr anderthalb Meter dick. Und hier läuft nichts rein, wie beim Palast der Republik.«

Links schimmerte im Schummerlicht das Wasserbecken. Rechts hinter einer Jalousie stand die fahrbare Eisfläche. Es war nur eine flache Scheibe.

»Das Eis ist nur vier Zentimeter dick. Wir decken es mit einem Isoliermaterial ab, um die Verluste gering zu halten. Darüber liegt die Zirkusmanege.«

»Ist die groß genug?«

»Zwölf Meter. Mit leicht überhöhten Kurven. Das ist das normale Maß.«

Im alten Zirkus Schumann hatte die Manege auch nur dreizehn Meter gemessen. Der Abstand zwischen den Markthallensäulen betrug fünfzehn Meter.

»Das Wasserbecken würde ich mir gerne angucken.«

»Kein Problem.«

An der Wasseraufbereitungsanlage vorbei betraten sie den Nebenraum. Das Zwölfmeterbecken bestand eigentlich nur aus dem Stahlboden und dem gut zwei Meter hohen, blau lackierten Metallrahmen für die rechteckigen Scheiben.

»Wir hätten gerne ein Vollglasbecken aus Acryl gehabt. Aber das wäre damals zu teuer geworden. Das Becken ist so ziemlich der einzige Import im Haus. Aus West-Berlin. Jetzt haben wir die Firma vor der Tür.«

»Wieviel Wasser ist da drin?«

»Ungefähr hundertfünfundsiebzig Kubikmeter. Das Ganze, mit Rahmen und Wagen wiegt ungefähr dreihundert Tonnen.«

»Und wie oft wird das Wasser erneuert?«

»Es wird ständig gereinigt und ergänzt. Und alle halbe Jahr vollständig gewechselt.«

Das Bassin strahlte laue Wärme und Feuchtigkeit ab. Conny faßte die Scheibe an. Über ihm spiegelte sich an der Wasseroberfläche der Bassinboden mit den Scheinwerfern.

»Das Wasser hat dreißig Grad. Sonst würden ja die Mädels einen Schock kriegen.«

»Müssen die hier unten einsteigen?« Conny sah sich in dem schlecht beleuchteten Kellerraum um. In der Ecke lehnte eine Aluminiumleiter an der weißgekalkten Ziegelwand.

»Wir Techniker sehen das eigentlich nicht so gerne, Personentransport auf so einer Anlage. Aber meistens verlangt es das Programm. Also steigen sie hier ein, werden mit dem Wagen auf das Hubpodium gefahren, und aufwärts geht's.«

Der Techniker wies auf die im Boden sichtbaren Schienen für den Wagen, auf dem das Becken ruhte.

»Das muß alles auf die Sekunde genau ablaufen. Deswegen sind die vier Steuerzentralen über Funk und Monitor verbunden. Da oben ist die fahrende Hydraulikzentrale untergebracht.« Er zeigte auf eine Leiter seitlich über dem Hubpodium.

Conny hörte noch eine Menge über hydrostatische Ölfilm-Lagerung, Parallelität durch Seilzüge und verriegelte Hubpositionen, bis ihm allmählich der Kopf schwirrte. Zum Schluß sahen sie sich den Unterbau der Drehbühne an, in der es zwei Personenabgänge gab.

Conny, der sich an die chaotische Unterbühne und die muffigen Nebenräume des alten Palastes erinnerte, sagte schließlich: »Das ist ein Unterschied wie Tag und Nacht zu dem alten Bau.«

Der Techniker lachte. »Da hatten Generationen von Zirkus-, Theater- und Varietéleuten ihre Spuren hinterlassen. In der Kuppel haben wir noch den vergoldeten Originalanstrich der Markthallenpfeiler gefunden.«

Das interessierte Conny. »Sie waren bei dem Abriß dabei?«

»Na sicher. Es waren tatsächlich noch Reste der Poelzigkuppel vorhanden. Und die Eckträger der Markthallenkonstruktion. Zu DDR-Zeiten bestand allerdings kaum Interesse daran. Nur der alte Jonny hat wie ein Adler aufgepaßt. Ein paar Gipsputten von den alten Arenazugängen haben wir hier im *Revue Fundus* untergebracht. Das ist unser Restaurant. Möchten Sie dahin oder wollen wir uns noch die Bühne angucken?«

»Ich glaube, für heute reicht es. Außerdem weiß ich da schon ein bißchen Bescheid. Joe Becker hat mich vor Jahren mal herumgeführt.«

Seltsamerweise schien Joes Erwähnung dem technischen Leiter nicht sonderlich zu behagen. »Ach, Sie kennen Joe?« fragte er.

Seit wann genoß der gewissenhafte Joe einen so schlechten

Ruf? Vorsichtshalber erwähnte Conny nicht, daß Joe und er alte Freunde und schon zusammen auf dem Schnürboden herumgekrochen waren.

Sie traten in der Nähe des Bühneneingangs aus dem Treppenhaus. Der Techniker hatte es plötzlich eilig. »Tragische Sache so was . . .«, murmelte er und gab Conny nur flüchtig die Hand. »Sie finden alleine raus, nicht?«

Conny sah ihm hinterher und verstand kein Wort. Wahrscheinlich hatten sie Joe die Kündigung in die Hand gedrückt. Das war die einzige Erklärung, die ihm einfiel.

9 Rotwein auf Regen

Es regnete in Strömen. Dicke Tropfen schlugen auf dem Spreewasser schaumige Blasen. Völlig durchnäßt kroch Conny in sein Auto. Unter dem Sitz lag ein Regenschirm. Es gelang ihm mit einiger Mühe, den Toyota aus der Lücke zwischen einem Kleinbus und einer Laterne zu manövrieren. Auf der Brücke staute sich der Verkehr hinter zwei Baufahrzeugen, die nicht durch die schmale Durchfahrt auf der Friedrichstraße paßten. Kurz entschlossen bog er nach rechts ab und folgte den Schienen auf dem Weidendamm. Auch die Tucholsky- und die Geschwister-Scholl-Straße bis hinunter zur Universität waren verstopft. Er fuhr weiter am geschichtsträchtigen Ufer der Spree entlang. Rechts standen die kargen Kasernen der preußischen Armee, links die prächtigen Museen. Überall rings um das alte Berlin hatte es Exerzierplätze und Kasernen gegeben. Auch der Friedrichstadtpalast stand auf dem Platz der einstigen Kaserne des 2. Garderegiments zu Fuß. In der Weimarer Republik wurden solche Bauten als billige Verwaltungsgebäude genutzt. In den nüchternen Bau Friedrichstraße 107 zogen die Finanzämter und das Hauptzollamt Süd. 1764 hatte Boumann der Ältere die Kaserne errichtet, 1944 zerfiel sie im Bombenhagel.

Er fuhr an der Brücke zum Pergamon-Museum vorbei. Eine Schar durchnäßter Japaner enterte gerade ihren Bus. Über die Eiserne Brücke bog Conny in die Bodestraße ein. Zu spät fiel ihm ein, daß er am Dom nur nach rechts zu den Linden abbiegen konnte, womit sein umständlicher Schleichweg sich als eine Falle erwiesen hatte. Er wendete und fuhr über den Kupfergraben zurück in die gekrümmte Gasse Hinter dem Gießhaus. Diesem Gießhaus, das es längst nicht mehr gab, verdankte der Spreearm an dieser Stelle den Namen.

Umweltverschmutzung hatte es schon vor dreihundert Jahren gegeben.

Am ehemaligen Preußischen Finanzministerium vorbei, das einmal das Zentrale Haus der Deutsch-Sowjetischen Freundschaft beherbergt hatte und nun *Palais am Festungsgraben* hieß, reihte er sich in den Stau zwischen Neuer Wache und altem Zeughaus ein. Ab und an fand jemand eine Lücke, um mit Vollgas in Richtung Brandenburger Tor abzubiegen. Auf der ostwärts führenden Fahrbahn Unter den Linden bewegte sich nichts außer dem Regen. Der war noch heftiger geworden und trommelte auf die Dächer der ruhenden Blechlawine.

Ein paar Mal stieß Conny das erleichternde Wort *Scheiße* aus, bevor er sich entschied, lieber in die verkehrte Richtung zu fahren als nutzlos herumzustehen. Andererseits fiel ihm kein vernünftiges Ziel ein, das auf diesem Weg zu erreichen war. Es sei denn, er fuhr zu Meike.

Bei dem Gedanken griente er diabolisch vor sich hin. Bei seinem bisher einzigen Besuch in der kleinen Dachwohnung hatte sie ihn mit indifferenter vegetarischer Nahrung und ungesüßtem Kräutertee bewirtet und war außerdem in Eile gewesen.

Vor sich hin grummelnd schaltete er das Radio ein. Jemand plapperte munter von der Schaustelle auf der Baustelle Berlin. Von der Staustelle war keine Rede. Er wechselte zum Jazzradio. Für zwei Titel war die Welt in Ordnung, wenn er davon absah, daß es wie aus Kannen goß und er sich schrittweise in die falsche Richtung bewegte. Warum nicht zu Meike? Mit der hatte er ohnehin noch ein Hühnchen zu rupfen. Die Tageszeit war günstig. Für ihre Promi-Fotos rückte sie erst zu nächtlicher Stunde aus.

An der Ecke Friedrichstraße guckte er auf die Uhr. Beinahe halb sechs. Nach vierzig Minuten war er immerhin schon einen Kilometer vom Friedrichstadtpalast entfernt. Im Radio folgte ein Rap-Gesang, der im Tempo schlecht zu seiner gegenwärtigen Fortbewegung paßte. Ärgerlich schob er eine Kassette ein. Das sonore Saxophon von Ben Webster beruhigte ihn schnell. Er schloß beinahe Frieden mit dem Stau, und wie durch ein Wunder löste der sich am Ende der Linden auf. Vor dem *Adlon* stand ein Page mit einem überdimensionalen Regenschirm. Conny folgte der Umleitung um das Brandenburger Tor und war eine Viertelstunde später in Moabit.

Meike tat, als sei sie nicht einmal überrascht, ihn aus allen Knopflöchern triefend vor ihrer Tür zu sehen. Das Auto war zwei Straßen weiter geparkt und sein Regenschirm bei der ersten Windböe umgeschlagen. Vielleicht mußte er sich wirklich mal einen besseren leisten.

Meike bot ihm an, zu duschen und seine nassen Klamotten auf einem Ölradiator zu trocknen. Bis dahin stellte sie ihm ihren Bademantel zur Verfügung. Der war ein wenig lang, aber sehr kuschlig.

Nach Meikes Zeitrechnung mußte Weihnachten sein. Verglichen jedenfalls mit Connys erstem Besuch handelte es sich um einen hohen Festtag. Als er frisch geduscht auf dem IKEA-Sofa neben der Tür Platz nahm, servierte sie etwas Richtiges zu essen. Aus Tomaten, Käse und allerlei fremdartigem Gemüse hatte sie einen herrlichen Salat gezaubert. Dazu gab es dick bestrichene Butterbrote. Und Rotwein.

»Ich muß noch fahren«, wandte Conny ein.

»Bei dem Regen? Wohin?«

»Nach Hause. Ich habe noch zu arbeiten.«

Darauf stellte sie eine vernünftige Frage: »Warum bist du dann überhaupt hergekommen?«

Conny zögerte keinen Moment, ihr die Wahrheit zu sagen: »Um dir den Arsch zu versohlen.«

Meike erhob sich zu ihrer vollen Länge aus dem Sessel und nestelte am Gürtel ihrer Jeans, als wolle sie die Hose runterlassen. Sie unterließ es jedoch.

Conny beobachtete sie aus der Sofaecke und schlürfte Rotwein. »Ist dir auch so warm?« fragte er. Seine eigenen Hosen auf dem Heizkörper füllten den Raum mit feuchter Hitze.

»Weshalb bist du sauer?« erkundigte sie sich. »Geht es immer noch um diesen Junkie?«

»Ist ja jetzt unwichtig«, brubbelte Conny. Er verspürte keine Lust mehr, sich zu streiten. »Beim nächsten Mal stimmen wir ein bißchen besser ab, was wir den Bullen erzählen.«

Meike lachte. Das tat sie viel zu selten. Sie sah um drei Noten besser aus. Irgendwie stand ihr die blonde Bürste, die sie als Frisur ausgab.

»Kommissar Timm!« sagte sie. »Ein total cooler Typ. Das kannst du nicht leugnen.«

»Cooler als Sandro Waldschmitt?«

»Wie kommst du ausgerechnet auf den? Gegen den Kommissar wirkt der wie ein Sprallo.«

Conny wußte nicht, was ein *Sprallo* sein sollte. Ihn interessierte, ob Timm sie wegen der Fotos angeknurrt hatte.

Meike lachte schon wieder. »Na kaum. Er war ausgesprochen charmant. Nur für 'ne Fotoserie wollte er sich nicht hergeben. Aber ich kriege ihn noch rum.«

»Du meinst, du bringst ihn dazu, Schlips und Kragen abzulegen?«

»Na mindestens. So ein Bulle ist doch auch ein Mann. Ein ganz passabler noch dazu.«

»Bei der Kripo hat man sie früher streng erzogen. Ich glaube nicht, daß er für dich den Dressman spielt.«

»Na ja, wenn er aus dem Osten wäre! Die sind alle ein bißchen verklemmt.«

Conny schluckte und sagte: »Zwei Runden Kilkenny, wenn du ihn rumkriegst.«

Sie schlug sofort ein. »Seine Frau wird sich freuen, mal 'n paar knackige Fotos von ihm zu sehen.«

»Er ist geschieden. Hat er dir das nicht erzählt? Sein Sohn ist fünfzehn und macht ihm ziemliche Sorgen.«

Jetzt staunte Meike. »Du kennst den privat? Hast du mal mit ihm zu tun gehabt?«

»Vor ein paar Jahren. Als er noch im Präsidium am Alex die Selbstmörder zählte.«

»Du meinst, der ist tatsächlich aus dem Osten?« fragte sie ungläubig. »Wenn ich mir den bei der Grenzabfertigung vorstelle. Oder mit Parteiabzeichen . . .«

Für Conny gehörte dazu kein besonderes Vorstellungsvermögen. »Worüber habt ihr euch denn unterhalten? Nur über deine Talente als Aktfotografin? Oder hat er dir Einzelheiten über den Toten verraten?«

»Nur daß der Junge schwul war.«

»Na, dazu brauche ich keine Polizei. Das habe ich gerochen.«

»Er gehörte irgendwie zu den Groupies in diesem Friedrichstadtpalast. Wahrscheinlich kam er auch von der Premierenfeier. Ist er dir da aufgefallen?«

Nein, *ein* Schwuler war dort wirklich nicht aufgefallen. Sieh an, dachte Conny dennoch. Kommissar Timm, der nach zwei, drei Schnäpsen allerlei aus seinem Privatleben hatte durchblikken lassen, war ihm gegenüber in dienstlicher Hinsicht schweigsam gewesen wie seine nichtnatürlich dahingegangenen Klienten.

Meike wußte entschieden mehr. »Er hieß Alexander Senkpiel. Genannt Sascha. Wohnte am Wedding. Ein Junkie, wie sie zu Tausenden in der Stadt rumhängen. Total uninteressanter Typ. Seine Mutter hat ihn vor einem Jahr rausgeschmissen. Seitdem hing er anscheinend richtig an der Nadel. Angeblich sollte sich sein Onkel um ihn kümmern. Aber da hatten sie wohl den Bock zum Gärtner ernannt. Der arbeitet nämlich auch in diesem Palast. Die Mutter war ganz schön aufgebracht.«

Conny ließ sich die Informationen durch den Kopf gehen

und schwieg. Meike redete weiter über die Mutter des Toten, die sich der Presse gegenüber wenig kooperativ gezeigt hatte.

»Ihr müßt ja auch in jedem Dreck wühlen!« unterbrach er sie schließlich ärgerlich.

»Ach, und du? Du lebst auch nicht vom fleckenlosen Liebesleben blaugestreifter Marienkäfer. Woher kommst du zum Beispiel bei diesem Schietwetter?«

Conny griente. »Aus dem Friedrichstadtpalast.«

»Ach nee! Trainieren die für eine Unterwasserrevue?«

»Auch«, sagte Conny. Die blonde Nixe fiel ihm ein. Blond wie Meike. Vielleicht sogar der gleiche Farbton. Nur war Meike vielleicht nicht ganz so hübsch wie die Nixe. Und ein bißchen größer. Wenn sie saß, fiel es kaum auf. Erst recht nicht, wenn sie lag. Wie jetzt in ihrem IKEA-Möbel.

»Mußt du gar nicht zu deinen Promis?« fragte er. »Vielleicht hat Sandro Waldschmitt eine neue Frisur? Oder er hat ein Wort dazugelernt zu dem Dutzend, das er morgens für seine begeisterten Fans absondert.«

Meike winkte müde ab. »Heute war Staatsempfang. Hab ich alles längst im Kasten.«

Das kannte Conny. Auch in seinem vorigen Leben hatte ein normaler Journalist nach einem Staatsempfang nichts zu tun gehabt. Das seitenlange Kommuniqué redigierte der Korrektor. Eine Berufsgruppe, die es damals noch gab. Heute erledigte der Computer sogar die falschen Abtrennungen selbständig.

Meike verschwand in dem zweiten Raum, der vermutlich ihr Schlafzimmer war. Oder ihre Dunkelkammer. Als sie wiederkam, trug sie nur noch ein weites Herrenhemd. Keine Jeans. Sie hatte wirklich große Füße. Ihre Beine aber waren schlank und sehr gerade. Und sehr lang.

»Ich hol uns noch 'ne Flasche Rotwein«, sagte sie und wollte an ihm vorbei in die Küche.

Conny griff nach ihrem Schenkel. So verklemmt war er

nun auch wieder nicht. Wider Erwarten unterließ sie jede feministische Bemerkung über sexuelle Belästigung. Sie blieb einfach stehen und sah auf ihn herab, bis er seinen Kopf unter ihrem Hemd verbarg. Ihre Haut war glatt und roch gut.

Das Zimmer nebenan war nicht die Dunkelkammer. Es enthielt ein überbreites französisches Messingbett mit einer mittelharten Matratze.

Irgendwann gegen Morgen raunte ihm Meike mit tiefer Stimme ins Ohr: »Eigentlich stehe ich mehr auf Frauen. Aber ab und zu so 'n alter Knacker ist gar nicht mal so übel.«

Wäre Conny nicht so müde und leicht zu beleidigen gewesen, wäre er vielleicht aufgestanden. So aber schlug er ihr nur mit der flachen Hand auf den strammen Hintern. Meike schrie wollüstig auf und warf sich auf ihn. Sie besaß eine lange, genußsüchtige Zunge und trug scharfe Krallen an ihren schlanken Fingern.

10 Selbstmord?

Daß Meike ihm ihre lesbische Neigung gestanden hatte und der Herointote schwul gewesen war, beeindruckte Conny nicht. Auf der Premierenfeier hatten sich mehr Homo- als Heterosexuelle amüsiert. Das brachte das Show-Business so mit sich. Inzwischen waren selbst im deutschen Krimi die Privatdetektive schwul und jede bessere Ermittlerin scharf auf Frauen. Um SM war es schon bei Mickey Spillane gegangen. Es konnte nur noch eine Frage der Zeit sein, bis Transvestiten und Transsexuelle den Detektiv-Beruf und das Fernsehen vollständig übernahmen.

Er schwamm mit dem Vormittagsverkehr gen Osten zurück und näherte sich dem Friedrichstadtpalast von der Charité her. Kalvenkämper hatte ihm keinen Termin genannt. Allein aus finanziellen Gründen blieb ihm nicht alle Zeit dieser Welt für seine Serie.

Die Dame in der Anmeldung begrüßte ihn jetzt immer freundlich, sofern sie ihn überhaupt bemerkte. Er trug sich in das Besucherbuch ein und ging durch den Seitengang zum Zuschauerraum. Das Ballett, in schimmernde Ritterrüstungen gehüllt, ging gerade ab, und auf der Vorbühne tauchte der Rand des Wasserbeckens auf. Conny erblickte seinen blonden Schwarm. Die Mädchen stiegen in das Becken. Die Matrosen in Zivil enterten die Insel, und das Bassin fuhr weiter in die Höhe. Die sechs Reigenschwimmerinnen sollten diesmal anscheinend Hula-Mädchen darstellen. Um ihre Badeanzüge trugen sie Blumenringe, die sie nach längerem tänzerischen Einsatz den Piraten zuwarfen. Einer griff nach dem Kranz, verfehlte ihn um eine Fingerbreite und fiel ins Wasser. Vielleicht war das beabsichtigt. Oder die Choreografie war noch nicht ganz ausgereift.

Von seinem Platz in der zweiten Reihe beobachtete Conny die Szene mit Gelassenheit. Um die Kür der Mädchen ging es gar nicht. Die Kommandos des Ballettmeisters galten den Knaben, die sich auf ihrer Insel wie eine Schar Hühner gebärdeten, bis allmählich eine erkennbare Ordnung in das Unternehmen kam. Wenn man sich das Schiff und die Kostüme dazu dachte, konnte es eine ganz heitere Nummer werden.

Die Blonde, die Conny schon während der Vorstellung aufgefallen war, schwamm auch diesmal vor dem ihm zugewandten Fenster. In den Pausen, wenn sie nur so vor sich hinpaddelte, guckte sie auch mal in seine Richtung. Er vermied es zurückzulächeln. Er war kein Tölpel. Schätzungsweise probierten jeden Abend hundert Männer, ihre Aufmerksamkeit zu erregen. Sie war sehr jung, und es sah aus, als mache ihr das Schwimmen Spaß. Conny war sich nicht ganz klar darüber, ob wirklich nur ihr Gesicht sein Interesse erweckt hatte. Auf jeden Fall hatte sie größere Brüste als die anderen fünf.

Nach endlosem Hin und Her und immer neuen Proben der Ballettmatrosen fuhr das Becken in die Tiefe. Ohne die Mädchen, die auf nassen Füßen an Conny vorbei über die Vorbühne tappten. Er irrte sich nicht: Die Blonde warf ihm einen Blick zu.

Ein Mann, wie ein Henker in ein dunkelrotes Kostüm gekleidet, beschwerte sich lautstark und in einer Conny unverständlichen Sprache. Nach fünf Minuten tauchte endlich eine Putzfrau auf und wischte murrend die Tapsen weg. »Soll sich ma nich so ham wejen die paa Troppen . . .«, verstand Conny. Als Berliner Original hätte die Frau gut in die Revue gepaßt.

Er sah sich im Saal um. Heute saßen mehr Zuschauer als an den Vortagen herum. Im Seitenparkett näherte sich die brünette Dame aus Sevilla dem Mann, der in der Kleinen Revue neben ihr gesessen hatte. Er war jünger als sie und wirkte ebenfalls ein bißchen fremdländisch. Mit großen Gesten sprach sie eindringlich auf ihn ein. Conny verdrehte den Hals, bis ihn der Blick des Mannes traf. Anscheinend machte er Jimena auf ihn aufmerksam.

Obwohl es noch ein Weilchen dauerte, bis auf der Bühne wieder etwas vorging, wandte Conny sich nicht mehr zur Seite. Auf der Vorbühne klaffte noch immer das kreisrunde Loch. Drängende Trommelklänge setzten ein. Der Mann in dem dunkelroten, mit Schwarz abgesetzten Kostüm und einer Halbmaske über dem Kopf schwang sich an einer Schlinge über die Öffnung. Vermutlich stellte er einen Teufel dar oder eine Art Batman. Mit kräftigem Schwung vollführte er waghalsige Figuren, landete aber jedesmal lautlos und katzenhaft vor der ersten Parkettreihe oder irgendwo im düsteren Bühnenhintergrund. Aus der linken Saalecke flog eine engelhaft gekleidete Person den langen Weg über die Zuschauerränge auf ihn zu. Die beiden umtanzten und umflogen sich in weiten Sprüngen, kamen sich mitunter sehr nahe und entfernten sich über die ganze Breite der Bühne voneinander. Es war ein faszinierendes Schauspiel. Conny bewunderte die Kraft und Eleganz der beiden, bedachte aber auch die Präzision, die zur Bedienung der Flugwerke nötig war. Zum Abschluß stürzte der Rote an seinem Seil kopfüber in die schwärzliche Tiefe, während die Frau das hellblaue Engelsgewand abwarf und als verführerische Halbnackte zum Himmel auffuhr.

Im Saal applaudierte jemand und rief etwas, was Conny nicht verstand. Es war der Mann, mit dem die Andalusierin gesprochen hatte. Sie stand nicht mehr neben ihm. Und der Mann war vielleicht nicht so jung, wie Conny anfangs angenommen hatte.

Auf der Seitenbühne entdeckte er die Köpfe von Frauen, die das Schauspiel ebenfalls verfolgt hatten. Wenn ihn nicht alles täuschte, waren es die Schwimmerinnen. Er stand auf und ging über die Vorbühne zum Inspizientenpult. Seine Anwesenheit schien niemandem aufzufallen. Aus der Tiefe schloß das Hubpodium die Öffnung auf der Vorbühne.

Er ging zu den Schwimmerinnen und stellte sich vor. Die Mädchen mit ihren geröteten Gesichtern und den nassen Haaren sahen nicht wie Varieté-Stars aus. Eher wie ganz normale Berliner Gören, die es auf überraschende Weise auf die Bühne verschlagen hat. »Hab mir schon gedacht, daß Sie Journalist sind«, sagte die Kleinste. Anscheinend war sie die resolute Chefin der Gruppe. »Sie sehen so aus.« Die anderen lachten. Unter dunklen Augenbrauen musterten ihn die leuchtenden Augen der Blonden abschätzend. »Was wollen Sie denn von uns wissen?« fragte sie.

»Das sollten wir vielleicht mal in aller Ruhe miteinander bereden. Nicht hier zwischen eisernem Vorhang und eurem Bassin.«

»Okay. Laden Sie uns zum Essen ein«, schlug die Blonde vor.

Das fehlte ihm noch. Aber er hatte Glück. »Nischt is!« fuhr die Kleine sofort dazwischen. »Denk nicht immer nur an Essen, Puppi. Wir haben heute noch 'n volles Programm!«

»Heute ist doch gar keine Vorstellung«, wandte Conny halbherzig ein.

»Wir gehören nicht zu dem Zirkus hier. Wir müssen für unser Meisterschaftsprogramm trainieren.«

»Dann laßt euch nicht aufhalten«, empfahl Conny. Auf eine Einladung für sechs hungrige Sportlerinnen wollte er es nicht ankommen lassen. »Ich melde mich in den nächsten Tagen.«

Puppi schenkte ihm zum Abschied ein holdseliges Lächeln. »Hoffentlich können wir Ihnen was Interessantes erzählen«, sagte sie.

»Bestimmt. Du warst doch bei der Zaubernummer dabei.«

Ihr Lächeln verging. »Das ist ja nun der Schnee von vorgestern«, sagte sie.

»Puppi!« rief ihre Chefin mahnend.

Puppi rannte ihr nach. Langsam folgte ihr Conny über die

Seitenbühne. Von der Hinterbühne drang Gehämmer. Er ging hinüber in den großen Raum hinter einem weiteren Vorhang.

Geschäftig liefen Leute umher. Eine Frau hantierte mit dem Meßband. Die Bühnenarbeiter waren dabei, die letzten Teile einer Terrassengaststätte auseinanderzunehmen. In der Revue hatte sie in verschiedenen Funktionen eine Rolle gespielt. Die Dekoration ließ sich auf dem flachen Bühnenwagen in ganzer Breite bis an die geschwungene Rampe der Vorbühne ziehen.

Diesmal bemerkte ihn Joe zuerst. »Na, schnüffelst du immer noch hier rum?« fragte er. Es klang keineswegs so freundschaftlich, wie es sich Conny gewünscht hätte. Außerdem mißfiel ihm der Ausdruck *schnüffeln*.

»Ich mach meinen Job«, sagte er ruhig. »Genau wie du deinen.« Ihm fiel ein, daß Joe den seinen möglicherweise nicht mehr lange versah. Joe tat ihm leid. Ganz sicher war der deswegen so verbiestert.

»Willst du nicht gelegentlich mal zu mir rumkommen?« schlug er vor. »Wir ziehen uns ein paar schöne CDs rein und schwätzen von alten Zeiten. Vielleicht lade ich noch jemand von der alten Truppe ein.«

Joe sagte nicht ja und nicht nein. Er fragte: »Hast du schon mit Gina gesprochen?«

»Gut, daß du mich daran erinnerst. Soll ich dir mal sagen, daß ich nicht weiß, wie sie mit bürgerlichem Namen heißt? Regina, stimmt's? Aber der Familienname . . .«

»Przybilka. Ist doch einfach zu merken. Und noch einfacher auszusprechen.« Joe lächelte nicht, als er das sagte.

Conny erinnerte sich, daß es zwischen Regina und Joe mal eine Beziehung gegeben haben mochte. Das lag Lichtjahre zurück. Wenn überhaupt was dran war. In dem ganzen Haufen waren alle ziemlich vertraut und locker miteinander umgegangen. Möglicherweise hatte Gina ihm den Job hier beim Palast besorgt. Er würde auf jeden Fall mit ihr reden. Schon Mertens wegen.

»Also was ist? Kommst du gelegentlich? Ein gut gekühltes Radeberger steht bereit.«

Für einen Moment hellte sich Joes Gesicht auf. Für ein Radeberger, oder besser noch ein halbes Dutzend, wäre er früher meilenweit marschiert. »Mal sehen«, sagte er. »Was hast du denn so Wichtiges mit mir zu reden?«

»Zum Beispiel über Merten. Du bist wahrscheinlich derjenige von uns, der ihn zuletzt gesehen hat. Was hältst du von der seltsamen Fluchtgeschichte, die damals über ihn verbreitet wurde?«

Joes Blick drückte Erstaunen aus. »Darüber haben wir doch schon vor Jahren gesprochen. Nach der Wende sind allerdings so ein paar Dinge ans Licht gekommen . . .«, sagte er mit gedämpfter Stimme. »Hast du nichts davon gehört?«

»Über Merten? Ich habe mir alle Mühe gegeben, ihn zu finden.«

Joes Erstaunen wuchs. »Er ist tot«, sagte er ruhig. »Weißt du das wirklich nicht? Du hast doch selber allerlei alte DDR-Geschichten aufgekocht.«

»Du spinnst!« entgegnete Conny ungläubig. »Woher willst du denn wissen, daß Merten – nicht mehr lebt?«

»Soviel ich weiß, ist das inzwischen offiziell.«

»Und wann und wo soll er gestorben sein? Etwa bei einem Fluchtversuch? Ausgerechnet Merten?«

»Das muß so um zweiundachtzig gewesen sein. Oder dreiundachtzig«, erklärte Joe umständlich. »Der alte Palast war jedenfalls längst geschlossen, und wir waren noch nicht umgezogen. Nur der Saal war gesperrt und verfiel langsam. Manchmal wurde noch was drin gelagert. Oder JVC führte Boxen vor, bis der Putz aus der Kuppel fiel. Um den Rang ganz oben hat sich kein Aas gekümmert.«

»Und was hat das mit Merten zu tun?« fragte Conny erregt. Irgendwie klang diese Geschichte aus Joes Mund unheimlich. Bedrohlich. Und so war es auch.

»Merten ist nicht getürmt. Er hat Selbstmord begangen. Im alten Haus. Oben auf dem zweiten Rang. Der war seit langem durch einen Vorhang abgetrennt.«

»Und das soll bis heute niemand erfahren haben? Nicht mal die Polizei? Ich hatte in der Wendezeit gute Verbindungen zu denen. Die wußten nichts.«

Joe hob die breiten Schultern und blickte an ihm vorbei. »Gemunkelt wurde damals viel. Als sie die Leiche fanden, waren wir gerade auf Auslandstournee. Ich glaube in Budapest. Die ganze Sache ist aus irgendwelchen Gründen geheimgehalten worden. Du weißt ja, wer sein Vater ist.«

Joe wandte sich ab und begann ein paar Schritte weiter, mit einem Schlüssel einen Winkel abzuschrauben, der eine Säule hielt.

»Weshalb sollte Merten das getan haben?« fragte ihn Conny.

»Keine Ahnung«, sagte Joe kurz und schraubte weiter. Hinter ihnen liefen Leute über die Bühne. Jemand rief: »Erst die andere Seite, Joe.«

Der erhob sich, trat nahe an Conny heran und sagte: »Eine Frau, der Scheißstaat, der Vater, die Stasi – such dir was aus. Keiner steckt im anderen drin.«

Schwerfällig stapfte er davon.

»Ich halte es für ausgeschlossen, daß er Selbstmord begangen hat«, rief Conny ihm nach.

Als er sich umwandte, taten alle um ihn herum, als hätten sie nichts gehört. Geschäftig gingen sie ihrer Arbeit nach.

Beinahe so schwerfällig wie Joe schritt Conny über die Bühne und suchte nach dem Ausgang. Niemand schien ihn zu beachten.

11 Wodka libre

Conny fühlte sich, als habe man seinen Schädel mit einem weichen Sandsack bearbeitet. Seine Gedanken wucherten amöbenhaft und teilten sich in alle Richtungen. Vergeblich mühte er sich, einen ordentlichen Satz auf den Bildschirm zu bringen. Alles Schrott. Er löschte die kläglichen Ansätze und versuchte es mit starkem Kaffee. Außer einem Schweißausbruch brachte auch das nichts. Gegen sechs setzte er sich in seinen Fernsehsessel, starrte blicklos auf den Bildschirm und war innerhalb von fünf Minuten eingeschlafen.

Aufgeschreckt aus einem wirren Traum, fühlte er sich keineswegs besser. Im Bad ließ er sich lange kaltes Wasser über den Kopf rinnen. Dann brühte er Grünen Tee auf und stellte fest, daß er kaum etwas zum Abendessen im Kühlschrank fand. Zum Weggehen konnte er sich nicht aufraffen.

Ein beschissener Tag. Und eine beschissene Nachricht. Merten hatte Selbstmord begangen. Er erinnerte sich, diesen Unsinn schon vor fünfzehn Jahren gehört zu haben. Niemals von Leuten, die Merten gut gekannt hatten. Einer wie Merten brachte sich nicht um.

Der Tee ermunterte ihn so wenig wie die kalte Dusche. Er fühlte eine tiefe Abneigung, den Computer einzuschalten. Er fühlte überhaupt eine tiefe Abneigung gegen das Leben und jede Arbeit im allgemeinen. Der Gedanke an Meike deprimierte ihn noch mehr. In ihrer Generation waren solche one-night-stands wohl die Norm, und wenn er ehrlich mit sich war, hatten ihm Abenteuer dieser Art vor Jahren auch einigen Spaß bereitet. Heute fühlte er sich mies danach.

Er griff zum Telefon und wählte ihre Nummer.

Natürlich nur der Anrufbeantworter. Er wartete den Pfeifton ab und sagte matt: »Hallo! Ich wollte mich mal melden ...« Dann gingen ihm die Worte aus. »Bis später ...«, fügte er nach einer Pause hinzu, die eine Spur zu lang andauerte, und legte auf.

In der kühlen Ecke auf dem Küchenfensterbrett stand eine Zwei-Liter-Kruke mit amerikanischem Wodka. Die hatte ihm ein schwedischer Gast, der eigenen Trinkgewohnheiten gedenkend, vor Jahren mitgebracht. Er goß sich einen ordentlichen Hieb ein, trank und schüttelte sich. Ein schauerliches Gesöff. Er mochte Wodka nicht sonderlich. Die Russen aßen Brot, Speck und Zwiebel dazu. Das entsprach ungefähr dem, was er noch im Hause hatte.

Auf einem Brett schnitt er sich Speckwürfel, Zwiebel und Gurkenhappen, legte den Kanten Brot dazu, griff Kruke und Glas und setzte sich wieder in den Sessel. Er machte sich nicht mehr viel aus Alkohol. In früheren Jahren war es ihm auf einen Rausch mehr oder weniger nicht angekommen. Manchmal blieb einem nur das Saufen, wenn man verzweifelt war. So wie damals, als es hieß: Merten ist weg.

Was war Mertens Lieblingsgetränk gewesen? Kognak, wie sie seinerzeit euphemistisch den etwas besseren Weinbrand Marke *Edel* genannt hatten? Kuba-Rum? Das war auch nur eine Mode gewesen. Wie *Cuba libre*: Rum mit Zitrone und Tomatensaft. Ein Getränk, das ihm nicht mehr begegnet war, seit es ihn Anfang 90 durch Zufall auf Fidels Zuckerinsel verschlagen hatte. Nie zuvor hatte ihm eine Redaktion eine Auslandsreise angeboten. Plötzlich aber waren die Parteilosen gefragt, und er flog mit einer Delegation des Journalistenverbandes nach Kuba.

Es war heiß dort und roch nach Russensprit. Insgesamt wirkte es auf ihn wie Rumänien in der Karibik. Das einzige, was es frei zu kaufen gab, waren die ungekühlten Rückstände der Zuckerrohrernte gewesen. Den Durchfall war er erst in Berlin wieder losgeworden.

Merten war etliche Jahre zuvor nach Kuba gereist. Immerhin: Es gibt da keine Armen mehr und keine Reichen, hatte er gesagt. Inzwischen gab es nur noch Arme.

Dennoch war es schön gewesen auf Kuba. Der Strand war paradiesisch. Auch an den Abend in der Villa eines DDR-Außenhandelsbonzen erinnerte sich Conny gerne. In der warmen Abendluft hatten sie eiskalten *Cuba libre* mit dem Saft frischer Limonen getrunken und über Merten gesprochen. Der Außenhändler war ein Freund von Mertens Familie. Ein aufgeschlossener Mann, der mit dem Staat, den er vertrat, längst fertig war. Gemeinsam agitierten er und Conny den fideltreuen Tierarzt, der gekommen war, den Kater des Hauses zu kastrieren. Mit Castro wird es gehen wie mit Honecker. Da waren sich die beiden Deutschen einig. Der Tierarzt blieb auch nach dem achten Glas bei *patria o muerte* und sang lauthals: *Adelante, Cubanos ...* Dann wollte er endlich den Kater operieren.

Der war weg und blieb auch verschwunden. Ich verstehe das nicht, erklärte der Hausherr mit schwerer Zunge. Er sitzt jeden Abend hier neben mir im Sessel. Jeden Abend. Wo mag das Aas nur stecken?

Conny, berauscht von Cuba libre und der karibischen Nacht, erkundigte sich trocken: Wo würdest du dich verstekken, wenn einer darauf wartet, dir die Eier abzuschneiden?

Am Morgen hatten sie ein letztes Mal im Hafenbecken gebadet. *Las bolas* waren auch da gewesen, die Kugelrunden. So hießen die Russen bei den Kubanern. Der Kater hatte die Nacht übrigens auf dem Schornstein verbracht.

Conny spürte, daß der Grad seiner Trunkenheit nicht mehr weit unter dem Havanna-Pegel lag. Einen klaren Gedanken über Mertens Tod hatte er nicht gefaßt. Er mußte unbedingt noch einmal in Ruhe mit Joe reden. Und mit Gina. Sie hatte Merten gut gekannt. Und gemocht. Gina mochte jeden. Sie war ein gutmütiger Mensch wie kaum ein anderer.

Er stand auf und suchte im Flur das Telefonbuch mit dem

Buchstaben P. Przybilka bereitete ihm keine Schwierigkeiten. In Berlin trugen eine Menge Ureinwohner Namen aus Oberschlesien. Oder waren Nachfahren der böhmischen Brüder, flämischer Wasserbaukünstler, französischer Hugenotten, ostjüdischer Zuwanderer, der ersten türkischen und italienischen Gastarbeiter.

»Hallo?« fragte Gina. Conny erkannte ihre Stimme sofort. Sie erinnerte sich natürlich auch an ihn, obwohl sie sich das letzte Mal vor sechs Jahren bei einem Konzert in der Philharmonie gesehen hatten.

Mit viel zu viel Worten erkundigte er sich nach ihrem Befinden und erläuterte ihr schließlich sein Serienprojekt. Sie freute sich darauf, ihm zu helfen und wollte sich gleich morgen mit ihm treffen. Conny war es recht. Er war noch zurechnungsfähig genug, den Termin in seinem Kalender zu vermerken. Merten erwähnte er Gina gegenüber nicht. Nicht einmal Joe. Auch sie nannte keinen der beiden Namen. Sie erkundigte sich nur mitfühlend: »Geht es dir nicht gut, Conny? Du klingst so fremd.«

»Entschuldige«, sagte Conny steif. »Ich glaube, ich bin besoffen. Bis morgen dann.«

Der Wodka hatte eine doppelte Wirkung. Er führte dazu, daß Conny sich unwohl fühlte, und brachte seinen Kreislauf so sehr in Schwung, daß er nicht einschlafen konnte. Bis in die frühen Morgenstunden lag er flach auf dem Rücken, die Beine kühlungshalber unbedeckt, und wartete auf den Schlaf oder die erlösende Übelkeit. Seine Gedanken kreisten wie Hamster in einem Rad. Mehrmals sah er Merten deutlich vor sich und sprach sogar mit ihm. Joe trat dazwischen, einen Hammer in der Hand. Damit wies er hinauf zum weit entfernten Heuboden, wo düstere rote Vorhänge gespenstisch in den leeren Saal hinein wehten. Die Schwimmerin, rief jemand, die Schwimmerin! Sie ist ertrunken! Aus dem Wasserbecken, das eine Eisschicht trug, stieg eine blonde Fotografin mit einem überdimensionalen Blitzgerät und porträtierte Merten. Oder war das Kalvenkämper?

Conny drehte sich plötzlich alles im Kopf. Er sprang auf und schaffte es gerade noch bis ins Bad.

Er hatte das Gefühl, ungefähr zehn Minuten geschlafen zu haben, als das Telefon läutete. Der Wecker stand nicht an seinem Platz, doch seine Armbanduhr lag auf dem Bord neben dem Bett. Zehn nach halb sechs. Wem fiel es ein, ihn zu einer solchen Zeit zu belästigen?

Wieder schrillte die Klingel. Sicherheitshalber griff er nach der Uhr und merkte, daß er sie verkehrt herum hielt. Es war zehn nach elf.

Er sprang aus dem Bett und stürzte zum Telefon. Sein Magen kollerte hohl, sein Kopf war leer.

»Kriminalpolizei. Kommissar Timm. Schön, daß ich Sie endlich erreiche.«

»Ach, Sie sind das . . .«, brummte Conny. Bei vormittäglichen Anrufen hoffte er jedesmal auf einen Auftrag. Um elf waren üblicherweise die Redaktionskonferenzen zu Ende.

»Wo waren Sie denn? Ich muß Sie unbedingt sprechen.«

Das Gespräch klang wie eine Funkverbindung.

»Wo war ich wohl?« fragte Conny zurück und hätte beinahe gesagt: im Bett. Immerhin hatte er sich einen Rest von Geistesgegenwart bewahrt. »Vielleicht unten am Briefkasten. Die Zeitung holen.«

Timm sagte etwas, was wie *nur im ersten Stock* klang und vergewisserte sich dann: »Aber jetzt bleiben Sie in Ihrer Wohnung?«

Conny wollte nicht den Eindruck erwecken, er säße den lieben langen Tag zu Hause herum. »Ich fahre jetzt in die Stadt«, sagte er. »Ich arbeite an einer größeren Serie.«

»Richtig. Dann kommen Sie am besten gleich hier vorbei.«

Ehe Conny noch fragen konnte, wo Timm sich denn befinde, änderte der seine Meinung. »Nein. Warten Sie auf mich. Ich hole Sie ab.«

»Wann?« fragte Conny überrascht. Was war denn in diesen geschniegelten Bullen gefahren?

»In zwanzig Minuten. Spätestens.«

Lassen Sie sich Zeit! wollte Conny ihm empfehlen, doch der Kommissar hatte aufgelegt. Oder das Handy zugeklappt.

12 Delikte am Menschen

Was gibt es denn so sensationell Neues von unserem Junkie?« erkundigte sich Conny schon zum zweiten Mal. Timm gab ihm auch diesmal keine Antwort. Er fuhr wie ein Gesengter und tat, als konzentriere er sich dabei voll auf den Verkehr. Mit einem kühnen Schlenker umkurvte er einen Baustellenzaun.

»Warum tut die Polizei eigentlich nichts dagegen, daß in Berlin vorwiegend von der Straße aus gebaut wird?«

Timm entließ seinen Lippen einen undefinierbaren Laut.

»In Japan sind nicht einmal die Fußwege vor Baustellen blockiert«, schwätzte Conny weiter.

Timm bretterte bei Dunkelgelb über die Modersohnbrücke und bog gleich darauf, ohne anzuhalten, in die Stralauer Allee ein. Conny spürte, wie eine Welle von Übelkeit aus seinem Magen aufstieg. Er konnte Timm schlecht erklären, daß er seit gestern abend nur eine handwarme Cola getrunken hatte.

Der Rest seiner Zeit war für eine eisige Dusche und das einigermaßen korrekte Ankleiden draufgegangen. Im stillen dankte er dem Erfinder des Dreitagebartes. Seiner war jetzt sechs Tage alt. Den Damenrasierer in Meikes Bad hatte er gestern verschmäht.

Kommissar Timm hatte ihn ohne viel Federlesen zum Mitkommen aufgefordert. Conny grinste ein bißchen blöde, von wegen *Klärung eines Sachverhalts*. Ein schlüssiges Gegenargument fiel ihm nicht ein. Bis jetzt hatte Timm es nicht mal für nötig gehalten, ihm das Ziel ihrer Fahrt mitzuteilen. Zum Präsidium am Platz der Luftbrücke? Conny kannte das Haus nur als Besucher der Polizeihistorischen Sammlung, in der allerhand interessante Akten aus dem Osten gelandet waren.

Timm umrundete den Kotti und blieb weiter neben der

Hochbahn. Vor dem Patentamt staute sich der Verkehr hinter einem in der zweiten Spur geparkten LKW mit Hänger. »Biegen Sie links ab. Über die Zossener geht's zum Columbiadamm«, schlug Conny vor. Timm schwieg und trommelte mit den Fingern auf das Lenkrad, bis es endlich weiterging. Also nicht das Präsidium.

Sie fuhren am Landwehrkanal entlang, vorbei an der Dampferanlegestelle im Fernbahntunnel, wie Conny sarkastisch anmerkte. »Ein paar hundert Meter davor ist übrigens 1945 der Kanal in den S-Bahntunnel eingedrungen. Nach einer höchst fachmännisch ausgeführten Sprengung.«

Zum ersten Mal seit sie losgefahren waren, sah Timm ihn an. »Davon habe ich mal gehört«, sagte er.

»Wäre eine verdienstvolle Aufgabe, endlich herauszufinden, wer die Sprengung ausgeführt hat.«

»Weiß man das nicht?« fragte Timm erstaunt.

»Nee«, sagte Conny. »Die Historiker streiten sich sogar über das genaue Datum. Sicher ist nur, daß die Rote Armee längst die ganze Gegend hier besetzt hielt.«

»Den Tunnel hat doch die SS gesprengt!« sagte Timm mitten in einem waghalsigen Überholmanöver.

»Und sich damit den einzigen Rückzugsweg im Untergrund genommen? Ein bißchen genauer müßte man das schon recherchieren.«

»Aber es gab Tausende von Toten!«

»Das ist eine der Legenden. Mehrfach verfilmt. Man hat kaum zweihundert Leichen geborgen. Und die meisten waren nicht ertrunken.«

Das Rätsel beschäftigte Timm noch, als sie am Lützowplatz in eine schmale Einbahnstraße einbogen und sich von hinten dem Gebäude der Kripo in der Keithstraße näherten. Conny ärgerte sich, nicht früher darauf gekommen zu sein. In dem Riesenbau, in dem der Amtsschimmel schon seit Kaisers Zeiten wieherte, waren die Delikte am Menschen zu Hause. Vor

Jahren hatte er einen Beitrag über verschwundene Personen verfaßt. Davon gab es in Berlin jährlich ein paar tausend. Damals waren sie in der Keithstraße nur für Westberlin zuständig gewesen. Die entschwundenen Ostberliner wurden in Biesdorf verwaltet.

Timm führte ihn hinauf in einen Büroraum, der ungefähr anderthalb mal so hoch wie breit war. »Kaffee?« fragte er geschäftig.

Conny entschloß sich für die Wahrheit. Wenigstens für die halbe. »Etwas zu essen wäre mir lieber«, sagte er. »Mein Frühstück liegt schon ein paar Stunden zurück.«

Timm dachte möglicherweise an den Schnaps, den er bei Conny getrunken hatte, und besorgte ein paar belegte Brötchen. Er selber aß eins. Dann saß er wie auf dem Sprung und wartete, daß Conny fertig wurde. Der hatte auch nicht vor, seine Zeit zu verplempern, und beeilte sich. Für die Nixen im Palast aber war es für heute zu spät.

Timm saß hinter seinen bemerkenswert aufgeräumten Schreibtisch und begann ein regelrechtes Verhör mit ihm. Name, wo, wann und warum geboren. Letztes Arbeitsverhältnis und nächste Verwandte.

»Was wird denn das?« wunderte sich Conny. »Meine Aussage und meine Unterschrift haben Sie längst!«

»Beantworten Sie bitte meine Fragen«, gebot Timm und stellte die nächste. So sah also sein Dienstgesicht aus. Er mußte Meike auf diese wichtige Variante in ihrer geplanten Porträtserie hinweisen. Dazu stellte er sich Timm in der Pose des nackten Bodybuilders vor und griente ein bißchen.

»Wann waren Sie zuletzt im Friedrichstadtpalast?« fragte Timm zum zweiten Mal.

»Gestern?« fragte Conny zurück. »Oder meinen Sie in der vorigen Woche?«

»Gestern. Von wann bis wann?«

Er hatte Meike nach dem Frühstück, bei dem er kritiklos

den *Mega-Shit und das Schlimmste von vorgestern* mit Sandro Waldschmitt samt Gefährtin Melissa ertrug, zum Flughafen Tegel gefahren. Um elf wurde dort irgendein Pop-Promi erwartet, den sie unbedingt auf den Film bannen mußte. Die Maschine traf mit Verspätung ein. Also war er zum Palast aufgebrochen, der sowieso an seiner Strecke lag. Die Suche nach einem Parkplatz mochte die übliche Viertelstunde gedauert haben, dann der Weg in die Kalkscheunenstraße . . .

»Zwanzig nach zwölf.« Ihm fiel ein, daß er diese Zeit ins Besucherbuch eingetragen hatte.

»Und bis wann sind Sie geblieben?«

»Das steht in der Besucherkladde.«

Wann war das gewesen? Er erinnerte sich wirklich nicht. Nicht einmal daran, wie er sein Auto wiedergefunden hatte. Selbst die Rückfahrt nach Hause war aus seinem Gedächtnis getilgt. Nur der widerliche Wodka nicht. Die Nachricht von Mertens angeblichem Selbstmord, mit fünfzehn Jahren Verspätung eingetroffen, hatte ihn schlichtweg umgehauen. Jetzt traf sie ihn erneut mit Wucht. Er rieb sich die Augen, stützte den Kopf auf und sagte: »Ich glaube, ich könnte noch einen Kaffee vertragen.«

»Später«, sagte Timm knapp. »Sie haben meine Frage noch nicht beantwortet: Wie lange haben Sie sich gestern im Friedrichstadtpalast aufgehalten?«

»Nicht sehr lange. Vielleicht drei Stunden . . . Was steht denn in dem Buch?«

Der Kommissar entnahm einer Klarsichthülle eine Kopie und schob sie ihm über den Tisch. »Laut Besucherbuch sind Sie immer noch dort.«

Conny fand seinen Namen, die Uhrzeit 12.20 und seine Unterschrift. Er hatte tatsächlich vergessen, sich auszutragen. Das wunderte ihn nicht.

Timm glaubte ihm kein Wort. Zumal Conny wenig Lust verspürte, ihm den Grund für seine Verwirrung mitzuteilen.

Die Geschichte mit Merten ging den schönen Kriminalisten einen Scheißdreck an.

»Und wenn Sie es zehnmal anzweifeln – ich war einfach in Gedanken. Die Pförtnerin wird sich doch an mich erinnern, oder?«

»Sie erinnert sich nicht, Herr Pingel.«

»Was glauben Sie denn, was ich in diesem Haus gemacht haben könnte? Mich in der Ballettgarderobe verstecken bis zum Morgen oder was?«

»Sie kennen sich gut in dem Haus aus, nicht wahr?«

Conny hob die Schultern. »Wie man's nimmt. Das ist ein weitläufiger Bau . . .«

»In dem es hundert Möglichkeiten gibt, sich zu verbergen.«

»Na sicher. Aber wozu? Nennen Sie mir einen Grund dafür, sich in einem Varieté zu verstecken, in dem abends nicht mal eine Vorstellung stattfindet.«

»Das wußten Sie also auch«, stellte Timm befriedigt fest. Allmählich kam Conny die Sache einigermaßen abartig vor.

»Sagen Sie mal, brauche ich ein Alibi? Oder was soll diese Fragerei? Ich bin in den letzten Tagen etliche Male im Palast gewesen und habe anscheinend einmal vergessen, mich auszutragen. Okay. Ich erinnere mich auch nicht genau an die Zeit. Es war vermutlich gegen halb vier. Eher früher. Mehr kann ich dazu nicht sagen. Ich habe mir die Probe angeguckt, ein paar Worte mit den Schwimmerinnen gewechselt – dann bin ich irgendwann gegangen.«

»Mit den Schwimmerinnen?« Timm machte sich eine Notiz. »Und wohin sind Sie gegangen?«

»Zu meinem Auto. Und bin nach Hause gefahren.«

»Sie leben alleine?«

Jetzt wurde es Conny wirklich zu bunt. »Das wissen Sie doch!« polterte er. »Oder denken Sie, ich hätte in den letzten drei Tagen geheiratet? Ich lebe alleine, und ich war den ganzen

Abend alleine.« Mit einer Wodkakruke. Aber das ging Timm nichts an.

»Hatten Sie Ihr Auto an einem Parkautomaten abgestellt?«

Conny war sauer und ließ es Timm spüren. »Ich habe inzwischen auch nicht im Lotto gewonnen.« Er hatte mit Timm über die miesen Honorare und die schlechte Zahlungsmoral mancher Redaktionen gesprochen. »Mein Wagen stand irgendwo in der Tucholskystraße. Hinter der Oranienburger.« Er war beinahe sicher, in diese Richtung gelaufen zu sein.

»Und heute morgen? Wo waren Sie da?«

Es wäre Conny leicht gefallen, ein Dutzend Orte zu erfinden, an denen er sich unkontrolliert aufgehalten haben konnte. Aber er hatte Timms alberne Fragen satt. »Im Bett!« sagte er gallig. »Ich wollte mich mal ausschlafen.«

Genauer wollte Timm es nicht wissen.

»Sagt Ihnen der Name Hansjoachim Becker etwas?«

Conny starrte ihn an. Was sollte das nun wieder?

»Ja«, sagte er dann zögernd.

»Kannten Sie Becker schon länger?«

»Ja«, sagte Conny wieder. Kriminalisten waren ja immer auf knappe und eindeutige Antworten aus.

»Seit wann?«

»Nützt es Ihnen etwas, wenn ich sage: seit neunzehn Jahren und viereinhalb Monaten?«

Timm sah ihn mißbilligend an.

Conny sagte mürrisch: »Ich kenne Joe seit ungefähr zwanzig Jahren.«

Und plötzlich, als würde ihm erst jetzt klar, wo er sich befand, durchfuhr ihn ein siedendheißer Schreck. »Was ist mit ihm?« fragte er heiser.

»Was glauben Sie denn, was mit ihm sein könnte, Herr Pingel?« fragte Timm mild zurück.

»Halten Sie mich nicht für blöd, Timm. Ich weiß, in welchem Dezernat ich hier sitze. Und Sie haben mich gefragt, ob ich Becker schon länger *kannte*!«

Timm sah ihn nachdenklich an.

»Was ist mit Joe passiert?« wollte Conny wissen. »Hat er sich etwa – umgebracht?«

»Sie wissen also, daß Hansjoachim Becker tot ist«, stellte Timm kühl fest.

»Jetzt ja. Danke für die schonende Mitteilung.«

»Sie waren mit ihm befreundet?«

»Ja.« Conny zögerte. »Jedenfalls früher einmal«, setzte er hinzu. »Dann haben wir uns acht Jahre nicht gesehen.«

»Bis gestern, nehme ich an.«

»Nein. Wir haben schon vor ein paar Tagen miteinander gesprochen.«

»War das, nachdem Sie in der Johannisstraße den Toten gefunden hatten?«

»Natürlich. Zwei oder drei Tage danach.«

»Und was hat Ihnen Herr Becker über die Hintergründe dieses Todes erzählt?«

Conny konnte sich nicht vorstellen, worauf Timm hinauswollte. Er sagte patzig: »Angenommen, Sie haben einen Freund acht Jahre nicht gesehen. Sprechen Sie mit dem über nichts anderes als über unbekannte Leichen?«

Timm sah ihn lange an.

»Ich weiß«, gab Conny zu. »Das Beispiel hinkt wie alle Vergleiche. Sie reden vermutlich nie über etwas anderes als über Leichen!«

»Sie behaupten, Becker gegenüber den Toten nicht erwähnt zu haben?«

»Natürlich nicht.«

»Und er hat auch nicht darauf angespielt?«

»Nein.«

»Es handelte sich also um ein Gespräch unter Freunden wie jedes andere?«

»Ja. Im Prinzip ja. Joe machte einen etwas – niedergeschmetterten Eindruck. Das hing vermutlich mit seinem Job zusammen.«

Timm machte sich wieder eine Notiz. »Hat er über Schwierigkeiten geklagt?«

»Nein. Aber ich nehme an, daß man ihm gekündigt hatte.«

Die Mitteilung schien Timm zu überraschen. »Das werden wir überprüfen«, sagte er. »Worum ging es denn nun gestern bei Ihrer Auseinandersetzung?«

Conny, sonst ein beherrschter Mensch, starrte sein Gegenüber offenen Mundes an. »Auseinandersetzung? Wer hat Ihnen diesen Quatsch eingeredet? Wir haben uns ganz normal miteinander unterhalten. Auf der Hinterbühne. Es standen hundert Leute um uns herum.«

»Eben. Die meisten davon schildern diese *Unterhaltung* ein wenig anders als Sie, Herr Pingel. Die Zeugen sagen, man habe eine deutliche Mißstimmung zwischen Becker und Ihnen gespürt.«

Conny sah Joe vor sich. Gewiß, ein herzliches Gespräch war es nicht gewesen, aber ...

»Möglicherweise sah das so aus«, gab er zu. »Ich sagte Ihnen doch, daß Joe schon Tage vorher recht angegriffen wirkte. Er tat mir leid. Ich wollte ihn ein bißchen aufmuntern und habe ihn zu mir eingeladen ...«

»Zu welchem Termin?«

»Den wollten wir noch vereinbaren. Es sollten noch ein paar Freunde dazu kommen.«

»Sie kennen Beckers Bekanntenkreis?«

Der hatte Vorstellungen! »Joe war Musiker. Allein aus der Szene dürfte er ein paar hundert Typen gekannt haben.«

Wieder hatte Timm eine Neuigkeit zu notieren. »Im Palast hat niemand die künsterischen Ambitionen von Herrn Becker erwähnt.«

»Er ist damit nicht hausieren gegangen. Wer ihn kannte,

wußte es. Er war ein guter Trompeter.« Ihm fiel noch etwas ein. »Und früher mal ein beachtlicher Gewichtheber.«

Timm wurde immer nachdenklicher. »Sie meinen, er war sehr kräftig?«

»Kräftiger als wir beide zusammen. Womit ich Sie nicht unterschätzen will, Herr Kommissar. Wollen Sie mir nicht sagen, was mit ihm passiert ist?«

Timm besann sich auf sein Dienstgesicht. »Fest steht, daß Sie als letzter mit Becker gesprochen haben. Wohin sind Sie dann gegangen?«

»Zu meinem Auto. Das sagte ich schon. Ich bin direkt nach Hause gefahren und habe mich an meinen Computer gesetzt.«

»Wie lange haben Sie gearbeitet?«

»Bis zum Abend.«

»Dann müßten sich also Aufzeichnungen mit Zeitangaben von gestern in Ihrem Computer befinden.«

Der Kerl war gar nicht so dämlich. Obwohl sich der Computer natürlich manipulieren ließ. Aber leider fand sich da nur eine unmanipulierte Zeitangabe vom Nachmittag.

»Ich habe gestern hauptsächlich gelesen und mein Material geordnet . . .«, sagte er. Es klang wie das, was es war: eine Ausrede. Sofort war Timms Mißtrauen wieder wach.

»Und? Den ganzen Nachmittag und Abend haben Sie mit niemand gesprochen? Nicht einmal telefoniert?«

»Doch. Mit Frau Stovesand. Das heißt mit ihrem Anrufbeantworter.«

»Und der zeichnet keine Zeitmarke auf, vermute ich mal.«

Conny hob die Schultern. Gina erwähnte er lieber gar nicht. *Du klingst so fremd,* hatte sie gesagt. Außerdem wollte er sie nicht in irgendeine Geschichte reinziehen, die sich der eifrige Kommissar da zusammenreimte und die noch dazu Joes Tod betraf. War Joe der Mann, sich umzubringen, weil er seinen Job verloren hatte? Man steckt in niemandem drin. Das hatte Joe zum Abschied gesagt. Hatte er wirklich nur Merten gemeint?

»Sonst fällt Ihnen nichts zur Bestätigung Ihres Alibis ein?« fragte Timm. Der Unterton klang höhnisch, fand Conny. Er guckte auf die Uhr. Zu der Verabredung mit Gina würde er ohnehin zu spät kommen.

»Nein«, sagte er frostig. »Ich ahnte ja nicht, daß ich ein Alibi benötige. Aber soviel ich weiß, habe ich das Recht zu erfahren, was Sie mir vorwerfen!«

»Nichts«, sagte Timm und sah ihm in die Augen. Conny wich ihm nicht aus. »Bis jetzt nichts Konkretes. Ich hätte nur gerne gewußt, worauf sich Ihre Selbstmord-Bemerkung gegenüber Herrn Becker bezog.«

Beinahe hätte Conny gelacht. Aber dazu war die Sache zu ernst. Erst Merten und jetzt Joe . . .

»Sie werden es mir nicht glauben. Joe und ich sprachen über den Tod eines gemeinsamen Freundes. Angeblich ein Selbstmord. Vor anderthalb Jahrzehnten, wenn Sie das beruhigt.«

»Was genau äußerte Herr Becker in diesem Zusammenhang über einen Suizid?«

»Nichts, was auf irgendeine Absicht bei ihm schließen ließ. Das meinen Sie doch.«

»Hansjoachim Becker hat sich gestern abend auf der Bühne erhängt. An einer Leine des Flugwerks Eins. Wie er das technisch bewerkstelligt hat, ist noch nicht vollständig geklärt.«

Aber kein Tod durch fremde Hand. Soweit kannte Conny die Zuständigkeiten bei der Kripo. Andernfalls hätte ihn nicht Timm sondern die Mordkommission vernommen. Er war überrascht, wie nüchtern er das aufnahm. Vielleicht war der Restalkohol Schuld daran, der noch immer in ihm rumorte. Immerhin schien ihm Timm zu glauben, daß nicht er Joe zu seinem schlimmen Entschluß gebracht hatte. Deshalb wandte er sich an den Kommissar. »Darf ich Sie ausnahmsweise etwas fragen?«

Timm nickte.

»Waren Sie 1982 schon bei der Firma Leben und Tod?«

Timm schien überrascht. »Nein«, sagte er. »Ich bin vierundachtzig aus Leipzig gekommen. Worum geht es denn?«

Weshalb sollte er es ihm nicht sagen? »Um den angeblichen Selbstmord. Joe erzählte mir, man habe damals die Leiche eines Freundes gefunden. Im alten Friedrichstadtpalast, der schon zum Abriß bestimmt war.«

»Davon habe ich nie etwas gehört. Man könnte einen der alten Kollegen fragen . . .«

»Angeblich soll das geheim gehalten worden sein. Dieser Freund – das war nicht irgendwer . . .«

Timm verstand sofort. »Dann haben wir das möglicherweise gar nicht bearbeitet. Für die besonderen Vorkommnisse war die Neun Sieben zuständig. Wie bei diesem Sänger. Oder bei dem Honecker-Attentat. Das wissen Sie doch.«

»Danke.«

»Ist dieser Suizid der wahre Hintergrund für Ihre Recherchen im Palast?«

»Um Gottes willen.« Conny schüttelte den Kopf. Es bekam ihm nicht besonders. »Es handelt sich um einen seriösen Auftrag für ein ebenso seriöses Blatt.«

Von ihm stammte nur die blödsinnige Idee, Mertens Verschwinden in die Serie einbauen zu wollen. Jetzt hatte er gleich zwei Tote. Oder drei. Timm sagte nämlich: »Wissen Sie, was die Mitarbeiter im Friedrichstadtpalast bis gestern glaubten? *Wir* hätten einen gewissen Journalisten namens Pingel eingeschleust, um die Hintergründe des Todes von Alexander Senkpiel zu klären.«

Conny blies verächtlich die Backen auf. »Ich habe Ihnen schon mal erklärt, das ist nicht mein Ressort.«

Aber es erklärte einiges. Die Zurückhaltung von Frau Fechtenberg und Joes Mißtrauen.

»Weshalb sollten die annehmen, daß ich für V-Mann für die Kripo spiele?«

»Ganz einfach. Sie haben den Toten gefunden. Und dem Anschein nach mit Ihrem Freund Joe darüber gesprochen.«

Gegen die Phantasie von Möchtegern-Zeugen kam man nicht an. Er verstand nur eins nicht: »Was hatte Joe damit zu tun?«

»Hat er Ihnen das nicht erzählt?«

»Nein. Joe war kein Rauschgifthändler.«

»Das nicht. Er war Alexander Senkpiels Onkel.«

Conny hob beide Hände an die Stirn und stieß einen langen Zischlaut aus. »Und warum hat mir das niemand gesagt?« fragte er schließlich.

Timm sah ihn an, wie man ein exotisches Tier im Terrarium betrachtet. »Sie sagen uns ja auch nicht alles, Pingel.«

13 Gina

Gina wohnte im achten Stock eines namenlosen weißen Kekses, wie sie an den östlichen Ausfallstraßen der Stadt wuchern. Der Nebenblock mit einer farbenfrohen neuen Isolierung sah dagegen wie ein Haus aus.

Conny war fast an der richtigen Haltestelle ausgestiegen. Mit dem Straßenbahnnetz kannte er sich nicht gut aus. Seit der Neunumerierung der sogenannten *Tram* war ihm jede Orientierung verloren gegangen. Er kam mit zwei Stunden Verspätung aus der Keithstraße und befand sich zudem in miserabler Verfassung.

Gina schnitt alle seine Entschuldigungsworte ab, umarmte ihn freundschaftlich und sagte: »Ich dachte, du kommst gar nicht, so blau wie du gestern abend warst.«

Sie betrachtete ihn prüfend. »Und einen Bart hast du dir auch zugelegt.«

»Entschuldige, Gina. Es sind fürchterliche Dinge passiert.«

»Du weißt es also schon?« Gina schob ihn ins Zimmer. Das Kaffeetischchen war akkurat gedeckt.

Im Schummerlicht an der Wohnungstür hatte Gina ausgesehen wie immer. Sie schien keinen Tag älter geworden zu sein, seit sie sich zum letzten Mal begegnet waren. Ein bißchen fülliger vielleicht. Aber das stand ihr. Sie hatte noch immer die Porzellanhaut ihrer Jugend. Nur ein paar Fältchen um die Augen herum verrieten, daß die Vierzig schon hinter ihr lagen. Außerdem sah man ihr an, daß sie geweint hatte.

»Daß Joe sich umgebracht hat, glaube ich nie und nimmer«, sagte sie. »Jeder andere. Aber nicht Joe Becker.«

Conny legte den Arm um ihre Schulter. »Ich kann es auch nicht glauben. Wir haben noch gestern miteinander gesprochen.«

Gina schob seinen Arm von sich und starrte ihn an. »Wann?« fragte sie ungläubig. »Ich denke er hat sich gestern –?«

Conny fragte: »Woher weißt du es überhaupt?«

»Seine Schwester hat mich angerufen. Erinnerst du dich nicht an Karla? Die hat er anfangs oft mitgebracht. Bis sie dann diesen Armleuchter kennenlernte und mit ihm nach dem Westen ging.«

Conny erinnerte sich schwach. »Ist das etwa die Mutter . . .?«

»Saschas Mutter. Natürlich. Was glaubst du, wie die mir seit einer Woche die Ohren voll heult. Als wäre ich dafür verantwortlich, daß nichts aus meinem Patenkind geworden ist. Dabei hat sie ihn verwöhnt und verhätschelt. Sascha hier und Sascha da. Er war immer ein bißchen weich. Aber nur die Lehrer waren Schuld, wenn der arme Sascha Schwierigkeiten in der Schule hatte. Und die Lehrmeister, daß er zweimal die Lehre geschmissen hat. In Wahrheit ist er ja so begabt. Er wird Schauspieler, du wirst es sehen, Regina!«

Sie schniefte und sagte: »Setz dich endlich. Und erzähl mir von Joe. Wie ist es denn passiert?«

Conny wußte nicht mehr, als ihm Timm verraten hatte. Gina schüttelte immer wieder den Kopf. »Das paßt überhaupt nicht zu Joe! Die Bühne, verstehst du, das war sein Arbeitsplatz. Da gab es keine Zicken. Da kannte ihn jeder. Joe war nie darauf aus, Aufsehen zu erregen. Nicht mal mit seiner Musik oder mit seinem Sport. Vielleicht ist deshalb nicht mehr aus ihm geworden.«

»Man weiß nie, wozu jemand in einem solchen Augenblick fähig ist . . .«, wandte Conny vorsichtig ein.

»Aber nicht Joe!« widersprach ihm Gina energisch. »Ich kenne ihn besser als jeder andere. Ja, wenn er sich irgendwo unauffällig verkrochen hätte. Zum Beispiel da draußen an den Lattseen bei Strausberg. Er hat mir immer erzählt, wie einsam es dort ist. Da ging er öfter angeln. Manchmal hat er Sascha mitgenommen. Er hat sich sogar Hoffnung gemacht, daß ein Gewichtheber aus ihm wird. Aus diesem Jüngelchen! Als er dann merkte, was mit Sascha los war, hat er ihn nicht aufgegeben. Eine Zeitlang durfte der sogar auf seinem Grundstück wohnen.«

»Er wußte, daß sein Neffe drogenabhängig war?«

»Das hat er erst ziemlich spät mitgekriegt. Er war ungeheuer sauer. Kam hier an und hat mir sein Herz ausgeschüttet. Und seine Wut rausgelassen.«

»Auf wen war er wütend? Auf Sascha?«

»Auf den zuallererst. Er ist schließlich erwachsen, hat er gesagt. Es hat ihm schon genug zugesetzt, daß Sascha schwul war. Aber damit hatte er sich abgefunden. Er kannte schließlich genug von denen, um kein besonderes Vorurteil zu haben. Er wollte dem Jungen sogar einen Job besorgen. Aber du weißt ja, wie es beim Palast mit Stellen aussieht. Und anderswo erst recht. Aber Sascha hatte schon ein paar Bekanntschaften gemacht. So ein ausländischer Regisseur interessierte sich brennend für ihn. Da ist er dann völlig ausgerastet. Als Joe ihn mit der Spritze überraschte, hat Sascha ihn als altmodischen Spießer beschimpft.«

»Und?« fragte Conny.

»Nichts und. Drei Tage später war er tot. Irgenwer hat ihn in der Gosse hinter dem Palast gefunden. Eine Überdosis oder zu reiner Stoff. Was weiß ich. Darüber ist sich die Polizei angeblich nicht einig.«

Conny hielt es für besser, vorerst nicht zu erwähnen, wer Alexander Senkpiel gefunden hatte. Aber Joe hatte es vermutlich durch Timm erfahren und war ihm deshalb so mißtrauisch begegnet. Was aber mochte ihn getrieben haben, sich eine Woche nach dem Tod seines Neffen umzubringen?

Er fragte: »Hast du eine Ahnung, ob sie Joe im Palast gekündigt hatten oder ihm kündigen wollten?«

»Joe? Wie kommst du denn darauf? Dem können sie gar nicht kündigen. Der ist im Betriebsrat. Und wenn sie die halbe Bühne abbauen – Joe wäre der letzte gewesen, den sie feuern.«

»Ich habe in den letzten Tagen zweimal mit ihm gesprochen. Er machte einen sehr veränderten Eindruck. Irgendwie düster. Vielleicht deprimiert.«

»Wegen Sascha. Das ist doch klar. Er wollte unbedingt rausfinden, von wem der den Stoff hatte.«

Conny wurde hellhörig. »Hat er dir das gesagt? Hatte er irgendeine Spur?«

»Karla hat es mir erzählt. Mit Joe habe ich seit Saschas Tod gar nicht gesprochen.«

Plötzlich liefen ihr die Tränen über das Gesicht. »Und jetzt ist er selber . . .«

Er wartete, daß sie sich beruhigte, trank einen Schluck Kaffee und aß ein Stück Kuchen.

»Meinst du, es hat Zweck, wenn ich mich mal mit Karla unterhalte?«

»Um Gottes willen! Die hat genug Ärger mit so einer aufdringlichen Fotografin gehabt. Die dreht völlig durch, wenn sie erfährt, was du von Beruf bist.«

Danke schön, Meike, sagte Conny im stillen.

Gina kam nicht über Joes Tod hinweg. »Am Flugwerk aufgehängt«, sagte sie schaudernd. »Da kommt einem ja das Grausen. Das klingt wie aus dem *Phantom der Oper.*«

Es lag lange zurück, daß Conny das Buch gelesen hatte. Er erinnerte sich schwach. »Wird da nicht als erster ein Bühnenmeister umgebracht?«

»Eben. Genau daran mußte ich denken. Es soll auch wie ein Selbstmord aussehen. Wir haben diese Schwarte damals förmlich verschlungen, weil uns die Atmosphäre so sehr an unseren alten Palast erinnerte. Ein See unter dem Fundament und lauter geheimnisvolle Gänge – sogar das Luxus-Appartement gab es. Allerdings im ersten Stock. Einen richtigen Keller besaß die alte Bude gar nicht.«

Gina hatte beinahe dreißig Jahre als Kostümbildnerin im Palast gearbeitet. Sie war eine unermüdlich sprudelnde Quelle für Informationen aller Art.

»Wo befanden sich eigentlich eure Arbeitsräume?« wollte Conny nach einiger Zeit wissen. Er hatte den Grundriß des alten wie des neuen Hauses im Kopf.

»Zur Panke raus. Über der Heizung. Da standen in den ersten Jahren noch die Wohnwagen der Artisten im Hof. Und der Heizer holte im Sommer Eis für uns. Wir ließen einfach einen Korb runter.«

Conny überlegte schon lange, ob er ihr die Frage stellen sollte, die sich ihm von Anfang an aufgedrängt hatte: »Hast du mal was davon gehört, daß auf dem zweiten Rang die Leiche eines Selbstmörders gefunden wurde?«

Gina besann sich auf ihre hausfraulichen Pflichten und goß Kaffee nach. »Iß noch Kuchen. Du siehst aus, als hättest du Hunger.«

Conny lehnte dankend ab und fragte erneut: »Was ist – kennst du diese Geschichte?«

»Du bist ganz schön weit gekommen mit deinen Untersuchungen«, stellte sie fest. Es klang nicht wie ein Lob. »Keine von uns wollte das glauben. Und von den Ballettmädels auch nicht. Wir dachten, die Sicherheitsnadel will sich mal wieder wichtig machen. Wenn der was getrunken hatte, versuchte er immer, bei den Mädels Eindruck zu schinden. Aber die wußten alle, daß er von der Stasi war. Eine wollte ihm mal bei einer solchen Gelegenheit die Pistole klauen.«

»Gibt es den noch, diesen Sicherheitsfritzen?«

»Die gibt es alle noch. Die haben nur untereinander die Posten gewechselt.«

»Was genau hat denn der erzählt?«

»Wir waren auf Auslandstournee. In Budapest oder in Warschau. Woanders haben sie uns ja nicht hingelassen. Wir hatten Einladungen aus London und Paris. Aber nicht mal nach Havanna durften wir unsicheren Kantonisten. Mir haben sie noch neunundachtzig verboten, zu Saschas Einsegnung zu fahren.«

Conny wartete geduldig, ob sie nicht doch auf seine Frage zurückkommen würde. Es dauerte eine ganze Weile.

»Im Haus waren nur ein paar Hanseln zurückgeblieben. Darunter der von der Sicherheit. Jetzt fällt es mir ein: Andreas hieß der. Ein kleiner Kerl mit Bärtchen und Sonnenbrille. Sah aus wie von der Mafia in Liliput. Später habe ich erfahren, daß der für unsere Westreisen zuständig war. Jedenfalls war er der einzige, der in dem leeren Bau rumschüffelte, wo schon alles zum Abriß bereit lag. Auf dem Oberrang hatte sich vermutlich seit Jahren keiner sehen lassen. Der wurde seit den sechziger Jahren nur noch bei absolut ausverkauftem Haus benutzt. Beim Kessel Buntes oder bei großen Gastspielen. Vor dem Armstrong-Konzert gab es übrigens eine Versammlung. Uns wurde mitgeteilt, es sei damit zu rechnen, daß die enthemmten Jugendlichen die Sitzreihen zerlegen würden! Wie findest du das? Warst du eigentlich bei Armstrong und bei Ella?«

»Natürlich«, sagte Conny eifrig, eine neue Abschweifung fürchtend. »Erzähl bitte weiter.«

»Weiter nichts. Dort oben soll einer gehangen haben. Schon ziemlich lange.«

Gina schüttelte sich. »Das Merkwürdige blieb, daß niemand diese Story bestätigen konnte. Oder wollte. Nicht einmal von der Direktion. Und da gab es immer Querverbindungen zum Ballett. Und was die wußten, wußten wir. Wir erfuhren nur, daß eine der Putzfrauen in der Psychiatrie lag. Angeblich mit einem Nervenzusammenbruch. Die kam nie wieder zurück zum Palast.«

Gina hing ihren Gedanken nach. Conny ließ ihr Zeit.

»Vielleicht hat die Putzfrau den Toten gefunden«, sagte er schließlich.

Gina kniff ein Auge zu. »So schlau bin ich auch. Aber vielleicht war dieser Mafioso gar nicht zu einer Raumkontrolle unterwegs. Und nicht alleine. Verstehst du?«

»Nicht ganz«, gab Conny zu.

»Mann, die beiden wollten da oben ungestört bumsen! Zu dem Zweck waren da auch schon andere raufgestiegen. Und dann so ein Anblick . . .«

»Ich denke, ihr habt die Geschichte nicht geglaubt?«

Gina stand auf und ging zu einem geschnitzten Wandschrank, der über einem Schreibsekretär hing. »Trinkst du auch einen Kirsch?«

Conny verneinte. »Lieber nicht. Ich habe seit gestern mein Quartalsquantum weg.«

Sie goß sich einen Kirsch ein und dann noch einen. »Ich hätte nicht auf deine Frage antworten sollen«, sagte sie. »Das sind alles nur Gerüchte, die nichts bringen. Laß dir das von einer alten Frau sagen.«

Conny lachte, wurde jedoch schnell wieder ernst. »Wie alt bist du eigentlich?« fragte er, aber rechnen konnte er selber.

»Ich bin vor drei Wochen sechzig geworden. Da habe ich Joe zum letzten Mal gesehen.«

»Unglaublich . . .«, murmelte Conny. Er hatte nie darüber nachgedacht, daß Joe und Gina und viele andere von den Jazzern viel älter waren als er.

»Du bist wegen Merten zu mir gekommen, stimmt's?«

»Nein«, beteuerte Conny. »Jedenfalls nicht nur. Ich schreibe wirklich an einer Serie über den Palast.«

»Und wie soll diese Serie heißen?«

»Der Geist des Hauses. Genau wie die Revue, die sie im Palast gerade proben.«

»Ich bin seit zwei Jahren nicht mehr drin gewesen. Seit ich im Vorruhestand lebe. Früher, ja, wenn da ein Zauberer aufgetreten ist, dann sind wir auf den Schnürboden gekrochen, um hinter den Trick mit der Kiste zu kommen.« Sie wies auf einen Packen von Broschüren und Papieren auf dem Sekretär. »Ich habe dir alle alten Programme und Zeitungsausschnitte rausgesucht. Sogar die Geburtstagsglückwünsche vom Intendanten. Das hat er nie vergessen. Am Frauentag hat er uns eigenhändig bedient. Mit Schürze. Und Erwin Geschonneck hat gesungen.«

»Danke«, sagte Conny gerührt. »Über Merten reden wir ein andermal.«

Gina hatte sich einen weiteren Kirsch eingeschenkt und hielt das Glas in der Hand. »Frag ruhig«, sagte sie. »Du willst wissen, ob er das auf dem Oberrang war.«

Conny nickte.

»Ich weiß es nicht . . .«, sagte sie nachdenklich. »Unmöglich ist es nicht. Er war sehr verliebt in diese Verena. Und die hat bald darauf diesen Arzt geheiratet und ist später mit ihm nach Amerika gegangen.«

»Was war das für ein Arzt?«

»Du mußt ihn doch kennen. Ein Schulkamerad von Merten. Ein berühmter Pathologe. Leichen-Thomas hat ihn Merten immer genannt.«

»Wegen so einem Fatzke soll Merten sich umgebracht haben?«

Er erinnerte sich an Tom, den eitlen Modegecken, über den Merten und er sich oft genug lustig gemacht hatten.

Gina drehte das Kirsch-Glas in ihren kleinen Händen.

»Und weswegen hat es Joe getan?« fragte sie. Sie sah nicht aus wie sechzig, sondern wie eine junge Frau, die ihren Liebsten verloren hat.

»Vielleicht finde ich es heraus«, sagte Conny. Er neigte nun mal zu leichtfertigen Versprechen.

14 Ansicht von oben

Im Palast hatte sich die Atmosphäre verändert. Die Dame am Empfang starrte ihn offenen Mundes an, als er mit einem munteren »Guten Morgen« an ihr vorüber schritt. Während er sich in das Buch einschrieb, trat sie aus ihrer Loge. »Sie haben mir ja einen schönen Ärger eingebrockt«, sagte sie vorwurfsvoll.

Conny entschuldigte sich. »Ich war vorgestern anscheinend ganz in Gedanken.«

Sie trat noch einen Schritt näher. »Hat die Polizei Sie verhört?« fragte sie und warf gleichzeitig einen Kontrollblick auf seine Eintragung.

»Das hat sich erledigt«, erklärte Conny leichthin und bog in den Gang zur Bühne ein. Auf dem Dutzend Klappstühle saßen einige Damen und zwei Herren vom Ballett, andere scharten sich um die runden Aschenbecher. Alle rauchten. Und alle guckten Conny an. Er sagte vernehmlich: »Guten Morgen«, erntete jedoch nur ein undeutliches Murmeln.

Das konnte heiter werden. Er überquerte die leere Seitenbühne und wollte hinter dem Inspizientenpult um das Bühnenportal abbiegen. Zum ersten Mal, seit er hier herumlief, hielt ihn jemand auf.

»Wo wollen Sie denn hin?« fragte ein Mann im weißen Kittel.

»Ich gucke mir die Probe an. Hat Frau Fechtenberg Sie nicht darüber informiert?«

»Das schon. Aber hier kann nicht jeder über die Bühne rennen, wie er will. Hat sie Ihnen das nicht gesagt?«

Conny entschuldigte sich ein weiteres Mal und wollte über die Vorbühne nach links aus dem Saal verschwinden. Dort stand der blonde Engel und lächelte ihn an. Nicht die Nixe, sondern die zweite Hälfte des Höllenduos. Sie mochte in Connys Alter sein. Aber das merkte man nur, wenn man sie von so nahem betrachtete, wie er das jetzt konnte. Ihr Teint war dunkler als der einer Blondine. Sie sah aus, als warte sie darauf, angesprochen zu werden.

Er stellte sich vor und fragte: »Woher nehmen Sie die Kraft für Ihre Übungen?«

»Das ist Training«, sagte sie. »Täglich üben.« Sie wies ihre Unterarme vor, die nicht kräftiger aussahen als Meikes. Oder als die der Schwimmerin.

Wie lange machen Sie das schon, wollte Conny fragen, aber das schien ihm zu indiskret. Auf ein so plötzliches Gespräch war er nicht vorbereitet. »Ich werde mir Ihre Darbietung noch einige Male ansehen«, sagte er. »Dann werde ich Sie und Ihren Partner interviewen.«

Ihr Lächeln verging. »Ich glaube nicht, daß er was sagen wird.« Sie sprach mit einem Akzent, den Conny als spanisch klingend einordnete.

»Schade«, sagte er. »Sie sind beide Spanier?«

»Nur ich. Zur Hälfte.« Sie lachte wieder. »Mein Papa war Russe. Wie das beim Zirkus so ist.«

»Kommen Sie, wir gehen einen Kaffee trinken, und Sie erzählen mir Ihre Geschichte.«

»Nein, nein. Keine Geschichte. Ich warte hier nur . . .«

Und plötzlich flüsterte sie ihm zu: »Sie kannten den Mann, der sich – » Sie machte eine Handbewegung zum Hals. »Mit unserem Seil . . .«

»Er war ein guter Freund.«

»Sehr schlimm«, sagte sie und schritt ebenso plötzlich, wie sie geflüstert hatte, mit ausdruckslosem Gesicht an ihm vorbei. Am Bühnenportal stand ihr Partner. Sein Gesichtsausdruck verhieß nichts Gutes.

Conny verschwand durch die Tür neben der Vorbühne aus dem Saal. Er brauchte einen Augenblick, um sich zu orientieren und die nächste Treppe zu finden. Der Weg zum Büro der PR-Managerin führte ihn um das ganze Bühnenhaus herum. Jeder, der ihm begegnete, schien ihn anzustarren. Es wurde Zeit, daß er in die Offensive ging.

Frau Fechtenberg war nicht alleine in ihrem Büro. Sein Auftauchen schien sie zu überraschen. »Wir können das nachher erledigen, Peer«, sagte sie zu dem jungen Mann, den Conny bereits bei seiner ersten Visite gesehen hatte.

»Lassen Sie sich bitte nicht bei Ihrer Arbeit stören«, sagte Conny entschlossen. »Ich habe Ihnen nur zwei, drei Sätze zu mitzuteilen, und die sollte der junge Mann auch hören. Ich lege nämlich Wert darauf, daß möglichst viele im Haus erfahren, was ich zu sagen habe.«

Die beiden saßen wie vom Donner gerührt. »Ich weiß nicht, ob ich die richtige Adresse . . .«, sagte Frau Fechtenberg. »Der Direktor . . .«

Connny ließ sich nicht beirren.

»Liebe Frau Fechtenberg. Ich bin ein freiberuflicher Journalist. Nichts weiter. Kein V-Mann der Polizei und niemand, der an irgendwelchen Todesfällen irgendwo in irgendeiner Form beteiligt ist. Joe Becker war ein alter Freund, und ich habe keinerlei Streit mit ihm gehabt. Sein Tod hat mich sehr erschüttert. Daß ausgerechnet ich seinen Neffen gefunden habe, ist ein unglücklicher Zufall. Und nichts von dem, was mit Joes Tod oder dem des Jungen zusammenhängt, wird in meiner Artikelserie stehen. Das verspreche ich Ihnen. Ich bitte Sie nur, mir die weitere Arbeit im Haus zu ermöglichen. Ich werde ein paar Interviews machen, einen Blick in das Bildarchiv werfen, und ich möchte möglichst viel von den Proben sehen. Sonst nichts. Danke.«

Damit wandte er sich zum Gehen. Frau Fechtenberg hielt ihn zurück. Der junge Mann, der seinem Monolog mit steinerner Miene zugehört hatte, glotzte ihn noch immer sprachlos an.

»Entschuldigen Sie bitte, Herr Pingel. Sie müssen verstehen, daß wir alle ein wenig nervös sind nach einem solchen – Ereignis . . .«

Conny nickte. »Natürlich. Und ich war anscheinend der letzte, der mit Joe gesprochen hat. Ich kann Ihnen versichern, daß er mit keiner Silbe auch nur eine Andeutung gemacht hätte . . .«

Frau Fechtenberg war voller Verständnis. »Das alles wird Sie ja die Polizei schon gefragt haben. Die nehmen es anscheinend sehr genau.«

»Das kann man wohl sagen. Kommissar Timm spielt gerne den gewissenhaften Ermittler. Der macht bei mir keine Ausnahme.«

»Ach, kennen Sie den auch schon länger?« fragte der junge Mann.

»Ich kannte ihn schon, als er noch der Genosse Hauptmann Timm war.«

Im gleichen Augenblick tat es ihm leid, Timm auf so billige Art in die Pfanne zu hauen. Aber der hatte sich ihm gegenüber auch nicht zurückgehalten.

»Siehste!« sagte der junge Mann triumphierend. »Ich habe dem gleich angemerkt, daß irgendwas nicht stimmt!«

»Unsinn. Er hat sich hier völlig korrekt verhalten«, widersprach ihm Frau Fechtenberg. »Und jetzt ist Schluß mit dem Gerede. Herr Pingel ist genauso zum Arbeiten hier wie wir. Allen traurigen Ereignissen zum Trotz. Nicht wahr?«

Sie hatte verstanden, worum es Conny ging. Der Technische Leiter war nicht greifbar, und so vermittelte sie Conny die Bekanntschaft eines baumlangen und überaus wortkargen Menschen, der ihm den Rest des Hauses zeigen sollte. Inzwischen würde sie im Hause einige aufklärende Worte ausstreuen. »An der richtigen Stelle. Darauf können Sie sich verlassen.«

Im Schlepptau des Langen besichtigte Conny den Malsaal

und den Wasserbehälter im obersten Geschoß, aus dem es möglich war, im Bedarfsfall einen kleinen Niagarafall niedergehen zu lassen. Sie durchwanderten die Laser- und die Tonzentrale und etliche andere technische Räume rings um den Saal.

»War's das oder wollen Sie noch was sehen?« erkundigte sich sein Führer nicht einmal unfreundlich.

»Vielleicht noch den Schnürboden. Dazu sind wir neulich nicht mehr gekommen.«

Der Lange guckte schräg von oben, ließ sich jedoch nichts anmerken. Sie stiegen zur leeren Bühne hinunter und überquerten sie. Links oben auf der Empore probte das Orchester. In einem Winkel der Hauptbühne befand sich ein kleiner Aufzug. Er strahlte den Charme der DDR-Produktion in Reinkultur aus und erinnerte Conny an seine Zeit als Hochhaus-Bewohner. Wie schon vor mehr als einem Jahrzehnt in Joes Begleitung fuhr er mit seinem stummen Führer bis unter das Dach des Bühnenhauses. Vierzig Hand- und zwölf Maschinenzüge machten es möglich, jede gewünschte Dekoration in Sekundenschnelle auf die Bühne zu befördern. Davor befanden sich die Apparaturen des vorderen Bühnenflugwerks.

Der lange Blonde, dem das Objekt seiner Aufmerksamkeit nicht entging, schüttelte den Kopf. »Das war da hinten«, sagte er. »Beim vorderen Flugwerk wäre es wahrscheinlich früher aufgefallen.«

Sie wußten beide, wovon die Rede war. Eine so lange Erklärung hatte der Lange bisher nirgendwo abgegeben.

»Wann hat man ihn gefunden?« fragte Conny.

»Erst morgens. Aber es kann schon am frühen Abend passiert sein. Das Haus war ziemlich leer.«

»Es muß sich doch feststellen lassen, wer noch auf der Bühne war. Oder zumindest noch im Hause.«

Der Lange griente schief. »Außer einem Journalisten hielt sich kein Fremder hier auf. Die Mitarbeiter kommen und gehen zu jeder Zeit. Darauf achtet kaum einer. Und Joe hat manchmal lange gearbeitet.«

Conny biß sich auf die Unterlippe. »Er war ein Pfundskerl«, sagte er dann. »Ich kannte ihn viele Jahre.«

Der Lange, der mit dem Kopf beinahe gegen das Gitter stieß, das den Schürboden abschloß und wahrscheinlich deshalb die ganze Zeit gebückt stand, sagte überraschenderweise: »Ich weiß. Ich habe euch bei der Jazzbühne öfter zusammen gesehen.«

»Daran erinnerst du dich?« Conny war unwillkürlich zum Du übergegangen. Damals hatte man zu keinem hier Sie gesagt.

Der blonde Riese griente stolz. »Ich habe ein gutes Personengedächtnis. Du kanntest auch den Peter von der Beschallung, der gleich nach der Wende mit dem Auto verunglückt ist.«

Noch ein Toter. Aber das war nun eindeutig ein Unfall gewesen. »Können wir da rauf gehen?« fragte Conny, nur um endlich von den trüben Erinnerungen weg zu kommen.

Eine eiserne Treppe führte neben einem offenen Geviert nach oben. Wer in diesen Schacht fiel . . .

»Manche vertragen es nicht, hier rumzulaufen«, sagte der Lange und schritt gleichmütig über das offene Gitterrost. Ein merkwürdiges Gefühl war das schon, auf diesem Fußabtreter über den Abgrund zu laufen. »Wie hoch sind wir über der Bühne?« fragte Conny.

»Ungefähr zwanzig Meter.«

»Und wer kommt außer denen von der Bühne hier oben her?«

»Niemand. Die Züge und die Flugwerke werden hinter den Bühnenportalen bedient.«

»Im neuen Programm hängt dieses Kraftduo an den Flugwerken. Engel und Teufel . . .«, sagte Conny.

Wieder griente der Lange. »Verdächtiger Typ, der Mann,

wie? Der hätte genug Kraft, zwei von Joes Sorte an jede beliebige Leine zu knüpfen.«

»War er an dem Abend im Haus?«

»Das hat dieser sächsische Kommissar alles lang und breit untersucht. Wenn Joe es nicht selber getan hat, kommt ein Dutzend Leute in Frage. Mindestens.«

»Und was meinst du? Du kanntest Joe gut genug.«

Der Lange hob die Achseln, was ihn scheinbar um weitere zwanzig Zentimeter wachsen ließ. »Die Sache mit seinem Neffen hat ihn reichlich mitgenommen. Aber jetzt, wo der ganze Laden hier auf der Kippe steht – ich kann mir nicht vorstellen, daß Joe uns da im Stich gelassen hätte.«

»Du meinst, da hätte eventuell jemand ein Motiv gehabt?«

Der Lange, der vor ihm die Treppe hinunter kletterte, wandte sich um. »Schreibst du Krimis oder so was? Wir sind hier nicht in Amerika. Kein Mensch hatte ein Motiv, Joe umzubringen.«

Im Fahrstuhl nach unten fügte er hinzu: »Trotzdem ist er tot . . .«

Conny gab sich keine Mühe, dieser Logik zu folgen. »Hast du schon im alten Palast gearbeitet?« erkundigte er sich.

»Nö. Ich habe dreiundachtzig gleich im Neubau angefangen.«

Sie stiegen aus dem Lift. Dicht vor ihnen waren zwei Mann dabei, eine Dekoration aufzurichten. Conny wartete bis zum Bühnenausgang. Dann fragte er: »Hast du mal was von einem Selbstmord im alten Haus gehört?«

Wieder traf ihn der schräge Blick von oben. »Ich denke, du bist auf seriöse Informationen aus? Mensch, in so einem Haus hast du es immer mit Spinnern zu tun. Entweder, du schreibst was Vernünftiges über uns, oder wir können gleich den Löffel abgeben. Die warten doch nur darauf, uns was anzuhängen. Wenn auch noch die Presse über uns herfällt – na, dann Gute Nacht, Marie.«

»Du scheinst eine ähnlich gute Meinung von den Zeitungen zu haben wie ich«, gab Conny zu. »Das andere war 'ne ganz private Frage. Vergiß sie.«

»Ich werde dir mal 'ne gute Frage stellen, die du in deinem Artikel unterbringen solltest.« Der Lange war jetzt richtig aufgetaut. Keine Rede mehr von Wortkargheit. »Wer hat in dieser Stadt eigentlich das Geld verschwendet, das jetzt eingespart werden muß? Waren das nicht die gleichen Figuren, die uns heute neue Löcher in den Riemen stanzen wollen? Glauben die wirklich, wir hätten vergessen, wie das verflossene Finanzgenie und sein Boß hießen? Die schieben sich gegenseitig die lukrativen Posten zu: Olympia, S-Bahn, BVG – dabei würdest du von Leuten mit solchen Gesichtern nicht mal 'ne Versicherung für deinen Hund kaufen.«

Er war richtig in Rage geraten. Conny versuchte, ihn zu beruhigen. »Du verwechselst mich mit dem Chefredakteur. Der trifft diese Leute beim Presseball. Und wir beide esssen weiter unsere Ostschrippen.«

Aus dem Treppenhaus trat die brünette Dame mit ihrem Begleiter. Beide sahen zu Conny herüber und wandten sich dem Ausgang zu.

Dem Langen war Connys Unaufmerksamkeit nicht entgangen. »Na ja, hin und wieder gibt es einen Lichtblick«, sagte er. »Obwohl das auch nicht unsere Preisklasse ist.«

»Wer ist der Mann?« wollte Conny wissen.

»Warst du nicht in der Vorstellung? Unser Copperfield-Verschnitt. Nur daß seine Claudia schwarz ist und ein bißchen reifer. Aber für Blonde in jung hat er auch was übrig.«

15 Zirkus mit Phantom

Das Wochenende verlief nach Connys Geschmack. Schon am Freitag abend begann es zu regnen. Den ganzen Sonnabend über schüttete es. Am Sonntag ging der Dauerregen allmählich in ein durchdringendes Nieseln über. Es schien nur noch eine Frage von Stunden, bis die Oder ein weiteres Mal überlaufen würde. Wenn die Klimakatastrophe sich auf diese Weise ankündigte, war es besser für die Menschheit, sich rechtzeitig Schwimmhäute zwischen Fingern und Zehen zuzulegen.

Bei derart wässrigen Gedanken fiel Conny die blonde Nixe ein. Ansonsten störte ihn das Wetter nicht. Im Gegenteil. Das gleichmäßige Rauschen des Regens dämpfte alle Geräusche. Außerdem wurde am Wochenende nicht auf dem Bau gearbeitet, niemand erprobte bei offenem Fenster den Klirrfaktor seiner Lautsprecherboxen; selbst die Autofahrer beschränkten sich auf die notwendigsten Fahrten. Ideales Arbeitswetter, fand Conny, nachdem er sich endlich mal ausgeschlafen hatte.

Unabhängig von allen Todesfällen wurde es höchste Zeit, Kalvenkämper zumindest mit einer längeren Probe seiner Serie zu beglücken. Immerhin war ein Vorschuß auf seinem Konto eingegangen, so daß er wieder über einen Überziehungskredit verfügte. Er war auf dem Weg zur Bibliothek bei der Bank vorbeigefahren und hatte anschließend ausgiebig eingekauft. Für zwei Personen, wie er sich beim Einräumen des Kühlschranks eingestehen mußte. Mindestens für anderthalb, von denen eine Kilkenny trank. Doch bei Meike meldete sich wieder einmal nur der Anrufbeantworter. Als er es am Sonnabend noch einmal versuchte, ertönte eine muntere Frauenstimme, die nicht Meike gehörte: »Hallo? Hier ist Lo. Mit wem spreche ich?«

Na gut. Wenn sie Lo hatte, brauchte sie ihn nicht. Er hatte seinen Friedrichstadtpalast. An dem Thema arbeitete er mit mehr Freude und Geduld, als er gewöhnlich für Aufträge aufbrachte.

Seine Geschichte des Zirkusbaus an der Panke las sich hoffentlich auch so kurzweilig, wie er die Literatur und seine Notizen fand. Wirklich an die Quellen zurückzugehen, wie es Jakob ihm empfohlen hatte, war gar nicht so einfach. An die zerbröselnden Zeitungsbände aus dem vorigen Jahrhundert kam man nicht so leicht heran. Das Lesen von Mikrofiches machte keinen Spaß.

Fest stand, daß die Berliner Immobilien-Gesellschaft die umgebaute Markthalle am 20. April 1879 an den Zirkusbesitzer Ernst Jakob Renz verpachtet hatte, in dessen Zirkus zum ersten Mal ein Clown als *dummer August* auftrat: Tom Belling. Sieben Jahre später kaufte Renz das Gebäude für 1,33 Millionen Goldmark – eine Unsumme, gemessen an heutigen Vorstellungen. War damals mit einem Zirkus wirklich soviel Geld zu verdienen? Noch dazu, wo der Herr Direktor gerade mal in der Lage war, den eigenen Namen zu schreiben – mehr nicht. Seine Erben könnten heute ihre Rechte als Alteigentümer des Bahnhofs Friedrichstraße einklagen, hätte der geschäftstüchtige Analphabet das Terrain seinerzeit nicht für 820 000 Taler verkauft. Ein Taler entsprach damals drei Mark. Und die Mark war noch was wert.

Selbst die Hohenzollern ließen es sich nicht nehmen, die Kaiserloge im neuen Circus Renz zu besuchen – etwa 1885 bei der *Gala-Parade-Vorstellung zum Besten der Erdbebenopfer in Spanien in Anwesenheit des Kronprinzen und seiner Familie.*

Drei Spielzeiten später konnte Renz es sich leisten, die Halle endgültig zu einem Zirkus mit 5 600 Plätzen und einer flachen Wellblech-Kuppel umbauen zu lassen. Wieder hatte der Baumeister mit den Tücken des Untergrundes zu kämpfen und mußte seine in Lauchhammer gegossenen Eisenstützen auf die vorhandenen Pfahlbündel setzen. Am 5. Oktober 1889 fand die große Eröffnungs-Gala-Vorstellung statt. Zwei Jahre später gab es erstmals eine große Wasserpantomime.

Conny dachte nicht ohne Bewunderung über Renz' kühne Unternehmungen nach. Eine filigrane Eisenkonstruktion auf Eichenpfählen im sumpfigen Gelände, an die sechstausend Menschen, dazu Tiere, Ställe, ein riesiges Wasserbecken, und das alles ohne elektrische Beleuchtung. Der Besuchereingang zum Zirkus hatte schon damals hinten gelegen und der Zugang zur Manege zum Schiffbauerdamm.

Lange betrachtete er die Reproduktion des Programms der Abschiedsvorstellung. *Sonnabend, den 31. Juli 1897, Abends 7 1/2 Uhr präcise. Riesengebirgs-Phantasien. Komische Scenen! Gebirgsepisoden! Staunenerregende Auffahrt eines dahinjagenden Vierer-Zuges, der mit Blitzesschnelle den über 40 Fuss hohen Berg erreicht.* Dazu das Porträt des gerade pleite gegangenen Franz Renz und darüber der Zirkusbau, eine architektonische Kreuzung zwischen Bauernhof, Seebrücke und Gasanstalt, geschmückt mit einem überdimensionierten Fabriktor. Als letzte große Tat hatte Franz Renz das Gebäude renovieren und über dem Eingang einen Festsaal einbauen lassen. Der *Circustunnel* als Restaurant und eine Konditorei gehörten ohnehin zu einem Berliner Zirkus. Renz' Nachfolger Albert Schumann machte ein Bier- und ein Wein-Restaurant daraus.

Zwischen Renz und Schumann lagen zwei Jahre, in denen das Haus zwei einfallsreichen Unternehmern als *Neues Olympia Riesen Theater* diente. Es wurde wieder einmal umgebaut, die Kuppel verändert, die Bühne über dem Manegenzugang vergrößert. Dennoch fand die Ballettpantomime *Constantinopel,* in London angeblich 600 mal gegeben, in Berlin wenig Anklang. Als auch noch die Konkurrenz des – selbstverständlich nach einem Umbau – neueröffneten Metropol-

Theaters in der Behrenstraße hinzukam, warfen die Herren Freund-Haller und Kiralfy das Handtuch.

Albert Schumann galt in diesen Jahren als der beste Pferdedresseur Deutschlands. Das genügte um die Jahrhundertwende nicht mehr, um allabendlich den Riesenzirkus zu füllen. Schumann ließ eine enge Radrennbahn einbauen. Radrennen waren populär. Am Bahnhof Treptow umlagerten Tausende den *Nudeltopp*, Europas steilwandigste Rennbahn. Dort konnte nur bei gutem Wetter gefahren werden. Der Zirkus Schumann bot die erste echte Winterbahn. Der Sportpalast wird erst 1910 eröffnet. Und Radfahren ließ sich sogar in das Zirkusprogramm einfügen. 1904, im Jahr, in dem Albert Schumann den Bau von den Renz-Erben erwarb, führte ein Tollkühner den *Todessprung auf dem Fahrrad in der unterbrochenen Schleifenbahn* vor.

Alles hat seine Vorläufer, dachte Conny. Selbst die waghalsigen jungen Biker. Er wühlte sich weiter durch das Papier. Wenigstens bis zu Max Reinhardt wollte er Kalvenkämper den Anschluß präsentieren. Reinhardt war 1910 dem Charme des gerade wieder einmal umgebauten Riesenbaus verfallen. Eine Theater für die Massen hatte er schon länger im Sinn. Der Zirkus Schumann bot ihm eine einmalige Bühne von achthundert Quadratmetern. Unmittelbar nach dem Gastspiel des amerikanischen Zirkus Barnum & Bailay begannen die Proben zu *König Oedipus*. Ein Jahr später folgten die *Orestie* und Hofmannsthals *Jedermann*, heute noch alljährlich das Zugstück in Salzburg und anderswo.

Im Ersten Weltkrieg werden Schumannns Pferde requiriert, das Zirkusgeschäft liegt danieder. Max Reinhardt und die Finanzleute um ihn nutzen die Gunst der Stunde und gründen die *National-Theater AG*. Am Tag nach der letzten Vorstellung im Zirkus Schumann kauft die AG den Bau für 2,75 Millionen Mark. Reinhardt gewinnt mehrere Architekten, die ihm Entwürfe für sein Arenatheater liefern. Darunter ist auch der Schöpfer des Sportpalastes Hermann Dernburg. Der geborene Berliner Hans Poelzig vollendet schließlich den Umbau zur vielgerühmten *Tropfsteinhöhle* nach einer Skizze auf einer Papierserviette.

Conny schilderte die komplizierten Umbauten. Noch immer setzte die alte Markthallenkonstruktion den Rahmen für jede Veränderung. Schließlich stürzte die Giebelwand zum Schiffbauerdamm ein, und Poelzig errichtete an beiden Giebeln neue glatte Wände mit relativ kleinen Eingangspforten. Die Pracht hob er sich für innen auf, für die Lichtarchitektur im Foyer und in den Wandelgängen und für die Maskierung der vorhandenen Bausubstanz. Denn *dieser kolossale, massiv erscheinende und monumental wirkende Bau ist eine glänzende Kulisse, ist eine einzige komplizierte, kunstvolle Baumaske aus Rabitzputz ... Die ganze Masse hängt in den alten Eisengerüsten. Das Ganze ist Drahtgeflecht mit Putz beworfen, in Putz modelliert und dann kühn mit Farben angestrichen. Auch die Architektur spielt hier Theater.*

Allmählich flimmerten die Zeichen auf dem Bildschirm vor seinen Augen. Er sicherte den Text, druckte zwei Kopien aus, zog eine zusätzliche Kopie auf Diskette und schob sie in das Synonymwörterbuch mitten im Regal. Nach dem zweiten Einbruchsversuch war er vorsichtig geworden. Obwohl kein Einbrecher so einfältig sein würde, diesen Computer zu klauen. Es sei denn, um ihn ans Technikmuseum zu verkaufen.

Er fühlte sich angenehm erschöpft, aber nicht müde. Für einen Augenblick dachte er daran, noch einmal bei Meike anzurufen, aber das hatte sich wohl endgültig erledigt. Wahrscheinlich war es besser so.

Er blätterte in den Büchern aus der Bibliothek. Schon seit Jahren las er fast nur noch Sachbücher aus allen möglichen Gebieten. In der Belletristik hatte er als DDR-Leser mit anhaltend guten Beziehungen zu Buchhändlerinnen kaum etwas

Wichtiges versäumt. Seine historischen Kenntnisse hingegen erschienen ihm verheerend einseitig. Und je mehr er las, um so mehr kam er Widersprüchen und Ungenauigkeiten selbst bei renommierten Autoren auf die Spur. Ein paar Geschichten aus der Vergangenheit, die ihn besonders interessierten, hatte er selber recherchiert und mit einiger Mühe veröffentlicht. Investigativer Journalismus hieß so etwas neudeutsch. Erfunden vor zwanzig Jahren von den Amerikanern im Verlauf der Watergate-Affäre, wie er zu seinem Erstaunen erfahren mußte. Hatte nicht ein gewisser E.E.Kisch 1913 die Redl-Affäre aufgedeckt? Wahrscheinlich war Egoneks Ruhm nie bis Washington und Köln gedrungen.

Das war eine der Erfahrungen, die Conny in den letzten acht Jahren mißtrauisch gemacht hatten. War ihm vorher ein *stern* oder SPIEGEL in die Hand gefallen, hatte er alles gläubig von der ersten bis zur letzten Zeile gelesen und die Kollegen bewundert, die derlei Geheimnisse anscheinend mühelos aufklärten. Daß die Berichterstattung aus der DDR meistens ein bißchen daneben lag, verwunderte ihn nicht. Er kannte die Quellenlage und die unauffälligen Herren, die ausländische Korrespondenten überwachten.

Erst nach der Wende fiel ihm auf, daß die Berichterstattung eher ungenauer wurde, daß sich häufig genug Unverständnis mit Unkenntnis paarte. Nach etlichen vergeblichen Versuchen, Berichtigungen durchzusetzen, hatte er es aufgegeben. So genau wollte es niemand wissen. Es genügte die schnelle Information. Sie mußte nicht auch noch stimmen. Für den historischen Hintergrund irgendwelcher Angelegenheiten interessierten sich allenfalls verschrobene Dokumentarfilmer wie Jakob.

Wäre das nicht ein Thema für Jakob: Das kurze, unglückliche Leben des Merten W.? Man konnte mit seinen Eltern reden, mit Klassenkameraden, Freunden, Freundinnen, seiner geschiedenen Frau, vielleicht diese Verena aufspüren. Und dann – die Flucht oder der Tod in dem gespenstisch leeren Saal der Dreitausend?

Nein, es war keine gute Idee. Der Vater, in einem noch ausstehenden Prozeß mindestens mit einer Bewährungsstrafe bedroht, würde sich nicht äußern und die Inoffizielle Mitarbeiterin Leonce wohl auch nicht – welchen Anteil die beiden auch immer an Mertens Tod haben mochten.

Er erschrak nicht einmal, daß er plötzlich an die Flucht nicht mehr glaubte. Nur Mertens Tod erklärte sein Schweigen. Und wenn er tot war, mußten es die Eltern wissen. Und Leonce.

Conny beschloß, diese Spur zu verfolgen, sobald ihm die Arbeit ein bißchen Zeit dafür ließ. Erstaunlich, wie gut seine Lektüre zu seiner Absicht paßte: Gaston Leroux *Das Phantom der Oper. Der Geist des Hauses* hatte ihn darauf gebracht, das Buch noch einmal durchzugucken. Wirklich lesen mußte man so etwas nicht. Schon gar nicht zweimal. Er erinnerte sich, daß es außerdem den Roman *Phantom* von einer Amerikanerin gab, die das komplette Leben des unglücklichen Erik mit dem Totenschädel dazu erfunden hatte.

Kein Zweifel, der alte Friedrichstadtpalast hätte einen perfekten Handlungsort für eine Horrorgeschichte dieser Art hergegeben. Mit Gina als Logenschließerin Madam Giry. Und Merten als Raoul de Chagny. Der junge Mann aus gutem Hause, der sich gegen den Widerstand der Familie in eine Sängerin mit ungewisser Vergangenheit verliebt. Den Familiennamen seiner Flamme Verena galt es herauszufinden.

Während er las, bastelte Conny in Gedanken weiter an der Umbesetzung der Figuren. Bis er auf den Bühnenmeister Joseph Buquet stieß. Die Parallele bis in die Initialen JB erschien ihm einigermaßen unheimlich. Buquet wurde erhängt aufgefunden, das erste Opfer des Phantoms.

Conny klappte das Buch zu. Es half nichts. Er lag noch lange schlaflos und dachte über Merten und Joe nach. Gab es irgendeinen Zusammenhang, den er übersehen hatte?

16 Brandschaden

Die Luft war naß und schwer, als Conny aus der Haustür trat. Sein Auto stand zwei Ecken weiter an einem der dreieckigen Plätze, die dem Kiez das Gepräge geben. Anfangs hatte er sich gewundert, weshalb die Straßen in dieser platten Gegend so unregelmäßig verliefen. Von *historisch gewachsen* konnte keine Rede sein; die Mietskasernen ringsum waren kaum älter als hundert Jahre. Später fand er heraus, daß er sich im Herzen der längst verschwundenen friderizianischen Kolonie Boxhagen niedergelassen hatte. Die gleichnamige Straße folgte noch immer dem Verlauf des alten Weges von Rummelsburg in die Frankfurter Vorstadt.

Er schloß den Toyota auf, feuerte seine Mappe mit dem Manuskript hinein und griff zum Schwamm, um die Scheiben abzuwischen. Sonst war an dem Schlitten nichts zu säubern. Die Roststellen ließen sich nicht mehr übersehen, und das Schloß hatte geklemmt. Vielleicht half Graphitspray.

Er stieg ein, entriegelte das Lenkradschloß und zog den Choke. Aus dem Motorraum drang außer dem unregelmäßigen Motorgeräusch ein anhaltendes Zischen, das ihn beunruhigte. Noch nie in den sechs Jahren, seit er den Wagen fuhr, hatte es so geklungen. Und noch nie war eine nasse Qualmwolke unter der Motorhaube hervorgequollen, die ihm auf dem Umweg durch die Lüftung den Atem nahm.

Er zog den Zündschlüssel ab, öffnete die Tür und stieg halb aus, ein wenig ratlos, was er jetzt anfangen sollte. Ein alter Mann mit Regenschirm und einem kleinen Hund rief ihm aus angemessener Entfernung etwas zu. Der Hund zerrte wie wild an der Leine, weg von dem zischenden Schrottauto. Conny, keineswegs in Panik, entriegelte die Motorhaube und stieg vollends aus. Im gleichen Augenblick hob eine dumpfe Verpuffung die Blechhaube. Der Qualm um ihn wurde dichter. Es stank wie nasses Feuerwerk auf brennendem Öl.

Im Kofferraum fand Conny eine alte Decke. Unter den Protestrufen der Fußgänger, sie sich inzwischen um den Rentner mit dem zerrenden Hund versammelt hatten, hob er die Motorhaube und warf die ausgebreitete Decke über die vermutete Quelle des Qualms. Tatsächlich drangen nach wenigen Sekunden nur noch an den Rändern flockige Rauchfahnen unter der Decke hervor, die sich durch weiteres Andrücken leicht ersticken ließen.

»Die Feuerwehr ist alarmiert!« rief eine aufgeregte Frau vom Balkon im ersten Stock.

»Danke«, sagte Conny. »Ist gar nicht nötig.«

Der Mann mit dem Hund wußte es besser. »Wir können alle in die Luft fliegen, weil die überall ihre ollen Karren rumstehen lassen!«

Conny, den die Menschenansammlung und die zu erwartende Feuerwehr im Augenblick mehr ärgerten als das Auto, stimmte ihm zu. »Ja, es kann leicht explodieren. Lauft lieber alle um die Ecke.« Er wedelte mit den Händen, als wolle er Gänse scheuchen. Tatsächlich wandten sich ein paar der Zuschauer in Richtung Straßenecke. Nur ein verschmutzter Jugendlicher mit grünem Hahnenkamm trat furchtlos näher und fragte: »Ej, is dir irjentwie zu helfen, Keule?«

Conny überlegte, ob er sich von dem Punk um die Ecke schieben lassen sollte, entschied sich dagegen und bedankte sich für das Angebot. In der Ferne tönte ein Martinshorn.

Die Verhandlungen mit der Feuerwehr zogen sich hin. Soweit Conny sich erinnerte, war die Straße menschenleer gewesen, als er das Auto angelassen hatte. Tatsächlich aber meldete sich ein Dutzend Augenzeugen, die Frau auf dem Balkon nicht mitgerechnet. Alle hatten alles ganz genau gesehen und unterstützten den Hundebesitzer in seiner hartnäckigen Forderung nach einem ebenso weiträumigen wie strengen Parkverbot für die Gegend, insbesondere für derartig überalterte und gefährliche Autos.

Kalvenkämper war natürlich nicht zu sprechen, als Conny endlich in der Redaktion ankam. Er war mit der U-Bahn gefahren. Angesichts der sich nur langsam zerstreuenden Zeugenschar hatte er dem Toyota keinen zweiten Startversuch zugemutet. Genau betrachtet, handelte es sich gar nicht um sein eigenes Auto.

In seiner Heimatstadt war er vor Jahrzehnten zusammen mit einem kraushaarigen Jungen aus der Nachbarschaft eingeschult worden, mit dem ihn vom ersten Schultag an eine tiefe Freundschaft verband, die sich durch gelegentliche Keilereien nicht beeinträchtigen ließ. Überraschenderweise hielt sie über die Jahre, nachdem sein Freund Rolf noch vor dem Mauerbau zusammen mit der Mutter im Westen verschwunden war. Sie waren beide keine großen Briefschreiber, aber zu den Geburtstagen und zu Weihnachten tauschten sie regelmäßig Grüße aus. In den siebziger Jahren, als Conny längst in Berlin lebte, telefonierten sie gelegentlich miteinander, und Rolf und seine Frau Britta besuchten ihn. Am Tag nach der Maueröffnung stand Conny zum ersten Mal in Neukölln vor ihrer Tür. Von da an sahen sie sich oft. Den beiden und ihrem Sohn ging es so gut wie den meisten auf der einstigen Schatzinsel West-Berlin, in letzter Zeit also ein bißchen schlechter.

Als Conny vor Jahren einmal die zu erwartenden Kosten für eine Trabant-Reparatur erwähnte, hatten die beiden sich angeguckt und schnell verständigt: »Wenn du willst, kannst du unseren alten Toyota fahren.«

»Und euer Sohn?«

»Der hat eine Umweltkarte. Die ist billiger, als dauernd sein Benzin zu bezahlen.«

Seitdem fuhr er den kleinen Japaner. Die Neuköllner hätten vermutlich sogar seine Strafmandate bezahlt, hätte er nicht von Zeit zu Zeit danach gefragt. Umgeschrieben auf ihn war der Wagen jedenfalls bis heute nicht. Wahrscheinlich war das nun auch nicht mehr nötig.

In der Redaktion herrschte hektische Betriebsamkeit. Der anhaltende Regen bot in diesem Jahr das unerschöpfliche Thema quer durch alle Ressorts. Den Lesern stand das Wasser inzwischen vermutlich etwa an der gleichen Linie über dem Kinn wie die ewige Steuerreform und die täglichen Sparpläne. Als er unvorsichtigerweise den Begriff Friedrichstadtpalast fallen ließ, blickten mindestens drei Redakteure auf, aber nur der Jüngste sagte: »Das Ding sieht fast so scheußlich aus wie dieser Palazzo Prozzo.«

Conny fand, daß dem Jungen diese Bezeichnung nicht zustand, verkniff sich aber jede Bemerkung. Weshalb hieß der zehnmal häßlichere Fernsehturm nicht mehr *Renommierpimmel*, wie ihn viele Ostberliner immer genannt hatten? *Sacco und Jacketti* für den altväterlich gekleideten Marx und seinen Geldgeber Engels mit den Riesenbotten an den Füßen waren für den Durchschnittswessi ohnehin zu hoch. Wahrscheinlich glaubten die, es handle sich um ein besonders gelungenes Denkmal für die DDR-Bekleidungs- und Schuhindindustrie.

Ihm selber gefiel der Palast der Republik besser als das ICC, das wie ein überdimensionierter Ofen der Firma Bullerjahn aussah und nicht weniger Asbest enthielt als der weiße Bau auf dem Schloßplatz. Wenn es nach ihm gegangen wäre, hätten dort gut die verstreuten Berliner Bibliotheken einziehen können. Aber es ging nicht nach ihm. Erst mußte mal abgerissen werden. Dann ließ sich leicht was Schlimmeres hinbauen, sollte die Stadt jemals wieder zu Geld kommen. Nicht einmal das war zu befürchten.

Sein Ticket galt noch. Also fuhr er noch zu einer anderen Zeitung, wo man ihm gelegentlich etwas abnahm. Wandertips waren in diesen feuchten Zeiten nicht gefragt. Zwanzig Zeilen über eine Vorstellung im *Chamäleon* lautete die magere Ausbeute dieses Tages. Besser als nichts.

Der Fahrschein war inzwischen abgelaufen. Mit der angelernten Chuzpe des Schwarzfahrers gelang es ihm dennoch, ungefährdet den Friedrichstadtpalast zu erreichen.

Die Inselnummer schien längst geprobt. Das Ballett bot gerade eine Paul-Lincke-Parade. Eine Reminiszenz an das Theater des Volkes? Dort war der greise Komponist 1941 mit seiner *Frau Luna* noch einmal zu unerwarteten Ehren gelangt.

Connys Geschmack war das nicht. Das Glühwürmchen-Idyll fand er allenfalls in der Fassung von Spike Jones ulkig.

Er hatte richtig geraten. Nach einer Erinnerung an Charlie Rivels *Akrobat schö-ö-n* folgte eine ausgefeilte Dressur russischer Bären. Also doch wieder so etwas wie Zirkus. Mit Crokkers Bären hatten 1945 die ersten Varieté-Vorstellungen nach dem Krieg begonnen. Und mit Charlie Rivel hatte Wolfgang Staudte 1943 seinen ersten Film gedreht. Hier im Friedrichstadtpalast. Vielmehr: im alten Haus.

Es trat eine längere Pause ein. Conny beschloß, im Casino etwas zu essen. Möglicherweise hatte Frau Fechtenberg die richtigen Kanäle benutzt, um seine Anwesenheit im Haus klarzustellen. Niemand schien ihn zu beachten. Als er sich mit einem kalten Schnitzel und einem Bier an einen der größeren Tische setzte, verstummte das Gespräch der Beleuchter nur für einen Augenblick.

Es war ziemlich voll im Casino. Niemand blieb lange. Nach und nach lernte Conny so ein Gutteil der Mitwirkenden kennen. Die meisten trugen schon ihre Kostüme. Die blonde Partnerin des Kraftmenschen hatte entweder einen gesegneten Appetit, oder sie kaufte für zwei ein. Vielleicht befand es der Schweigsame unter seiner Würde, an einem so profanen Ort aufzutauchen. Sie winkte Conny grüßend zu, schüttelte aber den Kopf, als er einladend auf einen freien Platz am Tisch wies.

Nach seinem brünetten Blickfang Jimena hielt er vergeblich Ausschau. Bisher war sie ihm noch jedesmal über den Weg gelaufen. Häufig tauchte sie in der Nähe der Ballettdamen auf.

Heute fehlte sie. Dafür kam nach einiger Zeit ein ungewohnt leger gekleideter junger Mann herein, in dem Conny mit Mühe den Magier Desmondo erkannte. Soviel er wußte, trat der nicht im neuen Programm auf.

Copperfield spähte umher und entdeckte anscheinend sofort, was Conny bisher entgangen war. In der hintersten Ecke saß ein Mädchen, auf das er spornstreichs zusteuerte: die blonde Nixe. Sie trug eine schwarzgrün gehäkelte Mütze. Hatte er sie deshalb nicht erkannt?

Als Conny das nächste Mal zu den beiden blickte, waren sie in ein sehr intensives Gespräch vertieft. Desmondo redete, und sie widersprach ihm.

Conny war es leid, die beiden zu beobachten. Er erhob sich und verließ das Casino. Auf dem Weg zum Saal überlegte er sich, daß er besser einen Blick ins Archiv werfen sollte. Frau Fechtenberg hatte ihn dort angemeldet. Nur schien es für heute zu spät. Die Tür war verschlossen. Conny wanderte zum Ausgang zurück. Die Lust auf weitere Probeneindrücke war ihm für heute vergangen.

Im Parterre blieb er vor der langen Informationstafel stehen, die über den zwölf Raucherplätzen angebracht war. Probenpläne, Hinweise, Saunaöffnungszeiten. Schwarz umrandet der Nachruf auf den unter tragischen Umständen ums Leben gekommenen langjährigen und treuen Mitarbeiter Hansjoachim Becker. Handschriftlich ergänzt um die Mitteilung, die Trauerfeier fände am Donnerstag um vierzehn Uhr auf dem Friedhof in Hohenschönhausen statt.

Der unscheinbare Zettel daneben war leicht zu übersehen. *Herr Conrad Pingel, Journalist, hält sich in Vorbereitung einer größeren Artikelserie zu Informationszwecken im Hause auf. Wir bitten, ihn bei seiner Arbeit zu unterstützen.*

Fechtenberg

Conny verkniff sich ein bitteres Lachen, weil jemand neben

ihm stand. Als er zur Seite blickte, bemerkte er eine gestrickte Mütze. Schwarzgrün.

»Hej«, sagte er. »Schon fertig mit dem Chef?«

Sie nahm das ernst. »Dem habe ich für alle Zeiten einen Schock verpaßt!« sagte sie. Ihre hellblauen Augen funkelten. »Außerdem war er nicht mein Chef. Ich habe keinen.«

»Du Glückliche«, sagte Conny. Er konnte unmöglich Sie zu diesem Mädchen sagen. »Wir wollten mal zusammen essen gehen. Oder ist heute wieder Training?«

»Und wenn schon«, sagte sie. »Die können das auch ohne mich.«

»Das glaube ich nicht. Du bist die Beste.«

Sie sah ihn von unten her an und sagte: »Na schön. Dann eben nicht. Ich habe jedenfalls Hunger.«

»Ich auch. Und ich lade dich selbstverständlich ein.«

»Nicht nötig. Im Augenblick verdiene ich wahrscheinlich mehr als Sie.«

Das entsprach sicherlich der Wahrheit. Aber Conny wollte erstmal die Anrede klarstellen. Die Pförtnerin hinderte ihn daran. Sie mahnte: »Sie haben schon wieder vergessen, sich auszutragen!«

Reumütig ging Conny zurück und tat seine Pflicht. Der aufmerksame Blick verfolgte ihn und seine Begleiterin.

Draußen spannte er seinen Regenschirm auf und bot der Nixe galant seinen Arm. »Ich heiße Conny«, sagte er.

»Ich weiß. Konrad, sprach die Frau Mama . . .«

Sie griente. Es stand ihr unverschämt gut. Seinen Arm nahm sie nicht. Wasser machte ihr anscheinend wenig aus.

»Du brauchst mich trotzdem nicht mit Sie oder Onkel anzusprechen.«

»Na Klasse. Bist du etwa so alt, wie du tust?«

Conny strich über seinen inzwischen gekürzten Bart und sagte mit hohlem Pathos: »Ich fürchte, ich könnte dein Vater sein.«

Sie lachte laut auf bei dieser Vorstellung. »Mal sehen, ob sich meine Mutter erinnert«, sagte sie munter. »Du darfst Puppi zu mir sagen.«

»Sehr originell. Wer hat dir denn das angehängt?«

»Meine Mutter. Sie steht heute noch auf diesen totalen Megahit *Next Door To Alice*. Nur spricht kein Schwein den Namen richtig aus. Jeder Sprallo nennt mich Aliesse oder Alitze. Dann schon lieber Puppi.«

»Okay – Puppi. Wie nennt dich denn dein Vater?«

Das war keine gute Frage, wie er sofort bemerkte.

»Hab ich dir doch gesagt: Die Stelle ist noch frei.«

Sie tat, als mache ihr das nichts aus.

Conny sagte leichthin: »Wenn deine Mutter auch so hübsch ist wie du, läßt sich über das Angebot reden. Sie paßt im Alter sicher besser zu mir.«

Puppi krauste die Nase. »Das Alter hat noch keinen daran gehindert mich anzubaggern. Dich auch nicht.«

»Hör mal, ich verfolge durchaus ernsthafte Absichten . . .«

Sie lachte spöttisch. Der Wind blies ihr Regentropfen ins Gesicht.

». . . dich über deinen Job zu interviewen.«

»Ah ja. Und wie habt ihr früher dazu gesagt?«

»Zum Interviewen?«

»Zum Anbaggern. Aufreißen?«

Sie enthob Conny einer Antwort. »Da drüben, der Grieche. Da gibt es einen total geilen Vorspeisenteller!«

»Okay.« Conny spurtete hinter ihr her über die Straße. Wie hatten sie das früher genannt? Den Leim warm machen?

17 Leonce

Fünfzig Minuten später stand Conny wie ein Tor in der gleichnamigen Straße und fühlte sich auch so. Puppi hatte in kürzester Frist nicht nur den riesigen Vorspeisenteller, sondern auch den Spezial-Grillteller nach Art des Hauses und zwei Humpen Retsina geleert, ein kleines Bäuerchen gemacht und ihn auf ein neues Treffen vertröstet. Sie hatte es sich überlegt und wollte doch noch zum Training, sonst seien die anderen sauer.

Conny, dem der schnelle Sinneswandel einer Frau nicht fremd war, fielen gerade noch rechtzeitig die Karten für das *Chamäleon* ein.

»Morgen abend? Okay. Kurz vor neun in den Hackeschen Höfen.«

Sie warf ihm eine Kußhand zu und war verschwunden, bevor der Kellner mit der Rechnung und zwei Ouzo auftauchte. Conny trank beide und verstaute die Rechnung sorgfältig. Bewirtungskosten fürs Finanzamt. Er hatte kaum die Hälfte seiner Vorspeise gegessen. Das Schnitzel und der Salat aus dem Casino lagen ihm wie ein Sandsack im Magen.

Was sollte er jetzt anfangen? In den Palast zurückkehren? Die Lust dazu war ihm vergangen. Also nach Hause fahren. Das Auto fiel ihm ein und all die Scherereien, die in den nächsten Tagen auf ihn zukamen. So oder so. Reparatur oder Verschrottung. Rolf und Britta waren das geringste Problem. Die ließen sich durch nichts aus der Ruhe bringen. Immerhin mußte er sie anrufen. Sie wußten für alles Rat. In der ersten Zeit nach der Wende wäre er ohne sie ein echter Zonendödel geblieben.

Erstaunlicherweise hatte es aufgehört zu regnen. Wenn er bis zum Rosenthaler Platz lief, konnte er dort in die U-Bahn steigen und bequemer nach Hause gelangen als über Friedrichstraße. Er ging an der alten Reichsbahndirektion und dem noch älteren Berliner Leihhaus vorbei. Der starke Autoverkehr machte das Spazierengehen nicht gerade zu einer reinen Erholung. Auch er passierte diesen Straßenabschnitt sonst in zwei Minuten. Fußgänger waren wirklich nicht zu beneiden.

Am Rosenthaler Platz hatte sich das Altmöbelhaus in einen Erotikshop verwandelt. Das war ihm im Vorbeifahren nie aufgefallen. Er blickte die triste Brunnenstraße entlang. Weiter oben hatte Merten einige Jahre gewohnt, ziemlich dicht vor der Mauer. Nach der Scheidung hatte seine Frau die riesige Dreizimmerwohnung behalten. Merten zog in ein sogenanntes Punkthochhaus am Prenzlauer Berg. Sein Name alleine genügte, um die Abteilung Wohnungswesen auf die Dringlichkeit seines Wohnungswunsches hinzuweisen.

Was mochte aus seinen Möbeln, vor allem aber aus seinen Büchern und Platten geworden sein? Irgendjemand mußte sich um all das gekümmert haben, nachdem Merten verschwunden war. Oder tot.

Ob Ira noch immer in der Wohnung lebte? Wenn sie so klug war wie seine Ehemalige, war sie in den Westen gegangen, wo niemand sie und ihre Vergangenheit als IM Leonce kannte.

Während er darüber nachdachte, war er schon an der Invalidenstraße angekommen. Jetzt konnte er die paar Schritte auch noch gehen. Sinnlos sicherlich. Aber ein Blick in die berühmte Bernauer Straße, wo die Häuserfront einst die Grenze zwischen Ost und West gebildet hatte, war auch nicht uninteressant. Er hatte sich schon einige Male vorgenommen, den alten Mauerverlauf abzulaufen. Aus dem Auto sah man nichts.

Er erkannte das Haus mit den ausladenden Erkern sofort wieder. Dort oben im zweiten Stock hatten sie oft genug zusammen gesessen. Und zusammen getrunken. Aus dem nördlichen Erkerfenster konnte man die Mauer sehen, die einige hundert Meter weiter die Brunnenstraße abschnitt.

Die Haustür stand offen. Im Durchgang türmten sich Farbfässer und Papprollen. Neben den Lichtschaltern waren die Wände aufgestemmt. Alles andere sah noch genauso aus wie vor zwanzig Jahren. Conny ging an den Briefkästen vorbei zur Treppe. Wenn Ira überhaupt noch hier wohnte, hatte sie wahrscheinlich längst wieder geheiratet oder trug ihren Mädchennamen, an den er sich nicht erinnerte.

Als er im zweiten Stock vor der Wohnungstür stand, versetzte ihm das Namensschild einen Schock. Es war noch das gleiche wie bei seinem ersten Besuch. Hinter der Tür hörte er Musik und Schritte. Jemand ging durch den Korridor. Er wollte sich umdrehen und die Treppen hinuntersteigen. Aber so feige war er auch wieder nicht. Er holte tief Luft und klingelte.

Die Schritte näherten sich der Tür und verharrten. Vermutlich beguckte sie ihn durch den Spion. Die Tür öffnete sich, soweit ein Sperriegel das zuließ. Eine grauhaarige Frau mit verquollenem Gesicht blickte ihn durch den Spalt an.

»Guten Abend«, sagte Conny sehr förmlich. »Mein Name ist Pingel. Conny Pingel.«

Die Frau stieß einen erstaunten Laut aus und schloß die Tür. Es dauerte länger, als zum Öffnen des Riegels nötig war, bis sie wieder aufging.

»Entschuldige. Ich habe dich nicht erkannt.«

Ganz meinerseits, hätte Conny wahrheitsgemäß antworten müssen. Er unterließ es. Ira war früher ebenso hübsch wie empfindlich gewesen. Vielmehr sagte er: »Du hast dich kaum verändert.«

Sie schluckte das Kompliment und lächelte verkrampft.

»Was führt dich denn zu mir?« fragte sie zögernd. »Willst du reinkommen?«

Conny nickte, und sie gab den Weg frei.

»Ich bin nicht auf Besuch vorbereitet.«

In dem Erkerzimmer, einst Mertens Refugium, sah es

wahrhaftig aus wie bei Hempels unter dem Sofa. Ein CD-Player plärrte in schauerlicher Qualität. Ira schaltete ihn aus. Auf dem Couchtisch stand eine Flasche Rotwein. Immerhin lag ein aufgeschlagenes Buch daneben.

»Trinkst du ein Glas Rotwein mit?«

»Warum nicht.«

Sie nahm ein zweites Glas aus dem Glasschrank und goß ein.

»Manche Leute würden nicht mal mehr Wasser trinken, wenn ich mich mit Ihnen im gleichen Raum aufhalte«, sagte sie.

Conny rückte einen Sessel an das Tischchen und setzte sich schweigend.

Sie prostete ihm zu. Er nickte zurück, und sie tranken.

»Na, was hast du in deinen Akten gefunden?« fragte sie mit einer Art bösartiger Erwartung. Ihr Gesicht erschütterte Conny. Sie sah aus, als hätte sie jeden Tag in den verflossenen zwanzig Jahren zweimal gelebt. Nicht einmal ihre Stimme war jung geblieben.

»Nichts, worüber es sich zu reden lohnt«, sagte er ruhig und trank noch einen Schluck. »Glaubst du, ich wäre deswegen gekommen?«

»Deswegen kommen sie alle. Das heißt, es kommt keiner. Sie rufen nur an. Oder schreiben Briefe. Oder Artikel. Ich komme sogar schon in Büchern vor.«

»Ich weiß«, sagte Conny. »Aber darüber brauchen wir nicht zu reden, wenn es dich aufregt.«

»Aufregt?« stieß sie hervor und setzte ihr Glas hart auf die ziselierte Metallplatte. »Soll ich aus dem Fenster springen? Es ist nicht mal hoch genug. Also sitze ich hier und trinke Rotwein und warte, bis mich wieder jemand am Telefon beleidigt. Ein billiges Vergnügen. Du willst doch auch nur einen Artikel schreiben, oder?«

Sie ließ ihm keine Zeit zu antworten und fuhr fort: »Ich

habe gelesen, was du über unseren amerikanischen Freund geschrieben hast. Ich hätte dir da auch was erzählen können!«

Conny nickte. »Richtig. Du warst ja beim Film. Auf die Idee, dich zu fragen, bin ich nicht gekommen. Bis vor zehn Minuten wußte ich nicht einmal, daß du noch hier wohnst.«

Sie glaubte ihm kein Wort. »Und weshalb bist du dann gekommen?« fragte sie.

»Das ist ein bißchen schwer zu erklären. Es geht mir um Merten.«

Sie riß die Augen auf, blieb aber manisch auf ihr Trauma fixiert. »Um Merten? Hast du seine Akte gelesen?«

Seltsam. Auch dieser naheliegende Gedanke war ihm noch nicht gekommen. Natürlich mußte es eine Akte von Merten geben. Oder hatte der Vater rechtzeitig dafür gesorgt, daß es keine gab?

»Lassen wir mal die Akten beiseite«, sagte er beruhigend. »Mich interessiert einzig und allein, was du über sein Verschwinden weißt.«

»Du willst über ihn schreiben!« sagte sie. Ihre Hand zitterte beim Eingießen.

»Nein«, sagte Conny. Er hielt ihr sein Glas hin. »Ich werde kein Wort darüber schreiben. Ich möchte es nur wissen. Nur für mich. Wir waren sehr gute Freunde.«

»Na eben. Du weißt mehr über ihn als ich. Ihr habt doch immer zusammengesteckt, ihr und diese Weiber vom Palast. Deine Frau hat sich bei mir ausgeheult.«

Das war ihm neu. »Na schön«, sagte er. »Das ist lange her . . .«

»Du hast davon angefangen. Wußtest du, daß Merten auch mit ihr geschlafen hat?«

Es war ein milder Schock. Um nichts in der Welt hätte Conny seine Überraschung zugegeben.

»Ich weiß«, sagte er ruhig. »Die beiden haben es mir erzählt.«

Es gefiel ihr nicht, daß ihre Denunziation so wirkungslos verpuffte.

»Also, was willst du sonst noch über deinen Freund Merten herausfinden?«

»Da gab es beispielsweise diese Verena. Ihr wart da längst geschieden, aber ...«

»Ja, und?«

»Weißt du ihren vollen Namen?«

»Meinst du, ich habe mir den Ausweis von jeder zeigen lassen, die er hier gefickt hat, während ich mir im Studio den Arsch abarbeiten durfte?«

Conny war noch niemand begegnet, der sich beim Film wesentliche Körperteile abgearbeitet hatte. Jedenfalls nicht bei laufender Kamera. Deswegen zweifelte er die Rolle des Filmstudios als moralische Anstalt an. Dabei fiel ihm etwas ein. »Was ist eigentlich aus der Kim-Philby-Witwe geworden, von der du immer erzählt hast?«

Ira verschüttete vor Schreck einen Spritzer Rotwein. »Was hätte ich erzählt? Was versuchst du mir jetzt anzuhängen?«

Sie wirkte sehr aufgeregt.

Conny winkte ab. »Vergiß es«, sagte er. »Das war nur so ein Gedanke. Erzähl mir lieber, was du über Mertens angebliche Flucht weißt, und dann bist du mich los. Einverstanden?«

Ira zitterte noch stärker. »Ich weiß nichts. Überhaupt nichts. Die Familie war von Anfang an gegen unsere Beziehung. Erst recht gegen eine Heirat. Merten hat mich nur geheiratet, um den Alten eins auszuwischen. Nach der Scheidung haben sie jede Verbindung zu mir abgebrochen. Im Studio hatte ich nur noch Schwierigkeiten. Beinahe hätte ich meinen Job verloren. Aber danach fragt niemand von euch!«

»Ein andermal vielleicht«, sagte Conny ruppig. Anfangs hatte sie ihm leid getan. Jetzt ging ihm das Gejammer auf den Senkel. Er sagte: »Du hast doch auch mit anderen Leuten zu tun gehabt, nicht bloß mit seinen Eltern. Was haben denn die zu Mertens Verschwinden gesagt?«

»Wer?«

Weshalb tat sie so unwissend? Glaubte sie noch immer, etwas verheimlichen zu können?

»Die Leute, die die Akten führten«, sagte er. »Die müssen doch mit dir über Merten gesprochen haben. Dein Führungsoffizier zum Beispiel.«

Ira richtete sich kerzengerade auf und sah ihn durchdringend an. »Ihr denkt, ich hätte Merten bespitzelt! Daran ist kein Wort wahr. Ich habe Merten geliebt. Und wenn er nicht so viele falsche Freunde gehabt hätte ... Meinst du wirklich, im Friedrichstadtpalast gab es keine IMs? Was glaubst du eigentlich, weshalb sie Merten ausgerechnet diesen Job zugeschoben haben? Um ihn unter Kontrolle zu haben. Wie jeden von uns.«

»Und wo ist er geblieben?«

»Woher sollte ich das wissen? Ihr wart doch um ihn herum! Frag seinen Freund Jakob. Oder diese Verena, auf die er reingefallen ist. Sie war aus Prag und verfügte über die besten Beziehungen. Das kannst du mir glauben. Es steht alles in den Akten. Alles.«

Sie wirkte jetzt reichlich hysterisch. Conny stand auf. »Okay«, sagte er. »Bleib bei deinen Akten. Aber so wirst du nie damit fertig. Weshalb versuchst du es nicht zur Abwechslung mal mit einer gewissen Aufrichtigkeit? Vor allem dir selbst gegenüber.«

Für einen Augenblick sah es aus, als wolle sie sich auf ihn stürzen, dann sank sie in sich zusammen.

Tonlos sagte sie: »Du findest ja alleine raus.«

In der Tür stehend warf er noch einen Blick auf das Häufchen Unglück. »Such dir wenigstens einen guten Psychiater«, sagte er. »Irgendwie mußt du wieder in die Reihe kommen.«

18 Auf höchster Ebene

Rolf nahm die Nachricht vom Ableben des Toyota mit der erwarteten Gelassenheit hin. »Kein Problem. Ich komme in den nächsten Tagen vorbei. Dann schleppen wir ihn in die Werkstatt. Vielleicht ist es nur ein Klacks.«

Das hörte sich beruhigend an. Auch Meikes Stimme auf seinem Anrufbeantworter klang unaufgeregt. »Hei, ich bin wieder da. Wenn du Lust hast, ruf mal zurück.« Und nach einer Pause: »Wenn du keine hast, darfst du trotzdem anrufen.«

So neckisch kannte er sie gar nicht. Er wählte ihre Nummer. Wieder nur der Automat. Er legte auf und schob eine CD in den Wechsler. Thelonious Monk war das Beste gegen Mißerfolge jeder Art.

Der Morgen bot ein seltenes Schauspiel: Die Sonne schien. Conny fühlte sich in so guter Stimmung, daß er beim Bäcker frische Schrippen holte und ausgiebig frühstückte. Ostschrippen. Keine treibgasgefüllten Splitterbrötchen, die auch in dieser Gegend der Stadt feilgeboten wurden.

Noch am Abend hatte er beschlossen, irgendwann Mertens Eltern heimzusuchen. Weshalb nicht heute? Die wohnten ganz sicher noch in ihrem Haus in Karlshorst, in dem er nur einmal gewesen war. Während die Alten sich in Gagra im Schwarmeersand aalten, hatte Merten für die ganze Truppe eine Riesen-Jazz-Party veranstaltet, die von Freitag abend bis Sonntag nachmittag andauerte. Niemand beschwerte sich über die Lautstärke. Die alten Leute im Nebenhaus wagten es offensichtlich nicht; der Botschafter eines arabischen Staates weilte nicht in seiner Residenz auf dem Nachbargrundstück. Den Polizeiposten in seinem Glashaus an der Grundstückgrenze bestachen sie mit Rotwein und Schmalzbrötchen. Er bat: Spielt noch mal den Armstrong von vorhin. Da stehe ich drauf.

Der gläserne Verschlag war verschwunden, und die ehemalige Residenz sah reichlich verlottert aus. Der Bau dazwischen gemahnte an die beiden deutschen Diktaturen: in der einen gebaut, in der anderen schlecht gepflegt. Das Dach sah erneuerungsbedürftig aus, die Hecke ungeschnitten. Den Briefkasten zierten nur die Hausnummer und der Klingelknopf unter der Wechselsprechanlage. Das Namensschild hatte jemand abmontiert.

Das sah nach billiger Tarnung aus. Er drückte auf den Knopf. Nach einiger Zeit meldete sich eine schnarrende Männerstimme: »Ja bitte?«

Conny stellte sich vor und erläuterte, daß er für eine Literaturzeitschrift beabsichtige, das Buch des Herrn W. zu rezensieren und ihn deshalb gern gesprochen hätte. Daran war nur etwa die Hälfte gelogen. Das Literaturjournal, das keine Honorare zahlte, ging ihn ständig um kostenlose Beiträge an, und Mertens Vater hatte wie jeder bessere Funktionär in ehemals hoher Position seine Memoiren veröffentlicht. Das übliche Gelaber vom steten Widerstand gegen die Generalsekretäre gemischt mit viel Besserwisserei. Wenn nur alle rechtzeitig auf ihn gehört hätten, dann . . .

Conny hoffte, sich noch genau genug an das Rechtfertigungsgewäsch zu erinnern. Er hatte es nicht einmal zu Ende gelesen. Noch viel mehr aber hoffte er auf die Eitelkeit des Autors und sah sich darin nicht getäuscht. Man war bereit, ihn zu empfangen.

Mertens Mutter ließ ihn ein. Sie ging auf die Siebzig zu und sah für ihr Alter recht gut aus. Sie trug ihr grauschwarzes Haar kurz geschnitten. Brillengestell und Bluse stammten nicht mehr aus der DDR.

Conny sah sich um. Er erinnerte sich an ein klobiges Relief von Mütterchen Moskau, das in der Diele gehangen hatte, und siehe da: Es hing noch. Und darunter ein Foto, das er nicht erwartet hatte: ein Kinderbild von Merten.

Mertens Vater, inzwischen offensichtlich journalistenfein gekleidet, kam die Treppe herunter und drückte ihm kräftig die Hand. Für einen Mann seines Alters war er groß. Sein fast weißes Haar trug er glatt nach hinten gekämmt. Er selber versuchte, sich ebenso straff zu halten. Ein Typ, wie er in Strausberg, jener sächsischen Garnisonsstadt östlich von Berlin, zu Hunderten herumlief. Dabei war er gar kein Sachse, sondern stammte aus Gießen in Hessen. Über den Umweg Stalingrad – Nationalkomitee Freies Deutschland – Antifa-Schule war er zuerst nach Zwickau geraten, hatte dort seine Sekretärin geschwängert, sie nach der Scheidung von seiner Kriegsgetrauten geheiratet und war nach Berlin berufen worden, wo er schnell zu den höchsten Weihen aufstieg. Nie zu den allerhöchsten. Für Wandlitz hatte es nicht gereicht, und damit schien er noch heute zu hadern, statt seinem Generalsekretär auf Knien dafür zu danken. Er sah gesund genug aus für die Anklagebank und räsonierte erst einmal über das Strafrentensystem des Klassenfeindes.

Conny war versucht zu fragen: Was hättet ihr denn einem wie dir gezahlt, wenn ihr gewonnen hättet?

Fritz W. war der alte Betonkopf geblieben, von dem Merten nur selten, die Westpresse oft gesprochen hatte. Conny brauchte ihm überhaupt keine Fragen zu stellen. Er referierte, als hätte er sehr lange auf eine Gelegenheit gewartet, dem Klassenfeind wenigstens verbal eins auszuwischen. Dabei ging es ihm nicht so gut wie den von der Bundeswehr übernommenen Armeekadern. Wollten die den allgegenwärtigen Feind treffen, brauchten sie nur in den Spiegel zu schießen.

Conny machte sich nicht einmal zum Schein Notizen. Das fiel auf. »Weshalb haben Sie mich nicht angerufen? Ich hätte mich gründlicher auf unser Gespräch vorbereiten können. Ich hätte eine Kopie der Vorlage bereitgehalten, die ich seinerzeit im Politbüro einbringen wollte.«

Ach je, dachte Conny, und der alte Mann tat ihm beinahe

ein bißchen leid. Da hatte er nun extra den Trainingsanzug von Dynamo gegen ein feines Oberhemd vertauscht, um einem windigen Journalisten auf den Leim zu gehen, der ihn auf billige Weise auszuhorchen gedachte. Und das unter den wachsamen Augen Lenins, der die Wand neben dem Schreibtisch bewachte. Vertrauen ist gut . . .

»Es ist gar nicht so einfach, Ihre Telefonnummer in Erfahrung zu bringen«, sagte Conny. Er hatte es gestern abend vergeblich versucht.

Der Alte lächelte stolz. »Konspiration haben wir im Klassenkampf immer geübt.«

Hat es was genützt? hätte Conny beinahe gefragt. Er überlegte, wie er eine Überleitung zu Merten finden konnte. Der Alte half ihm, als hätte er seinen Gedanken erraten.

»Woher haben Sie denn unsere Adresse?« erkundigte er sich nicht ohne Mißtrauen.

Conny lächelte. »Ich war schon einmal in diesem Haus«, sagte er.

Der alte Mann sah ihn konsterniert, ja mit einem Anflug von Panik an. »Wann? Hat dieses Haus etwa Ihren Eltern . . .?«

»Nein, nein«, beruhigte ihn Conny. »Kein Alteigentümer. Damals haben Sie schon hier gewohnt.«

»Dieses Haus ist von der Roten Armee beschlagnahmt und enteignet worden.«

»Ich weiß.« Conny kannte die Geschichte des Karlshorster Sperrgebiets samt der seines Bearbeiters beim Bundesnachrichtendienst. Der war später in Ost-Berlin Professor geworden. Auch so ein geheilter Nazi wie Mertens Vater.

»Ich kannte Ihren Sohn Merten recht gut. Wir waren ein bißchen befreundet.«

Mißtrauen war ein mildes Wort für das, was im Blick des Alten lag. »Mein Sohn hat nie jemanden mitgebracht, den wir nicht gut kannten.«

Hast du eine Ahnung, dachte Conny, sagte aber diplomatisch: »Ich habe ihm nur eine Platte zum Umschneiden gebracht. Wir kannten uns durch den Jazz.«

»Das kann sein«, gab der Alte zu. »Durch die Musik ist er mit vielen jungen Leuten in Berührung gekommen. Ob das immer zu seinem Vorteil war, muß ich allerdings bezweifeln.«

Die Tür ging auf, und Mertens Mutter kam mit Kaffee und Keksen. »Ich kann Ihnen natürlich auch eine ganze Menge über Fritz' Buch erzählen. Ich habe das ja alles getippt«, sagte sie, während sie das Geschirr ordnete. »Und manches auch behutsam korrigiert«, flüsterte sie Conny zu.

»Inge, der junge Mann hat unseren Merten gekannt«, sagte Fritz.

»Tatsächlich?« Auch bei ihr schien diese Mitteilung eher Mißtrauen auszulösen. »Aus dem Friedrichstadtpalast?«

»Nein, schon lange vorher. Wir waren mit zwei Studentinnen befreundet, die zusammen wohnten.«

Klang das harmlos genug?

Die Mutter goß zwei Tassen Kaffee ein. »Und dann hat er diese schreckliche Ira geheiratet«, sagte sie.

»Ich erinnere mich«, räumte Conny ein. »Eine hübsche Frau.«

Inge wollte etwas sagen, doch Fritz warf ihr einen warnenden Blick zu, der sie verstummen ließ.

»Der Junge ist einen falschen Weg gegangen«, stellte er fest. »Film, Theater, all dieser Tingeltangel . . .«

Conny gelang es nicht länger, seine Ironie zu bezähmen. »Aber der Friedrichstadtpalast war auch eine der ruhmreichen Stätten der deutschen Arbeiterbewegung«, sagte er voller Ernst.

Fritz stieg darauf ein. »Das wohl. Deshalb unterlag er auch einem besonderen Sicherheitsregime, sollte man meinen. Ich hatte dort meine erste Nachkriegsbegegnung mit unserem Präsidenten Wilhelm Pieck. Und ich saß im Präsidium der denkwürdigen Kundgebung am Abend des 16. Juni 1953.«

Als euch die Demonstranten anschließend Unter den Linden aufmischten. Conny hütete sich, den Gedanken auszusprechen.

Fritz schwelgte in Erinnerungen. »Oder die Feierstunde mit unserem ersten deutschen Kosmonauten Siegmund Jähn. Unvergeßlich!«

Inge wußte auch etwas beizusteuern. »Und all die schönen Veranstaltungen mit Quermann.«

»Ja«, stimmte ihr Mann zu. »Nach den Parteitagen gab es immer ein Sonderprogramm für die Delegierten. Bis dann unser Palast der Republik gebaut wurde.«

In diesem Augenblick hätte Conny für den Abriß des Palazzo gestimmt. Er ließ es genug sein. »Ich war einige Male bei Merten im Friedrichstadtpalast«, sagte er. »Aber nach und nach haben wir uns dann aus den Augen verloren. Nie wieder etwas voneinander gehört. Was ist aus Merten geworden?«

In dem sonnigen Zimmer war es so still, daß der klingelnde Teelöffel in Inges Hand wie eine Glocke klang.

»Merten ist tot«, sagte sie nach einer langen Pause. »Ich gehe jeden Tag an sein Grab.«

»Inge!« tönte es militärisch scharf.

»Das wußte ich nicht ...« sagte Conny bedauernd. »Es tut mir leid.«

Er fühlte sich plötzlich ganz elend. Die zur Ordnung gerufene Inge sah es ihm an. Sie fragte: »Möchten Sie einen Kognak oder sind Sie mit dem Auto?«

»Ich bin mit der Straßenbahn gekommen.«

»Na gut«, entschied Fritz. »Trinken wir einen Kognak. Und dann habe ich wieder zu arbeiten.«

Conny hätte gerne gewußt, worin diese Arbeit bestand. Vor allem aber hätte er gerne mehr über Mertens Tod erfahren. Fritz schien auch diesmal seine Gedanken zu lesen. »Es war ein bedauerlicher Unglücksfall«, sagte er und hob das Glas.

Mehr kam ihm nicht über die Lippen.

Seine Frau verschwand mit dem Geschirr in der Küche, während er den ungebetenen Gast eigenfüßig zur Tür brachte.

»Wann erscheint denn Ihre Rezension?« fragte er beim Abschied.

»Das kann ein Weilchen dauern. Ich schicke Ihnen ein Belegexemplar zu.«

Er würde sich hüten, diese Rezension zu schreiben, und der Alte wußte es. Der mißtrauische Blick, mit dem er Connys Abgang verfolgte, verriet es allzu deutlich.

19 Vorkommnisuntersuchung

In Karlshorst gab es nur einen Friedhof. Gegenüber lag eine einladende Kneipe, auf der anderen Seite stand eine Villa im maurischen Stil. Conny dachte sich, es würde am einfachsten sein, in der Steinmetzwerkstatt nach dem Grabstein für Merten zu fragen, aber der Meister war gerade unterwegs. Seine Frau ließ sich zu keiner Auskunft bewegen.

Conny durchwanderte die Friedhofswege, immer auf der Suche nach frischen Blumen. Wenn Mertens Mutter jeden Tag hierher kam, mußte das Grab entsprechend gut gepflegt sein.

Er lief bis zum Ende des Friedhofs, ohne fündig zu werden. Hinter dem Zaun fuhr die U-Bahn vorbei. Links vom Hauptweg lagen neue Gräber. Und tatsächlich – nachdem er dreimal geglaubt hatte, an der richtigen Stelle zu sein, stand er endlich vor einem akkurat geformten Hügel mit Blumenschmuck und einem schlichten Findling.

Unser Sohn
1949–1983
Unvergessen!

Das Ausrufezeichen hatte Vater Fritz beigesteuert, dessen war sich Conny sicher. Er stand ein paar Minuten und dachte darüber nach, daß Merten auch von ihm ein paar Blumen verdient hätte. Er sah sich um, nahm einen Kiesel auf und legte ihn auf die abfallende Seite des Feldsteins. Die Mutter würde ihn dennoch entdecken und herunternehmen.

Als er den Kopf hob, sah er sie in der Nähe des Tors. Fritz ging neben ihr und redete auf sie ein. Conny zog es vor, sich seitwärts hinter die Büsche zu schlagen und in weitem Bogen zum Eingang zurückzukehren. Der Gedanke, in der Kneipe Mittag zu essen, erschien ihm nach dem Friedhofsbesuch höchst unpassend.

Erst in der U-Bahn fiel ihm ein, daß er sich bei der Friedhofsverwaltung nach den genauen Daten hätte erkundigen können. Doch dafür gab es auch einen anderen Weg. Mit ihrem Hinweis auf Leichen-Thomas hatte Gina ihm einen erfolgversprechende Fingerzeig gegeben. Nur war es heute schon reichlich spät. Offizielle Dienststellen besuchte man zweckmäßigerweise am Vormittag. Außerdem war ihm in diesem Zusammenhang noch etwas anderes eingefallen. Hatte Timm nicht von Neun Sieben gesprochen? Irgendwo in seinen Notizen mußte die Telefonnummer eines Kontaktmannes stehen. IX/7 war die sogenannte Vorkommnisuntersuchung der Staatssicherheit gewesen.

Er fand die Nummer, nachdem er sich an den Namen Proskupek erinnert hatte. Ein freundlicher, von der Furcht um seinen Job gezeichneter Mann, den er 1990 im Landeskriminalamt kennengelernt hatte und der zu Connys Glück noch immer in einem Hochaus an der Frankfurter Allee mitten unter seinen Ex-Kollegen wohnte. Mit Blick auf die ehemalige Firma. Aber die IX/7 hatte ihre Büros und Labors in Hohenschönhausen gehabt.

Proskupek schien nur mäßig begeistert von dem Anruf, erinnerte sich jedoch an Conny. Der wollte nicht gleich mit der Tür ins Haus fallen und bat um ein Treffen. Der ehemalige Oberstleutnant zögerte. »Ich bin völlig aus allem raus. Es ist mir endlich gelungen, eine neue Existenz . . .«

Conny unterbrach ihn: »Es geht mehr oder weniger um private Fragen. Nichts, worüber ich schreiben werde.«

»Na gut, wir können uns ja gelegentlich mal treffen . . .«

Gelegentlich war Conny entschieden zu spät. »Wie wäre es heute?« fragte er.

»Na ja, wenn es sein muß . . .« Proskupek fühlte sich überrumpelt und fand so schnell keine Ausrede. Sie trafen sich auf halbem Wege in einer Pizzeria. Der Oberstleutnant hatte sich, bis auf die bessere Kleidung, wenig verändert. Er sah noch immer so unauffällig aus, wie es sich für seinen ehemaligen Beruf gehörte, und für seinen jetzigen auch. Er arbeitete im Sicherheitsbereich eines größeren Unternehmens und war gerade im Begriff, seinen Wohnungsumzug nach Tempelhof vorzubereiten.

Sein Erinnerungsvermögen war so gut, wie es sich für seine Profession gehörte. Als Conny den Friedrichstadtpalast erwähnte, fielen ihm auf Anhieb drei Kollegen ein, die dort für ein Sicherheitsunternehmen tätig waren. Auch der Kommissar Timm war ihm aus der jahrelangen Zusammenarbeit mit der Kripo ein Begriff. Conny führte die Gründe für sein Zusammentreffen mit Timm nur sehr verschwommen aus. Ihm kam es auf das Jahr 1983 an. Da war Proskupek schon bei IX/7 gewesen.

Er erinnerte sich an den Toten im Palast. »Komisch. Das hatte ich fast vergessen«, sagte er und ließ sich seine Spaghetti mit Meeresfrüchten schmecken. »Eine männliche Leiche unbekannten Alters. Stranguliert. Die hatte schon ein paar Wochen dort gehangen. Merkwürdigerweise mußten wir uns damit befassen. Normalerweise machten die von Leben und Tod so was alleine. In dem Fall sind sie, glaube ich, gar nicht einbezogen worden.«

»Weshalb nicht?«

»Das weiß ich nicht. Anweisung von ganz oben. Etwas anderes ist kaum denkbar. Ich habe mir darüber keine Gedanken gemacht. Ein bevölkerungswirksamer Todesfall. Das genügte für uns.«

»Was sollte daran *bevölkerungswirksam* sein? Der Palast war längst geschlossen, das Ensemble befand sich auf Auslandstournee.«

»Schon möglich. Uns stand es nicht zu, solche Fragen zu stellen. Wir hatten den Fall zu bearbeiten, egal ob es sich um einen Kellereinbruch beim Minister oder einen bewaffneten Ofensetzer in Klosterfelde handelte.«

Conny war überrascht. »In Mielkes Keller ist eingebrochen worden?«

»Nicht in Mielkes Keller. In den des Postministers. Da mußten wir ran. Der tat ganz jovial und redete uns mit du und Genosse an. ›Obwohl ich in einer anderen Partei bin‹, sagte er. Das war so eine Blockflöte aus der CDU.«

Conny lachte und schaufelte ein paar Bissen Spaghetti carbonara in sich hinein. Aus Proskupeks Mund klang *Blockflöte* wunderlich.

Der Oberstleutnant lachte ebenfalls. »Ich war früher auch in der Kirche«, sagte er. »Als ich zur Polizei ging, legte man mir nahe auszutreten.«

»Gab es eine Vermutung, um wen es sich bei dem Toten im Palast handelte?« fragte Conny.

»Damit wollte keiner rausrücken. Vermißt wurde angeblich seit längerem der Sohn eines hochgestellten Funktionärs ... Es konnte sich aber auch um Republikflucht handeln.«

»Der Sohn eines Repräsentanten«, half Conny nach.

»Etwa diese Größenordnung. Das scheint mir der wahre Grund für unseren Einsatz gewesen zu sein.«

»Und? Konnte die Leiche identifiziert werden?«

»Da traten erhebliche Probleme auf. Der Mann trug nur die Wagenschlüssel bei sich. Für einen Golf. Es hatte damals eine einmalige Lieferung in die DDR gegeben.«

Die in den Betrieben durch die Parteisekretäre verteilt wurden. Merten hatte sich einen solchen Golf besorgt. Vielmehr: Sein Vater hatte ihm den besorgt. Conny war öfter in dem Wagen mitgefahren.

»Der passende Wagen zu dem Schlüssel ist meines Wissens nie gefunden worden«, sagte Proskupek. »War wie vom Erdboden verschwunden. Aber auch damals gab es schon Fahrzeugdiebstähle und Schiebungen ins Ausland.«

»Es gibt doch Methoden, eine Leiche zu identifizieren. Fotovergleich, Zahnstatus, Operationen und Brüche.«

»Das ist sicherlich alles gemacht worden. Soweit ich mich erinnere, flog ich bald danach zu einem Lehrgang nach Minsk.«

»Schade. Dann wissen Sie auch nichts Genaues über die Todesursache?«

»Wenn jemand so lange gehangen hat, ist nicht mehr viel feststellbar. Dazu müßte man die Gerichtsmediziner befragen.«

Das hatte Conny ohnehin vor. »Ist die Leiche hier in Berlin obduziert worden?«

»Das nehme ich an. Wo sonst?«

»Wie der Honecker-Attentäter: im Militärhospital in Bad Saarow.«

»Das kam nur in Ausnahmefällen vor. In der Berliner Gerichtsmedizin hatten wir auch Leute, wie man heute weiß.«

»Erinnern Sie sich an den Namen des Repräsentanten, um den es da ging?« fragte Conny.

Proskupek rieb sich die Stirn. »Darüber denke ich die ganze Zeit nach. Ist mir direkt peinlich, aber ich kann mich nicht erinnern. Allmählich verschwinden diese Dinge aus meinem Kopf.«

Nicht nur aus deinem, dachte Conny. Er nannte Mertens vollen Namen. »War es der?«

»Der Sohn von dem . . .«, sagte Proskupek nachdenklich. »Das wird es gewesen sein. Der Vater besaß einen guten Draht zu Mielke. Vielleicht noch aus dem Spanienkampf oder so.«

»Fritze hat nie in Spanien gekämpft. Es sei denn, bei der Legion Condor. Der ist erst fünfundvierzig schlau geworden und hat seitdem nichts mehr dazugelernt.«

»Ach, so einer ist das«, sagte Proskupek. »Das waren im Ministerium die Schärfsten.«

20 Chamäleon

Natürlich kam Puppi zu spät. Conny, der die Pressekarten eine halbe Stunde vor Vorstellungsbeginn abholen mußte, hatte es vorausgesehen und seinen Mantel im stuckverbrämten Saal über zwei Stühle in der dritten Tischreihe drapiert. Er wollte nicht ganz hinten sitzen. Und nicht ganz vorn. Und nicht am Mittelgang. Durch Erfahrungen gewitzt, verzichtete er lieber darauf, als Mitspieler auf die Bühne geholt oder anderweitigen körperlichen Kontakten mit den Darstellern ausgesetzt zu werden. Eine Samba mit einer brasilianischen Tänzerin, in Wahrheit eine Utrechterin javanischer Abstammung, blieb ihm unvergessen. Das Publikum hatte den ganzen Abend nicht so herzlich gelacht wie über ihn.

Puppi galoppierte quer über die unübersichtliche Kreuzung auf ihn zu. Diesmal trug sie einen gestrickten Helm auf ihrem blonden Haar. Sie hätte einen Nachtopf aufsetzen können und auch damit blendend ausgesehen. Das fiel selbst dem Kerl auf der Bühne auf, als sie sich zu ihren Plätzen durchdrängelten. Natürlich standen die Stühle inzwischen mit dem Rücken zur Bühne.

»Hallo, Sweetie!« flötete es von der Bühne. »Hast du so lange gebraucht, um ausgerechnet *den* aufzureißen? Komm mal zu mir rauf. Bei mir brauchst du nicht zu warten.« Und an Conny gewandt: »Du mußt keine Angst um deine Enkelin haben. Ich spendier dir ein Taxi zurück ins Seniorenheim. Wie lange hast du Ausgang?«

In dem Stil ging es noch ein Weilchen. Conny wußte nicht, ob es sich um Jay oder Kai handelte, die im Programm angekündigt waren. Jay & Kai. Im Jazz hatte es mal ein gleichnamiges Posaunenduo gegeben. Das mußte sich bis zu denen auf der Bühne herumgesprochen haben. Aus den Lautsprechern dröhnte das satte Unisono der Posaunen und versöhnte Conny einigermaßen mit der Anpflaumerei. Puppi amüsierte sich prächtig.

Es war, wie sich herausstellte, Jay, der mit deutlich angloschsischem Akzent die verrücktesten Dinger abließ, schnipselweise irre Lieder sang, abwechselnd das Publikum und den Tontechniker beschimpfte und sich schließlich für eine Viertelstunde in unappetitlicher Weise mit einem ausgekauten Ballongummi vergnügte. Das Publikum lag am Boden vor Lachen. Puppi stieß Conny mehrmals heftig mit dem Ellenbogen.

Empört trat Jay an die Rampe. »Du!« sagte er drohend in Connys Richtung. »Wenn du noch mal lachst, mach ich ernst mit der Enkeltochter! Steh mal auf, Girlie! Ist sie nicht zuckersüß?«

Puppi stand tatsächlich auf und drehte sich. Die Leute klatschten. Conny auch. Was blieb ihm anderes übrig?

Jay sah sich nach einem neuen Opfer um. »Du!« sagte er und wies mit dem Daumen auf einen fast kahlköpfigen jungen Mann im grauen Anzug, der in Connys Nähe saß. Wenn er sich nicht sehr irrte, hatte Puppi ihn mit einem Winken begrüßt. Der Kahlköpfige wollte nicht gemeint sein, aber Jay gab keine Ruhe. Er kommandierte: »Du kommst jetzt hier rauf! Ich will dir mal was beibringen. Fürs Leben. Kannst du morgen deine Verlobte beeindrucken.«

»Oder deinen Verlobten«, fügte Jay schadenfroh hinzu. Der kahlköpfige Jüngling war nach langem Zögern unterwegs zu ihm. Er trug ein braunes Lederköfferchen bei sich und rückte auf der Bühne aufgeregt an seiner Brille herum. Jay ließ kaum etwas aus, um ihn lächerlich zu machen, versuchte ihm Grimassen, leichte Jonglierkunststücke und schließlich das Tanzen beizubringen. Es war hoffnungslos. Der breitschultrige Bursche in dem grauen Anzug, der sich als Andy vorgestellt hatte und seinem Peiniger nicht sagen wollte, worin seine Tätigkeit überlicherweise bestand, war ungelenk wie ein Fotostativ.

Puppi starrte wie gebannt auf die Bühne.

»Kennst du den mit der Brille?« fragte Conny.

Puppi winkte ab. »Du wirst schon sehen«, sagte sie.

Allmählich nahmen Andys Demütigungen ein beunruhigendes Ausmaß an. Das schien auch Jay zu spüren. Er entließ sein Opfer unter Spottreden und begann mit neuen Faxen.

Erleichtert stieg Andy von der Bühne und kehrte zu seinem Platz zurück. Mitleidiger Beifall begleitete ihn. Er dankte mit einer unsicheren Handbewegung, wandte sich wieder der Bühne zu und kletterte hinauf. Er hatte sein Köfferchen vergessen. Jay brauchte gar nichts zu sagen. Er wies immer wieder nur auf Andy, der an den Schlössern seines Behältnisses herummurkste. Das Licht wurde heller, der Rhythmus der Musik wechselte. Andy stutzte, nahm die Brille ab und begann überraschenderweise, sich mit ruckartigen Bewegungen dem Takt anzupassen. Er zog die Jacke aus, setzte sich ein rundes Käppchen auf den spärlichen blonden Haarwuchs und war plötzlich der Breakdancer Kai, die andere Hälfte des Duos Jay & Kai.

Das Publikum tobte. Kai warf sich auf den Boden und vollführte irrwitzige Pirouetten, schnellte wieder hoch und bewegte den ganzen Körper wie ein Schlangenmensch. Schließlich machte er einen Kopfstand und drehte sich in dieser Haltung wie ein immer schneller werdender Kreisel.

In den Beifall hinein trat Jay an die Rampe, um die Pause anzusagen. Das Publikum forderte stürmisch eine Zugabe von Kai, der im Halbdunkel der Bühne verschwunden war.

»Okay, okay«, sagte Jay widerwillig. »Ich merke schon, ihr wollt euren Jacko sehen.«

Da stand er auch schon neben ihm, Michael Jackson himself, im weißen Hemd, das Original in anderthalbfacher Vergrößerung, mit den unverkennbaren Gesten und Tanzschritten samt Griff in den Schritt. Es war eine umwerfende Parodie, die der blonde Kai unter Michaels Maske darbot.

»Affengeil«, stieß Puppi hervor und schlug mit der Faust gegen Connys Arm. »Ich hab schon bei einer Gala mit denen zusammengearbeitet. Die sind irre.«

In der Pause gingen sie hinunter in die Hackeschen Höfe. Die Raucher mischten sich dort mit den sonstigen Flaneuren. Plötzlich packte jemand Conny am Arm und gab ihm einen Kuß auf die Wange. »Wir haben uns ja ewig nicht gesehen. Aber es geht dir gut, wie ich sehe.«

Meike. Aus ihrer Höhe nickte sie Puppi fröhlich zu.

»Ich habe versucht, dich zu erreichen ...«, sagte Conny lahm. »Da hat sich nur eine Lo gemeldet.«

»Der hatte ich meine Bude überlassen. Ich war übers Wochenende zu Hause in Jever.«

Sie sagte Jefer, wie sich das gehörte. Es hieß ja auch Wilhelmshafen, selbst wenn der Kaiser das bei der Gründung mit v geschrieben hatte.

»Und jetzt? Bist du auch bei Jay & Kai?« Etwas anderes fiel ihm nicht ein.

»Ich war hier zu 'ner Vernissage. Scheußliche Bilder, winzige Häppchen und saurer Wein. Jetzt muß ich ins Labor und erst mal was essen. Tschüß.«

Sie küßte ihn erneut auf die Wange, gab Puppi einen vertraulichen Klaps auf die Schulter und schob mit ihrer Ausrüstung auf den Ausgang zu.

»Eine Kollegin«, erklärte Conny. »Fotografin. Die sind alle ein bißchen daneben.«

Puppi tat unbefangen. »Die Bohnenstange habe ich schon mal bei der Generalprobe gesehen«, war alles, was sie sagte.

Jay & Kai bewiesen auch im zweiten Teil, daß sie was auf der Pfanne hatten. Jay versäumte es allerdings nicht, Conny mit besonderer Aufmerksamkeit zu bedenken. »Diesmal bist du ja pünktlich«, quäkte er. »Kannst es wohl gar nicht erwarten? Masochist, wie?« Und zu Puppi gewandt: »Halt dich heute nicht zurück bei dem, Girlie. Gib ihm Saures!« Er schwang eine imaginäre Peitsche und schnalzte mit der Zunge. »Okay? Hart genug?«

Irgendwann geriet ihm eine Fernbedienung in die Finger, die einen Roboter in Gang setzte. Mit stampfenden Schritten walzte Kai in einer blinkenden Rüstung über die Bühne, bediente sich pantomimisch an einem Cola-Automaten und ließ einen gewaltigen Rülpser ab, der ihn richtig in Fahrt brachte. Nur mit Mühe gelang es Jay, den widerspenstigen Golem zu zügeln, der seinem Herrn und Meister nicht gehorchen wollte.

»Na, wie hat's dir gefallen?« fragte Puppi am Schluß, als hätte sie Conny eingeladen und nicht umgekehrt.

»Es gibt nicht bloß im Friedrichstadtpalast verteufelt gute Leute«, sagte Conny. »Nur sind sie da noch hübscher.«

»Danke. Du kriegst dein Interview, auch ohne mir Zucker hinten rein zu blasen.«

»Habe ich von den Schwimmerinnen gesprochen?« erkundigte sich Conny scheinheilig. »Vielleicht gefallen mir die Mädels vom Ballett viel besser?«

»Vielleicht stehst du ja auch auf Schwarzhaarige? Da gibt es eine, die hat einen Blick für dich. Ist mir schon mehrfach aufgefallen. Und dir auch, stimmt's?«

Conny beabsichtigte nicht, Versteck mit ihr zu spielen. »Du meinst die Spanierin? Jimena? Wahrscheinlich wäre das die richtige Altersgruppe für mich . . .«

»Aber du nicht für sie!« sagte Puppi. Es klang ein bißchen gehässig. »Die steht auf was Jüngeres.«

»Auf deinen Zauberer beispielsweise?«

»Beispielsweise . . .«

Das Thema verdroß sie, das spürte Conny. »Wollen wir nicht gehen?« fragte er. Die Tische rings um sie hatten sich gelehrt. Die Bedienung räumte Flaschen und Gläser ab. Von der Bühne her kam Kai, nicht mehr in diesen unsäglichen Anzug gehüllt, sondern in T-shirt und Lederjacke und winkte ihnen zu.

»Ich muß was essen«, sagte er. »Kommt ihr mit?«

Auf dem Hackeschen Markt war um diese nächtliche Stunde mehr Betrieb als früher am 1. Mai auf der Karl-Marx-Allee. Sie fanden gleich um die Ecke eine Szene-Kneipe, schmucklos und schlecht beleuchtet, doch mit einer reichhaltigen Speisekarte.

Puppi und Kai waren hungrig wie die Wölfe. Diesmal hielt Conny mit. Die beiden redeten von ihrem gemeinsamen Auftritt und wie schade es sei, daß es nur wenige Wasserbecken für die Schwimmerinnen gäbe. Kai erzählte von seinen drei Söhnen, die ihn ständig nachzuahmen versuchten. Conny fragte ihn ein bißchen aus. Einem in Ost-Berlin geborenen Weltmeister im Electric Boogie, der acht Jahre in Schwarzafrika gelebt hatte, begegnete man nicht alle Tage. Vielleicht ließen sich doch ein paar Zeilen mehr daraus machen.

Schließlich verabschiedete sich Kai. Puppi fand, daß es auch für sie Zeit wurde.

»Ich bringe dich nach Hause«, sagte Conny. »Wo mußt du denn hin?«

Puppi lachte. »Wenn du meine Mutter kennenlernen willst, die wohnt in Reinickendorf. Ich habe seit einem Jahr eine eigene Wohnung in Schöneberg.«

Conny guckte auf die Uhr. »Und wie kommen wir da hin? Um diese Zeit fährt keine U-Bahn mehr.«

Sie hob die Schultern. »S-Bahn, Nachtbus, Taxi – irgend was findet sich. Hast du kein Auto?«

»Das ist gerade abgebrannt.«

Das fand Puppi sehr lustig. Aber auch sehr unpraktisch, noch dazu in seinem Beruf.

Conny blieb gar nichts anderes übrig, als ein Taxi zu spendieren, das sie binnen einer Viertelstunde in die Nähe des

Winterfeldt-Platzes brachte. Er kannte die Gegend, denn er hatte mal eine Reportage über den Wochenmarkt auf dem Platz geschrieben. Und eine weitere über das Fernmeldeamt um die Ecke, wo der RIAS als DIAS begonnen hatte.

Puppi hielt es anscheinend für selbstverständlich, daß er mit in ihre Wohnung kam. Die IKEA-Einrichtung unterschied sich in vielen Details von der Meikes. Seinen täppischen Zärtlichkeiten begegnete Puppi mit wesentlich mehr Zurückhaltung als Meike.

»Hör mal, du bist ein ganz netter Typ. Und wenn du unbedingt mußt, dann schlafe ich auch mit dir. Aber mir ist, ehrlich gesagt, nicht danach zumute.«

Conny war nach dieser offenen Meinungsäußerung auch nicht mehr danach. Er küßte sie und sagte: »Du bist ein umwerfendes Mädchen, Alice.« Er sprach ihren Namen richtig aus.

»Ich weiß nicht, was die alle an mir finden«, sagte Alice. »Ich bin eine ganz normale Frau. Aber kaum bin ich aus dem Wasser, baggert mich einer an. Erst dieser blöde Magier, der mich unbedingt mit auf seine Welttournee nehmen wollte, bis er was Besseres fand. Neuerdings dieser Athlet am Seil. Seine Partnerin würde mich am liebsten fressen. Dabei finde ich sie eigentlich total okay.«

»Das ist der, an dessen Seil sich mein Freund Joe aufgehängt haben soll.«

»Das war dein Freund? Er war immer ziemlich zurückhaltend. Hat uns jedenfalls nie angepflaumt. Nur mit dem Athleten hat er noch vor der ersten Probe Zoff gehabt.«

Das interessierte Conny. »Erzähl mal genauer«, bat er. Alice, die ihm ein Glas Wein angeboten hatte, sagte: »Jetzt trinke ich auch ein Glas«, und stand auf.

»Trink aus meinem«, sagte Conny. Er zog sie auf sein Knie, und sie trank aus dem Glas.

»Es war weiter nichts. Aber es ging irgendwie um das Seil

und das Flugwerk. Ich mußte nur daran denken, als die Polizei überall rumfragte.«

»Du hast es dem Kommissar erzählt?«

»Dem Schönen? Der sieht besser aus als Magnum. Die Mädels waren alle ganz hin. Aber uns hat er nicht gefragt.«

»Dieser Streit könnte wichtig sein für seine Ermittlungen.«

»Meinst du? Der Kraftmensch wird ihn doch nicht wegen so einer Kleinigkeit umbringen.«

Das hatte sie recht. Allerdings: Wer, wenn nicht der Athlet, war kräftig genug, Joe zu überwältigen.

Alice guckte ihn fragend an und goß Wein nach. Sie nippten abwechselnd an dem Glas. Conny hätte es noch ein paar Stunden in dieser Lage ausgehalten. Alice saß ganz locker auf seinen Oberschenkeln. Sie roch so frisch, als sei sie gerade unter der Dusche hervorgekommen.

»Sag mal«, begann er vorsichtig, »kanntest du auch Joes Neffen Sascha?«

»Der sich den goldenen Schuß verpaßt hat? Was ist mit dem? Er scharwenzelte eine Zeitlang um den Argentinier herum, der jetzt die Regie macht. Ich glaube, der hatte ihn abgehängt ...« Sie richtete sich plötzlich steif auf und sah Conny an. »Du bist doch kein Journalist, stimmt's?«

»Aber doch!« beteuerte Conny und drückte sie an sich. »Was denn sonst? Denkst du, ich bin ein Bulle? Der Kommissar hat mich durch die Mangel gedreht, weil ich zufällig neben meinem Auto den toten Sascha gefunden habe, ohne ihn zu erkennen, und weil ich der letzte war, mit dem Joe auf der Bühne gesprochen hat.«

So leicht waren ihre Zweifel nicht zu beseitigen. »Vielleicht hatte dein Freund Joe dich beauftragt, im Palast rumzuschnüffeln.«

»Wonach? Nach Heroin? Wo würdest du denn danach suchen?«

»Also doch!« sagte sie befriedigt. »Da sitzt du bei mir auf

dem falschen Sofa. Ich brauche so was nicht. Auch keine Mittel aus der Kälbermast. 'ne Kuh wird von alleine aus mir, wenn ich meine Mutter angucke.«

»Ej, ich denke, du wolltest mich mit ihr verkuppeln.«

»Männer lieben doch was Handfestes. Sie wiegt ja nur zehn Kilo mehr als ich.«

»Na gut. Aber du hast mir nicht gesagt, auf wessen Sofa ich mich setzen müßte . . .«

Sie küßte ihn auf die Nase. »Das mußt du schon selber rausfinden, Kojak. Vielleicht wäre es dir gar nicht mal so unangenehm . . .«

Sie stand auf. »Ich gehe jetzt ins Bett. Wenn du willst, kannst du dich hier hinlegen.«

Conny guckte auf die Uhr. »Ich glaube, die U-Bahn fährt schon wieder«, sagte er.

»Dann wirf die Tür hinter dir zu«, sagte sie und verschwand im Bad.

21 Elektroschock

Es war noch dunkel, als Conny die letzten Stufen von der U-Bahn hinaufstieg. Zur Abwechslung regnete es mal wieder. Seine Wohnung lag nur fünf Minuten entfernt. Der lädierte Schirm befand sich im Auto.

Die Bäcker hatten ihre Läden noch nicht geöffnet. Sinnlos, darüber nachzudenken, weshalb in einem Land, in dem die *freie* Marktwirtschaft herrschte, ausgerechnet die Ladenöffnungszeiten staatlich geregelt werden mußten.

Er schloß seine Wohnungstür auf und stutzte. Weshalb hatte er das Sicherheitsschloß nur einmal verschlossen? Er dachte nicht lange darüber nach, zog seine nassen Schuhe aus und schaltete das Licht im Flur ein. Es roch wieder einmal nach Zigarettenrauch. Die Deckenlampe funktionierte nur für zwei Sekunden. Aus der Nische, in der sich der Stromzähler befand, vernahm er ein unangenehmes Geräusch, das da nicht hingehörte. Ebensowenig wie die grelle Lichterscheinung, die sich an der Wand entlang bis zur Decke ausbreitete und nach einem leichten Knall mit bläulicher Flamme in einen Tapetenbrand überging.

Conny, nur mäßig verwirrt von dem Kurzschluß, schlug das Feuer mit dem nassen Schuh aus, so weit er es erreichen konnte. Dann griff er beherzt in die Zählernische und fand im Dunkeln den Wischmopp, der dort stand. Nach ein paar Minuten waren die Flammen erloschen.

Streichhölzer und eine Kerze zu finden, war schwieriger, gelang ihm jedoch mit Mühe und Kombinationsvermögen. Seine Verflossene Susanne hatte ein Faible für Zierkerzen besessen; der Vorrat war seit ihrem Auszug nicht aufgebraucht worden. Er zündete ein grüngoldenes Licht an und begann, seine Wohnung zu inspizieren. Es schien alles in Ordnung zu sein, wenn er davon absah, daß nicht einmal das Telefon funktionierte. Wen sollte er auch anrufen? Auf die Feuerwehr verzichtete er lieber, und ein Elektriker war zu dieser frühen Stunde kaum aufzutreiben. Er riß die Fenster auf, um den Brandgeruch zu vertreiben und beschloß, sich erst einmal ein paar Stunden hinzulegen. Bei Tageslicht würde er weitersehen. Todmüde sank er auf sein Lager. Von der Straße her ertönte ein ohrenbetäubendes Geräusch. Das erste Baufahrzeug rollte an.

Er schloß das Fenster im vorderen Zimmer und zog sich in das Berliner Zimmer zurück. Auch im Hof erwachte nach und nach das Großstadtleben. Er vermißte die ersten Waldschmitt-Buschmann-Töne, vernahm aber dafür Stimmen, die sich in unterschiedlichen Tonlagen unwirsch äußerten. Über allem erhob sich schließlich eine schrille Kinderstimme: »Mammi, warum machst du kein Licht!?«

Conny stand auf und guckte aus dem Fenster. Nirgendwo brannte eine Lampe. Nur ihm gegenüber, im zweiten Stock, blakte eine Kerze.

Herzlichen Glückwunsch, dachte Conny. Er verspürte keinen Drang, sich als Urheber des Ereignisses erkennen zu geben und kroch wieder unter die Decke. Schlafen konnte er nicht. Der Gedanke an die Nachbarn, die ihre Kinder im Dunkeln waschen mußten, beunruhigte ihn weniger als der Umstand, daß ihm ein unguter Zusammenhang zwischen der dunklen Drohung des Jackenaufschlitzers und den beiden so kurz aufeinanderfolgenden Bränden schwante. Was wiederum hieß, daß jemand in die Wohnung eingedrungen sein mußte. Von außen ließ sich so ein Kurzschluß kaum hervorrufen. Er stand auf, zündete die Kerze wieder an und tappte ins Vorderzimmer. Fernseher und Stereo-Anlage schienen unversehrt. Im Computer steckte die Diskette im Schlitz. Er suchte nach dem Synonymwörterbuch. Auch seine Sicherungskopien waren vorhanden.

Barfüßig ging er in den Korridor und leuchtete die Wand ab. Außer häßlichen Brandspuren war wenig zu erkennen. Unter seinen Füßen spürte er die rußigen Tapetenreste, die herabgefallen waren. Er schlich bis zur Tür und verriegelte das Sicherheitsschloß. Im Treppenhaus schimpfte jemand lauthals: »Die Scheißbude wird uns noch überm Kopp abjefackelt wern. Riechen Se das nich? Das stinkt nach Kurzschluß! Ich hab mal bei de Straßenbahn jearbeit, ich kenn dem Jeruch jenau . . .«

Conny ging ins Bad, wusch sich die Füße und schlurfte in seinen Badelatschen zum Bett zurück. Drei Minuten später klingelte es. Er versuchte es zu überhören und gab erst nach dem vierten Sturmgeläut auf.

»Ich komme!« rief er und zog sich einen Bademantel über. Vor der Tür stand der Ex-Straßenbahner. Seine Nachbarin, mit der er gelegentlich einige Worte wechselte, hatte ebenfalls ihre Tür geöffnet und harrte in Nachthemd und Strickjacke der Dinge.

Conny fragte sie: »Haben Sie jemanden an meiner Tür gesehen, Frau Jatzke?«

»Ich gucke ja nicht jedes Mal . . .«, sagte die alte Dame verschämt. »Aber gestern abend hat da eine junge Frau gestanden. So eine Platinblonde. Mit Kopftuch.«

»Enschuldjen Se man . . .« Der gewissenhafte Verkehrsfachmann drängte sich näher. »Es jibt hier ein jefährlichen Kurzschluß ins Haus. Und aus Ihre Düre riecht et am jemeinsten, mit Verlaub jesprochen.«

»Kann schon sein«, sagte Conny, der es für wenig zweckmäßig hielt, lange zu leugnen. »Als ich vor einer Stunde das Licht einschalten wollte, flog die Sicherung raus.«

»Denn lassen Se mir mal kieken!«

Und schon war der dralle kleine Mann in Connys Flur eingedrungen und leuchtete die Wand über dem Zähler mit einer starken Taschenlampe ab. »War sacht man denn dazu! Richtichjehend weckjebrannt. Ham Sie ein elektrischen Heizofen am Laufen oder sowat?«

Das Ergebnis des hochnotpeinlichen Verhörs bestand darin, daß der Straßenbahner den ihm aus der Kneipe bekannten Elektromeister aus der Nummer 27 herbeischleppte. Der trennte unter zurückhaltenden Handwerkerflüchen Connys Wohnungsanschluß vom Hausnetz, wechselte die Haussicherung und tauchte dann erneut in Connys Wohnung auf.

»Nun will ich mir das mal angucken«, sagte er. »Das sieht ja sehr merkwürdig aus. Als hätte die Zuleitung samt Isolierung gebrannt.«

»Wie kann so etwas passieren?«

Der Meister sah ihn prüfend an. »Wenn Sie einen sechszölligen Kupfernagel über beide Pole legen. Aber der schmilzt Ihnen auch weg. Ansonsten nur, wenn man unfachmännische Eingriffe vornimmt.« Er blickte über seinen Brillenrand. »Was streng bestraft wird, falls Sie das nicht wissen.«

Conny, todmüde und genervt von dem ganzen Hin und Her, sagte: »Ich verstehe nichts davon. Schon deshalb würde ich keinen *Eingriff* vornehmen.«

Der Elektriker schüttelte ungläubig den Kopf. »Die Plombe ist aber verletzt. Geschmolzen wie es aussieht. Wir werden das der BEWAG melden müssen.«

»Tun Sie, was Sie nicht lassen können. Mein Telefon funktioniert sowieso nicht«, sagte Conny mürrisch. Allmählich war ihm alles egal. »Auf jeden Fall brauche ich Strom, um zu arbeiten.« Bis zum Mittag mußte er seine zwanzig Zeilen über Jay & Kai abliefern.

»Ja, so ist das heute, in dieser modernen Zeit. Ohne Strom kein Telefon, kein Computer, keine Tiefkühltruhe, kein Fernsehen und kein Rasierapparat. Wir haben uns abhängig gemacht von der Technik, die uns beherrscht . . .«

In besserer Stimmung hätte Conny sich auf einen philosophischen Disput mit dem Elektriker eingelassen. So aber fragte er nur: »Trinken Sie auch einen Kaffee?« Der Herd wurde glücklicherweise mit Erdgas betrieben.

Der Mann trank Kaffee und wurde noch zugänglicher, nachdem er alle Lampen und Steckdosen in der Wohnung überprüft hatte und dabei auch Connys Platten- und CD-Sammlung ansichtig geworden war. Er entpuppte sich als Glenn-Miller-Fan und versprach Conny, sofort eine Noteinspeisung zum Zähler zu verlegen. Dazu mußte allerdings ein Loch in die Wand über der Wohnungstür gebohrt werden.

Gegen neun hatte Conny wieder Strom. Der Meister trank noch einen Kaffee, schrieb die Rechnung und hörte dazu Glenn Miller. »Da kommt meine ganze Jugend wieder«, sagte er verklärt. »Kapellenwettstreit im Friedrichstadtpalast mit Kutte Widmann und Walter Dobschinsky. Das waren noch Zeiten! Und Boxen mit Hein ten Hoff.«

Conny ließ sich ein bißchen davon erzählen und schielte dabei immer mit einem Auge auf die Zahlen, die der Meister schrieb.

»Denn unterschreiben Sie mal hier.«

Conny las die Endsumme. »Das kann ich aber vorläufig nicht bezahlen . . .«, sagte er matt.

»Nee, nee. Bis zum Zähler ist die Wohnungsgesellschaft zuständig. Das bringe ich denen schon bei. Sie könnten mir höchstens mit 'ner Kassette von der CD einen Gefallen tun.«

Das versprach Conny. Der Meister verschwand. Im Korridor sah es aus wie auf der Baustelle vor dem Nebenhaus. Hoffnungslos. Bevor er nicht geschlafen hatte, würde er keinen Handschlag tun. Von dem Chamäleon-Artikel einmal abgesehen.

Er schaltete den Computer ein. Der Lüfter im Innern lief an. Der Bildschirm blieb schwarz, daran vermochte kein Tastendruck etwas zu ändern. Entweder hatte das antike Stück seinen Geist völlig aufgegeben, oder der Monitor hatte dem

Kurzschluß nicht standgehalten. Katastrophal war beides gleichermaßen.

Er erinnerte sich an seine mechanische Schreibmaschine, die er gelegentlich noch zum Ausfüllen von Formularen benutzte. Das Ergebnis sah entsprechend aus. Gleich in der Überschrift gelangen ihm zwei Tippfehler.

Er hatte ungefähr sechs Zeilen geschrieben und sich den Rest einigermaßen zurechtgelegt, als es wiederum klingelte. Zu seiner Verblüffung stand Rolf vor der Tür. »Wo kommst du denn her?« fragte er entgeistert.

»Hast du meine Nachricht auf dem Anrufbeantworter nicht gehört?« fragte Rolf zurück, und als nächstes: »Wie sieht es denn bei dir aus?«

»Ich hatte heute nacht einen Kurzschluß.«

Rolf betrachtete mit unerschütterlicher Ruhe zuerst die Brandspuren an der Wand und dann ihn. »Brennt es bei dir in letzter Zeit öfter?«

»Es scheint so.«

»Hast du was mit einer Pyromanin angefangen?«

Conny griente schief. Feurig war sie schon, die kleine Alice. Aber gezündet hatte es nicht. Und Meike – an die dachte er jetzt besser nicht. Rolf drängte sowieso. »Ich denke, wir wollen den Toyota in die Werkstatt schleppen.«

22 Im Reich der Toten

Als Conny das Redaktionsgebäude verließ, regnete es schon wieder. Oder noch immer. Wer wollte das in diesem Jahr feststellen. Der Schirm lag jedenfalls noch im Toyota. Und der war unterwegs zum Schrottplatz. Der Schlosser hatte etwas Beunruhigendes festgestellt. Die Zuleitung zum Anlasser war gelöst und ein Stück Kabel eingefügt worden, dessen verschmorte Reste noch herunterhingen. Was dabei eine so große Stichflamme auslösen konnte, die den gesamten Motorraum schwärzte und sämtliche Kuststoffteile schmelzen ließ, blieb unerklärlich.

»Läßt sich das noch mal reparieren?« fragte Conny schüchtern.

Der Schlosser schüttelte den Kopf. »Lohnt absolut nicht. Denken Sie mal an die neuen Steuersätze für Autos ohne Kat.« Das gab den Ausschlag. Rolf und Conny sahen sich traurig an. »Er hat mich nie versetzt . . .« sagte Rolf und strich zum Abschied über den schon etwas stumpfen Lack. Er bezahlte die Verschrottung und beschwichtigte Connys Einwände. »Laß mal. Schließlich war es ja mein Auto.«

Dann fuhr er Conny zur Redaktion. Innerhalb einer halben Stunde war der Beitrag über Jay & Kai fertiggestellt. Jetzt stand Conny wieder im Regen und fror. Er war nicht einmal besonders müde. Er fühlte sich nur ausgelaugt und hohl. Bis zum Friedrichstadtpalast waren es nur wenige U-Bahn-Stationen. Er konnte sich dort ins Archiv setzen und seine Notizen ergänzen. Und sich Gedanken darüber machen, wo er einen neuen Computer herbekam. Vielmehr einen alten, bezahlbaren. An ein Auto war vorläufig gar nicht zu denken.

Auf dem Bahnsteig kaufte er die *Zweite Hand* und fand darin genügend Computer-Angebote. Das beruhigte ihn ein wenig. Am Oranienburger Tor stieg er aus und lief die paar Schritte zur Johannisstraße. An der Stelle des Hotels verzeichneten alte Karten ein Lagerhaus, und auf dem Areal der Kaserne hatte sich der erste Dorotheenfriedhof befunden.

Er bog gerade rechtzeitig in die Kalkscheunenstraße ein, um einen schwarzhaarigen Mann mit federnden Schritten die Eingangstufen zum Bühneneingang erklimmen zu sehen. Der unwiderstehliche Kommissar Timm. Unverkennbar. Einerseits hätte sich Conny ganz gerne mit ihm über die bisherigen Ermittlungsergebnisse im Fall Hansjoachim Becker unterhalten, andererseits fühlte er sich nicht gut genug, um erneut Timms bohrendem Frage- und Antwortspiel standzuhalten. Er fuhr besser nach Hause, räumte seine Wohnung auf und schlief sich aus.

In der Friedrichstraße kam ihm ein anderer Gedanke. Die Pathologie der Charitè befand sich nur um die Ecke. Die Gelegenheit, dort nach Unterlagen über Mertens Tod zu forschen, war nicht ungünstiger als an jedem anderen Tag. Er fürchtete, daß ihm der schaurige Ort für die nächsten Stunden den Appetit nehmen würde. Heute machte das nichts. Er wußte sowieso nicht, ob er Hunger oder Durst hatte.

Bis auf den Geruch, den Conny ständig wahrzunehmen glaubte, unterschieden sich die Büroräume in dem backsteinernen Bau nicht von denen in anderen Gebäuden gleichen Alters. Die gerichtsmedizinische Unterrichtsanstalt war 1886 hier eingezogen. Seitdem waren hier Hekatomben von Leichen gelagert und seziert worden. Conny erinnerte sich an die gewollt burschikosen Erzählungen von Leichen-Thomas, der nebenher als Dressman für das Modeinstitut gearbeitet hatte, und mit besonderem Abscheu an einen Lehrfilm der Kriminalpolizei über die Aufklärung eines Sexualmordes. Nicht der Anblick der Leiche haftete ihm besonders unangenehm im Gedächtnis, sondern die summenden Fliegen über dem Körper auf dem Metalltisch in der Pathologie.

Glücklicherweise fiel Conny der Name eines sympathischen Professors ein, den er bei einem Symposium über neueste Erkenntnisse der forensischen Wissenschaften befragt hatte. Auch er kam dem Professor bekannt vor. »Ihr Artikel war nicht einmal so schlecht«, stellte er wohlwollend fest. Wahrscheinlich die höchste Form des Lobs, das ein Journalist aus dem Munde eines Wissenschaftlers erfahren konnte.

Auf jeden Fall war es eine gute Grundlage für das weitere Gespräch. Das drehte sich vorerst um die im Volksmund als Leichenschauhaus bekannte Einrichtung im allgemeinen. Erst nach und nach rückte Conny mit seinem Anliegen heraus. Der Professor verzog keine Miene. Er kannte aus Connys Veröffentlichungen ein Sektionsprotokoll seines Instituts und glaubte, Conny würde auch diesmal versuchen, Einblick in ein solches Dokument zu nehmen. Das schlug er rundweg ab.

»Es gibt so etwas wie Datenschutz, Herr Pingel. Selbst wenn man dieses Wort, gemessen an der Veröffentlichungspraxis des Tagesjournale, für eine Übertreibung halten mag. Um welche Person geht es denn diesmal?«

»Erinnern Sie sich an den Fall eines – vorerst unbekannten – Toten, dessen Leiche 1983 im alten Friedrichstadtpalast gefunden wurde?«

Der Professor sah ihn lange und beinahe träumerisch an. »Wissen Sie, wie viele unbekannte Tote im Laufe eines Jahres aufgefunden werden? Und Sie fragen mich nach einem Fall, der anderthalb Jahrzehnte zurückliegt.«

So schnell gab Conny nicht auf. »Meines Wissens ist in dem alten Bau nur diese eine Leiche gefunden worden. Der Mann hatte sich angeblich erhängt.«

»Angeblich ...« Dieser Anhaltspunkt interessierte den Gerichtsmediziner, aus dem nach neuerer Sprachregelung ein Rechtsmediziner geworden war. »Ist das Ihre Interpretation oder die unsere?«

»Bis jetzt nur meine. Um Ihre kennenzulernen, bin ich hierher gekommen.«

Wieder blickte der Professor träumerisch auf Conny. »Es hat einen solchen Fall gegeben, scheint mir. Ich war allerdings nicht damit befaßt. Die Herren Kollegen hielten sich sehr bedeckt. Dennoch gab es unter uns eine lebhafte Diskussion, wie lange nach dem Tode sich Gewalteinwirkung von dritter Hand an einem mumienartig geschrumpften Körper feststellen ließe.«

»Und wie lautete das Ergebnis?«

»Es handelte sich eher um eine theoretische Betrachtung. Ich habe diese Leiche nie zu Gesicht bekommen.«

»Sie wissen auch nichts über deren Identität?«

»Die ist für uns ohnehin von sekundärer Bedeutung. Es sei denn, es liegt eine besondere Anforderung der Ermittlungsbehörde vor.«

»Damals gab es noch keinen genetischen Fingerabdruck wie heute. Ließ sich die Identität einer solchen Leiche dennoch feststellen?«

Der Professor erklärte auch das zu einer eher theoretischen Frage. Selbst Connys Versicherung, es handle sich nicht um Recherchen für eine Veröffentlichung, beeinflußte die Zurückhaltung des Wissenschaftlers nicht.

»Aber Sie haben doch Ihre Archivbücher, von denen Sie mir erzählt haben. Seit 1858 vollständig erhalten . . .«

»Seit 1854«, berichtigte der Professor. »Vollständig bis auf wenige Ausnahmen.«

»Könnte man nicht den Band 1983 einmal einsehen? Ich möchte keine Kopie, keinerlei Notizen.«

»Nun – was hoffen Sie dort zu finden? Die Eintragung dokumentiert lediglich die beim Eintreffen in unserem Haus bekannten Angaben. Die wahre Todesursache wird erst durch die Obduktion festgestellt.«

»Wenn sie sich feststellen läßt . . .«

»Sie läßt sich feststellen. Davon gehen wir in unserer Einrichtung aus, Herr Pingel. Selbst wenn gewisse Ermittlungsorgane ein Interesse daran hatten, uns unrichtige Angaben zur Vorgeschichte zu liefern. Oder gar keine.«

»Welcher Ihrer Kollegen hat diesen Fall bearbeitet?«

»Nun, Herr Pingel, auch wir waren in jener Zeit quasi eine staatliche Institution. Und wie überall in diesem Land gab es auch bei uns Kollegen, die anscheinend ihre politische Überzeugung, oder das, was sie dafür hielten, über das Ethos unseres Berufes stellten . . .«

Das Thema gefiel dem Professor nicht sonderlich. Conny gab dennoch nicht auf. Er wußte, daß ein renommierter Pathologe langjähriger Zuträger der Stasi gewesen war und sich nach der Wende vergiftet hatte. Was war aus den anderen geworden, von denen der Professor sprach? Und um wen handelte es sich? Seit Gina davon gesprochen hatte, war er einen dumpfen Verdacht nicht losgeworden. Er wußte sehr genau, was ihn hierher getrieben hatte, und er sagte deshalb: »Der eine Fall ist mir bekannt. Wer waren denn die anderen?«

»Das ist inzwischen vergessen, Herr Pingel. Hier ist jeder einzelne Mitarbeiter sehr gründlich überprüft worden.«

»Davon bin ich überzeugt. Was ist eigentlich aus Thomas Hegemann geworden? Der war doch viele Jahre hier tätig.«

Es war ein Treffer, das spürte Conny.

»Nun ja, es ist erst im Verlauf der Gesamtüberprüfung klar geworden, daß auch der Herr Hegemann, wie Sie vermuten –«

Er beließ es bei einer unbestimmten Handbewegung.

Conny ließ sich seine Ungeduld nicht anmerken. »Also hat Hegemann in diesem Fall die Obduktion durchgeführt?«

Der Professor nickte. »So ist es mir erinnerlich. Er und der stellvertretende Direktor übernahmen vorzugsweise die *speziellen* Fälle. Soweit das bei unserer Organisationsform möglich war.«

»Sie haben mir sehr geholfen, Herr Professor«, sagte Conny. »Mehr als Sie ahnen. Wenn Sie nun noch meine Frage beantworten könnten: Was ist aus Doktor Hegemann geworden? Ich kannte ihn nämlich.«

»Das ist das Merkwürdige. Er hat das Land bereits 1987 verlassen. Anläßlich eines Kongresses in den Vereinigten Staaten. Wir haben nie wieder von ihm gehört. Jedenfalls offiziell nicht. Er soll sich irgendwo in Kalifornien niedergelassen haben.«

»Quincy der Zweite«, sagte Conny. »Nur ist Hegemann jünger.«

Der Professor lachte. »So ungefähr. Seine Frau war ja Schauspielerin.«

»Die kannte ich auch. Hieß sie nicht Verena?«

Es klopfte, und ein junger Mediziner trat ein. »Entschuldigen Sie, Herr Professor. Wir haben da eine junge Frau . . .«

»Ich komme«, sagte der Professor. Und zu Conny gewandt: »Die Pflicht, Herr Pingel . . .«

Sie gingen noch einige Schritte gemeinsam den Flur entlang. Der Professor hatte nicht vergessen, wovon sie gesprochen hatten. »Ich glaube, die Frau hieß in Wirklichkeit Jelena. Irgendetwas war mit ihrer Staatsangehörigkeit nicht in Ordnung. Hegemann hatte da mal Probleme. Als er dann weg war, verschwand sie übrigens auch.«

Er gab Conny die Hand. »Oder wollen Sie mich begleiten?«

»Danke!« Conny schüttelte sich voller Schauder. Für den Anschauungsunterricht am toten Subjekt war er nicht geeignet. Sein Magen hatte schon bei Erwähnung der mumifizierten Leiche rebelliert.

23 Jonny

Die feuchte Herbstluft, soweit man durch die Autoabgase etwas von ihr spürte, richtete ihn ein wenig auf. Erstaunlicherweise hatte er Hunger. Die Mittagszeit war längst vorbei. In Frage kamen nur eine Bäckerei oder ein vegetarisches Restaurant. Kein Fleisch. Ihm fiel der Vorspeisenteller beim Griechen ein. Und vorher ein großer Ouzo. Das Lokal befand sich ganz in der Nähe.

Der Wirt brachte die Speisekarte und zündete die Kerze auf dem Tisch an. »Heute allein?« fragte er. »Junge Dame muß noch arbeiten?«

Conny sagte hoffnungsvoll: »Vielleicht kommt sie noch.«

»Meistens bißchen später.« Der Mann kannte seine Gäste.

Als er den Ouzo und eine Cola brachte, erkundigte sich Conny, was denn *bißchen später* bedeute.

»Ist verschieden. Je nachdem. Manchmal kommen nur die Tänzerinnen. Und die Tänzer.« Er machte eine Handbewegung über dem Kopf und hinter dem Rücken. »Auch andere Artisten. Alles gute Leute. Prima Publikum!«

Er zwinkerte Conny zu und ging in die Küche.

Der Ouzo benötigte keine zehn Sekunden, um bis in die Zehenspitzen vorzudringen. Für einen langen Augenblick fühlte sich Conny wohl und geborgen. Wenn jetzt noch Alice auftauchte, konnte es nach all dem Trouble am Morgen noch ein schöner Nachmittag werden. Vielleicht ein noch schönerer Abend, wenn er so lange durchhielt. Dafür, daß er gar nicht geschlafen hatte, ging es ihm erstaunlich gut. Lag es daran, daß er seinem Ziel, etwas über Mertens Tod herauszufinden, einen Schritt näher gekommen war? Es fehlte ihm nur noch das Reisegeld nach Kalifornien.

Der Grieche nahte mit dem Vorspeisenteller. »Noch einen Ouzo?« fragte er.

Conny nickte.

»Sie sind nicht vom Friedrichstadtpalast?«

»Nicht direkt. Ich bin Journalist.«

»Oh! Sie schreiben auch über Restaurants?«

»Nur wenn sie so gut sind wie das Ihre«, sagte Conny. »Ich schreibe etwas über den Palast. Wenn die Künstler oft hierher kommen, werde ich das erwähnen.«

Das gefiel dem Wirt. »Sie müssen nach der Vorstellung kommen. Manchmal ist es sehr fröhlich hier. Die Mädchen haben schon getanzt. Einer hat gezaubert . . .«

Er verstummte und wünschte Conny guten Appetit. Der machte sich über Brot und Zaziki her und ging im Geist seinen Friedrichstadtpalast-Text durch. Die Kneipe paßte da haargenau rein. Nur mit Jonny hatte er noch immer nicht gesprochen. Es wurde langsam Zeit. Am Sonnabend war Premiere im Palast. Hoffentlich konnte er Kalvenkämper überreden, bald mit dem Abdruck der Serie zu beginnen.

Nach der Vorspeise bestellte er eine Bohnensuppe und eine weitere Cola. »Nein, besser einen Mokka. Einen doppelten.«

Er holte seinen Notizblock aus der Tasche. Um den Computer mußte er sich kümmern. Und um ein Auto. Er brauchte Geld. Rolf anzupumpen, erschien ihm unfair. Wer kam sonst in Frage? Meike? Er zog unwillkürlich den Kopf ein. Sie war so verdammt locker gewesen gestern abend. Zu locker. Das erschien ihm verdächtig.

Er aß seine Bohnensuppe, trank seinen Mokka und zur Rechnung einen weiteren Ouzo. Niemand, der auch nur annähernd wie ein Palast-Künstler aussah, war inzwischen erschienen. Conny erkundigte sich nach dem Telefon. Jonnys Nummer stand in seinem Notizbuch.

»Worum jeht es denn?« fragte der alte Mann. »Um den Friedrichstadtpalast? Da könn wa uns beede ne Woche nach

Kitzbühl zurückziehn, und ick erzähl dir 'n janzen Roman. Einverstanden?«

Conny lachte gezwungen. »Mir wäre schon mit ein, zwei Stunden gedient.«

»Wieder bloß son Schnellschuß?« Jonny zeigte dennoch Verständnis. »Meinetwejen. Reden wa ehm über die Nebensächlichkeiten. Wann solls denn sein?«

»Möglichst bald. Wie es dir paßt. In den nächsten Tagen. Oder Anfang nächster Woche?«

»Möchlichst bald is am besten jleich. Wat haste denn im Momang jrade vor?«

»Nichts. Nichts, was sich nicht aufschieben ließe.«

»Na, denn sehn wa uns inner halber Stunde oder wie lange du ehm brauchst. Alles klaro?«

Als er in der U-Bahn saß, spürte Conny die Müdigkeit. Ouzo war sicherlich nicht die geeignete Medizin dagegen. Der kämpfte in seinem Magen mit dem steifen Mokka und den Bohnen um die Vorherrschaft.

Auch Jonny bot ihm Kaffee an. Conny lehnte nicht ab. Der alte Mann, in seiner Kindheit mit dem Artistenmilieu in Berührung gekommen und seither nicht mehr vom Zirkus und Varieté losgekommen, glich einer wandelnden Enzyklopädie. Zu jedem Satz, den er von sich gab, fischte er aus unergründlichen Mappen und Schachteln passendes Anschauungsmaterial. Er besaß ein Programm vom Circus Salamonsky, Fotos von Renz und Schumann, jede Art von Literatur über das Genre.

Die Zeit nach dem Zweiten Weltkrieg hatte er mit besonderer Intensität miterlebt. »Marion Spadoni, die im August fünfundvierzig von den Russen die Lizenz bekam, das ist die Tochter von Schumanns Tochter Marie, einer Kunstreiterin, und des Kraftjongleurs Paul Spadoni. Der trat in aller Welt zu Melodien seines Freundes Paul Lincke auf. Marion lebt jetzt in einem Seniorenheim. Wenn du willst, bringe ich euch zusammen. Aber sie ist nicht sehr gesund. Die Russen haben sie siebenundvierzig enteignet und den Nicola Lupo eingesetzt. Von einem Tag auf den andern. Es kam damals immer ein bißchen darauf an, welche Sprache einer sprach. Und der Nicola konnte gut russisch, obwohl er eigentlich Italiener war. Der konnte mit denen. Von Berufs wegen war er nämlich Verwandlungskünstler. Die Kulturoffiziere wechselten auch alle zwei Jahre oder so. Aber für den Zirkus waren sie alle. Das gehörte bei denen zur Kultur.

Der Harry Barlay beispielsweise hat sich auch hinter die Russen gestellt, um den Platz zu kriegen, auf dem jetzt der Palast steht. Der war ja aus Oberschlesien, der Harry und hieß eigentlich Reinhold Kwasnik.«

Jonny holte den Personalausweis von Harry Barlay hervor, geboren am 2. Januar 1898 in Hindenburg/Oberschlesien.

»Hat ja indirekt auch mit dem Palast zu tun. Lupo war gar nicht begeistert von der Konkurrenz schräg gegenüber. Aber beide haben was gemacht aus ihren Häusern, Barlay aus seinem Holzzirkus und Lupo aus der alten Markthalle. Anfangs wurde nur auf der Vorbühne gespielt. Das Bühnenhaus war zerbombt. Als sie neunundvierzig mit dem Aufbau begannen, fanden sie als erstes einen Blindgänger unter dem Orchesterraum. Eine Zehnzentnerbombe. ›Der Tanz auf dem Vulkan‹ schrieben die Zeitungen damals.«

Jonny wußte alles über den Friedrichstadtpalast, der seit dem 1. September 1947 diesen Namen trug und in dem er etliche Jahre gearbeitet hatte. Er kannte alle Künstler und Artisten, und zu jedem fiel ihm eine eine Anekdote ein. Ob der Direktor aus dem Osten die berühmte Sängerin aus dem Westen geschwängert hatte oder der nicht weniger berühmte Sänger aus dem Westen Einreiseverbot erhielt, weil er mit allzu vielen Geschenken anreiste – Jonny war über alles informiert. Er hatte den Versuch miterlebt, das Kabarett *Schall und Rauch* an historischer Stätte im Tunnelrestaurant wiederzubeleben, und er saß oft genug im Künstlerklub Palast-Casino, einer

Dependance der Internationalen Artistenloge, die gleichzeitig Ost-Berlins erstes Nachtlokal war. Er war immer und überall dabeigewesen, hatte beinahe jedes Programm im Palast gesehen, vor und hinter den Kulissen – und dennoch nie etwas von einem Toten im großen Saal gehört. Conny beharrte nicht auf dem Thema, zumal Jonny Merten gekannt hatte und seine eigene Meinung über Bonzenkinder vertrat. »Da müßte mal einer ein Buch schreiben«, sagte er. »Wer mit wem und wer von wem, und wieviele davon ihren Eltern letztendlich doch in die sozialistische Suppe gespuckt haben. Über alle, denen hier im Osten Zucker in den Arsch geblasen wurde, bis sie abhauten und ihre Sippe samt Partei mit Jauche bekleckerten. Ist das kein Thema für dich?«

Conny lachte müde und sagte: »Die Prozesse um die Persönlichkeitsrechte würden sich wahrscheinlich bis zur angekündigten Klimakatastrophe hinziehen.«

Dann kam ihm ein Gedanke. »Wenn du Merten kanntest, weißt du vielleicht auch etwas über seine Frauengeschichten.«

Jonny wiegte den Kopf hin und her. »Verheiratet war er mit einer vom Film. Und im Palast gab es so allerlei Gerüchte über ihn und eine Sängerin. Das heißt, sie tanzte auch. Hübsches Mädel. Die hat nachher irgendeinen Arzt geheiratet und ist angeblich nach Amerika. Ich glaube, ich habe sie vor einiger Zeit gesehen.«

Conny wußte vor Überraschung gar nicht, was er zuerst fragen sollte. »Wann und wo hast du sie gesehen?«

Jonny dachte nach. »Möglicherweise sogar im Palast. Natürlich hatte sie ne andere Frisur und ist geliftet – aber ich habe ein Gedächtnis für Gesichter.«

»Weißt du noch, wie sie hieß?«

Jonny schüttelte den Kopf. »Keine Ahnung. Oder doch? Sag mal einen tschechischen Namen . . .«

»Jelena?«

»Ja, so ähnlich. Sie trug aber einen Künstlernamen. So wie

ich. Nur länger. Behauptete übrigens, von spanischen Republikanern abzustammen, die in Moskau im Exil lebten.«

»Davon gab es bei uns in Dresden auch welche.«

»Richtig. Einige davon hat es anscheinend nach Prag verschlagen. Auch der Trotzki-Mörder hat da gelebt.«

Jonny wußte nicht nur über Artisten Bescheid. Draußen war es längst dunkel, als Conny sich von ihm verabschiedete. Er konnte kaum noch die Augen offenhalten. An Jonnys Erzählungen lag es nicht.

24 Abendstunde im Frühherbst

Als Conny seine Wohnungstür aufschloß und das blanke Chaos im Flur gewahrte, war er nahe daran, die Tür von außen zuzuschlagen und irgendwohin zu verschwinden, wo es keine geheimnisvollen Kurzschlüsse und keine abgestürzten Computer, keinen Brandgeruch vermischt mit kaltem Zigarettenmief, keinen Schutt auf dem Fußboden, keine Messerstecher und keine abgebrannten Autos gab. Wohin also?

Außerdem war er zu müde, noch einen Fuß vor den anderen zu setzen. Er drang bis in seine Küche vor, um etwas zu trinken. Im Abwaschbecken warteten die schmutzigen Kaffeetassen und das Frühstücksgeschirr auf ihn. Bei dem Anblick fiel ihn ganz unvermittelt aller Jammer dieser Welt an. Wofür unternahm er das alles? Ließ sich bedrohen, drückte sich in Leichenschauhäusern, muffigen Redaktionsstuben und verräucherten Varietés herum, statt sich arbeitslos zu melden und einmal im Vierteljahr auf dem Arbeitsamt anzutanzen. Weshalb fuhr er nicht Fahrrad und tippte auf seiner alten Maschine endlich den Roman, den er seit zehn Jahren im Kopf hatte?

Er wußte, es war nur die Müdigkeit. Vielleicht auch die plötzliche Gewißheit, daß seine Jugend endgültig vorbei war. Eigentlich mußte er Alice dankbar sein, die es ihm auf so freundliche Weise beigebracht hatte. Er dachte mit einer gewissen Wehmut an ihr Gesicht, das ihm nicht aus dem Kopf ging, und dann an Merten. Ein weiterer nagender Schmerz. Aber er war noch nicht am Ende seiner Ermittlungen.

Als er soweit gekommen war, griente er. Natürlich würde er morgen, wenn er ausgeschlafen war, wieder in die Tretmühle steigen, in den Redaktionen Klinken putzen, sich einen Computer beschaffen ...

Die Klingel über der Wohnungstür schrillte gräßlich. Der viele Kaffee hatte ihn nicht aufgemuntert, nur geräuschempfindlicher gemacht. Er stieß sich vom Herd ab und wankte in den Flur. Der Mensch vor der Tür nahm den Finger nicht vom Klingelknopf. Erbittert riß Conny die Tür auf.

Natürlich! Timm. Wer sonst war so dreist?

»Herr Pingel?« fragte er überflüssigerweise und wies seine Hundemarke vor, als wären sie sich nie im Leben begegnet.

Ihm zur Seite stand ein zweiter, vierschrötiger, der wortlos seinen Fuß in den Türspalt setzte und Conny finster musterte.

»Was wollen Sie von mir?« fragte der unfreundlich. »Noch dazu um diese Zeit! Sie wissen, daß ich Ihnen jede Frage beantworte. Aber nicht, bevor ich mindestens acht Stunden geschlafen haben. Gute Nacht.«

Es war zwecklos. Der Bullige nahm den Fuß nicht weg, und Timm machte ein ziemlich böses Gesicht.

»Wir versuchen seit heute mittag, Sie zu finden. Aus der Redaktion waren Sie schon verschwunden. Und im Palast sind Sie auch nicht aufgetaucht.«

Was war denn in den gefahren? Dazu gehörte schon einiges, ihm in den Redaktionen nachzuspüren. Gut für den Ruf war das nicht.

»Wenn Sie es so genau wissen wollen: Ich war im Leichenschauhaus!« sagte er gehässig.

Die beiden wechselten einen Blick miteinander.

»Na, dann wissen Sie ja Bescheid. Kommen Sie Pingel. Wir haben ein bißchen was miteinander zu bereden.«

»Herr Pingel?« ertönte es im gleichen Augenblick hinter der Tür seiner Nachbarin. »Ist alles in Ordnung oder soll ich die Polizei anrufen?«

Die Brave. Seit sie ihre Tür durch zwei solide Schlösser und ein Stahlblech hatte verstärken lassen, fühlte sie sich sicher in ihrer Festung. Wahrscheinlich glaubte sie, die Russenmafia wolle ihn entführen.

»Schönen Dank, Frau Jatzke«, rief Conny. »Es ist alles in Ordnung.« Und zu den Vertretern der Ordnungsmacht gewandt: »Kommen Sie rein, in Gottes Namen. Aber schleppen Sie mir nicht den ganzen Dreck ins Zimmer.«

Er öffnete einladend die Tür. Timm guckte in den verwüsteten Flur und sagte höflich: »Danke, Herr Pingel. Sie kommen besser mit uns in die Dienststelle.«

Es wurde immer verrückter. »Haben Sie einen Haftbefehl?« schnauzte ihn Conny an. »Ohne den kriegen Sie mich hier nicht raus!«

Timm blieb ganz ruhig. »Zu einer Zeugenvernehmung können wir Sie jederzeit vorladen, Herr Pingel. Alles weitere wird sich herausstellen.«

Conny war echt sauer. Er griff nach seinem Mantel und äußerte keineswegs leise: »Sie haben Erfahrungen mit Zuführungen, wie?«

Timm schwieg und ging vor ihm die Treppe hinunter. Der Bullige blieb zwei Schritte zurück. Im Auto mußte Conny sich neben Timm in den Fond setzen. Da die beiden Polizisten auf kein Gesprächsangebot eingingen, schlief er ein und erwachte erst im Hof in der Keithstraße.

»Was haben Sie die ganze Nacht getrieben, Pingel?« war denn auch die erste Frage, die ihm Timm nach der unvermeidlichen Aufnahme der Personalien stellte. Er hatte Conny in einen größeren Raum geleitet, der für Vernehmungen eingerichtet schien. Ein zweiter Mann kam hinzu, nicht der Bullige, der wahrscheinlich zur Fahndung gehörte.

Conny hätte am liebsten einen Witz losgelassen, als er Timm seinen Personalausweis reichte und gefragt: Wer von euch beiden kann denn lesen?, doch Timm wirkte im Augenblick nicht besonders scherzempfänglich.

So verkniff sich Conny zu sagen: Das geht Sie einen feuchten Dreck an, sondern antwortete etwas höflicher: »Jedenfalls nicht geschlafen, falls Sie das interessiert.«

Er kam sich vor wie im falschen Fernsehkrimi. Gleich würde Timm ihm versöhnlich einen Schnaps anbieten, oder Derrick mit den Basedowaugen guckte rein und äußerte etwas Belangloses, wie es nur einem Drehbuchschreiber einfiel.

Nichts dergleichen geschah. Timm sagte: »Es interessiert mich brennend, Herr Pingel.«

Brennend war ein gutes Stichwort. Wenn der Futter für seine kriminalistische Tätigkeit brauchte – damit konnte er dienen. »Bei mir ist eingebrochen worden«, sagte er. »In der vergangenen Nacht. Sie haben ja gesehen, wie es in meinem Flur aussieht.«

»Hat jemand die Wand durchstemmt?« erkundigte sich Timm mit offenem Hohn.

Conny versuchte, ihm zu erklären, was passiert war. Timm zeigte wenig Aufmerksamkeit.

»Haben Sie Anzeige erstattet? Warum nicht? Was ist gestohlen worden?«

»Ich möchte die Anzeige jetzt erstatten. Gegen Unbekannt.«

Timm hob bedauernd die Achseln. »Nicht unser Ressort, Pingel. Soweit kennen Sie sich doch in den Strukturen aus.«

»Außerdem hat man mich mit dem Messer bedroht und mein Auto in Brand gesetzt.«

Timm sah zu dem anderen hinüber und sagte: »Die primitivste Methode des Versicherungsbetrugs. Wie alt war denn das Prachtstück?«

Conny gab auf. Er konnte zwei und zwei zusammenzählen. Jedes Drumrumgerede machte ihn nur verdächtiger, was immer Timm ihm auch vorwarf. Im Palast mußte wieder etwas passiert sein; dort hatte er Timm zuletzt gesehen. Ein wenig beklommen ging er die Liste seiner Gesprächspartner durch. Nur um einen von denen konnte es sich handeln, wenn Timm ausgerechnet wieder auf ihn gestoßen war. Zum dritten Mal. Zweimal zu viel für den blanken Zufall.

»Also gut«, sagte er. »Mit wem habe ich mich zuletzt gestritten?«

Timm sah ihn lange und aufmerksam an. »Pingel«, sagte er ruhig. »Wir kennen uns jetzt schon ein Weilchen. Die Sache ist nicht annähernd so heiter, wie Sie uns vorspielen möchten. Von Ihrer wahrheitsgemäßen Aussage hängt ab, ob ich Sie an die Mordkommission weiterreiche.«

Conny rieb sich die brennenden Augen und sagte: »Ich möchte etwas trinken. Keinen Kaffee.«

Der zweite Mann brachte ihm einen Becher mit heißem Kakao. Timm wartete, bis er einen Schluck probiert hatte.

»Beginnen wir mit dem gestrigen Abend. Wo haben Sie sich aufgehalten?«

»Im Varieté. Das können Sie morgen früh in der Zeitung lesen.«

»Hat Sie jemand gesehen? Jemand, der sich benennen läßt?«

Conny brauchte nicht lange nachzudenken. »Frau Stovesand«, sagte er. »Ich traf sie zufällig im Hof.«

»Merkwürdig. Davon hat sie uns nichts gesagt. Sie meinte, sie hätte Sie seit über einer Woche nicht gesehen.«

Langsam wurde ihm mulmig zumute. Das Wort *Mordkommission* war geeignet, jeden noch so unschuldigen Menschen zu beunruhigen. Timm hatte ihn in den Redaktionen gesucht und Meike befragt. Er war also ein wichtiger Zeuge. Wenn nichts Schlimmeres, vermutete Timm anscheinend.

»Wir haben nur ein paar Worte miteinander gesprochen. Sie wird sich erinnern.«

»Sonst niemand, der Sie gesehen hat?«

»Doch. Die beiden mitwirkenden Künstler. Jay und Kai. Der eine hat mich von der Bühne aus angepflaumt, mit dem anderen war ich anschließend noch essen.«

»Seinen Namen und seine Adresse?«

Kai hatte ihm eine Karte gegeben. Vergeblich klopfte

Conny seine Taschen ab. »Er tritt jeden Abend im Chamäleon auf«, sagte er matt.

»Und danach? Was haben Sie danach getan?«

Er hatte nicht die geringste Lust, Alice ohne jede Absprache in Timms Ermittlungen zu verwickeln.

»Herr Kommissar Timm«, sagte er deshalb. »Wäre es nicht gescheiter, Sie erklären mir, worum es geht, und ich erzähle Ihnen höchst freimütig alles, was ich darüber weiß?«

»Einverstanden. Nur nicht mit der Reihenfolge. Erzählen Sie mir mal höchst freimütig, was Sie nach dem Restaurantbesuch mit diesem Artisten gemacht haben.«

»Ich habe meine Begleiterin nach Hause gebracht. Genügt Ihnen das?«

»Nicht ganz. Von einer Begleiterin war bisher keine Rede.«

»Sie haben mich nicht danach gefragt.«

Auf Timms Stirn tauchten Falten auf, die nichts Gutes verhießen. »Also wer ist die Frau, und wo wohnt sie?« fragte er ungehalten.

»Das möchte ich Ihnen nicht sagen, bevor ich nicht weiß, worum es überhaupt geht. Vielleicht ist ja die Dame verheiratet und könnte Ärger kriegen.«

Timms Gesicht lief rötlich an. »Versuchen Sie nicht, Katz und Maus mit mir zu spielen, Pingel. Für Sie ist der Name der Frau wichtiger als für mich!«

Sie funkelten sich eine halbe Minute an, dann lenkte Timm ein. »Sagen Sie mir wenigstens, ob es sich um jemand aus dem Friedrichstadtpalast handelt.«

»Ja.«

»Sein Sie vernünftig, Pingel. Nennen Sie mir den Namen.«

»Ich weiß nicht, ob ihr das recht ist . . . Es war ein Mädchen aus der Schwimmgruppe.«

Timm beugte seinen Oberkörper weit über den Tisch. »Alice Jädicke?« Er sagte natürlich Alließ.

»Wenn Sie es wissen, weshalb fragen Sie mich?«

Timm kam hinter dem Tisch hervor, baute sich dicht vor Conny auf, der seitlich neben einem kleinen Tischchen saß, und blickte ihn unverwandt an. »Erzählen Sie«, sagte er. »Alles. Ganz genau. Mit allen Details.«

Connys Magen krampfte sich schmerzhaft zusammen. »Was ist mit Alice?« fragte er tonlos. Der Kakao schien seine Stimmbänder verklebt zu haben.

Timm sah ihn immer noch an. »Sie ist tot«, sagte er. »Aber das wissen Sie ja. Hat man sie Ihnen bei der Rechtsmedizin gezeigt?«

In Connys Kopf drehte sich ein feuriges Rad rasend schnell. Er schloß die Augen. Es wurde nicht besser. Aus weiter Ferne vernahm er Timms Stimme.

»Herr Pingel!«

Jemand rüttelte ihn an der Schulter.

»Herr Pingel, bitte jetzt keine billigen Laienspiele. Wann haben Sie Frau Jädicke zuletzt gesehen?«

»Geben Sie mir ein Glas Wasser«, bat Conny. »Ich bin übermüdet. Und dann . . .« Er rieb sich mit beiden Händen über Stirn und Haaransatz. Vergeblich hoffte er darauf, wach zu werden und den bösen Traum zu unterbrechen.

Timm reichte ihm das Glas, und er trank. Nein, Timm war kein Nachtmahr, und Alice war tot. Es war Timms Job, nichtnatürliche Todesfälle zu untersuchen, und nichts anderes tat er jetzt. Conny trank auch den letzten Schluck. Er fühlte sich wie ausgespien und glotzte Timm hohläugig an.

»Reden Sie endlich«, sagte der. »Wir haben in der Wohnung von Frau Jädicke ein Weinglas mit den Fingerspuren von zwei Personen sichergestellt. Haben Sie dafür eine Erklärung?«

Conny nickte schwach. »Die sind von mir und Alice.«

Timm klopfte ihm auf die Schulter und sagte anerkennend: »Na sehen Sie, Pingel. Es geht doch, wenn Sie wollen.«

25 Versionen

Die Nacht verbrachte Conny in einem Verwahrraum. Wider Erwarten schlief er wie ein Toter, wenn auch von schrecklichen Träumen geplagt. Um sieben weckte ihn ein Wachtmeister mit dem Frühstück. In Qualität und Menge erinnerte es an die Verpflegung eines privat bewirtschafteten Betriebs-Ferienheims an der Ost-Ostsee: drei Scheiben Brot, Marmelade, ein Klacks Butter, je eine dünne Scheibe Käse und Wurst. Auch der Kaffee schmeckte wie in Ahlbeck oder Ahrenshoop.

Solange er die Gedanken an Alice verdrängen konnte, fühlte Conny sich gut. Also etwa zwanzig Minuten lang. Dann überfiel ihn das Elend. Als der Arzt kam, um ihn zu untersuchen, zitterten ihm die Hände. Der Mediziner guckte ihn mehrfach prüfend an. Seinen Antworten, er rauche nicht, trinke kaum Alkohol und nähme niemals Drogen, schenkte der Fachmann sichtlich keinen Glauben. Immerhin hielt er den Delinquenten für haftfähig.

Kurz nach acht saß Conny wieder vor Timm im Vernehmungsraum. Auf dem Gang hatte er sich an einem Beamten mit einem Schäferhund vorbeidrängen müssen. Der Hund reagierte nicht auf den Häftling. Auch die Frau in Jeans und Lederjacke, die vor dem Nebenzimmer saß, nahm keine Notiz von ihm. Ihr Gesicht kam ihm bekannt vor. Wieder einmal ließ ihn sein Personengedächtnis im Stich.

Kommissar Timm sah frisch gewaschen und gefönt aus. Wie aus dem Ei gepellt, hätte man früher gesagt. Nur um die Augen schien er ein bißchen müde.

»Nun wollen wir mal die ganze Geschichte in Ruhe durchgehen, Herr Pingel. Da sind noch allerhand Fragen offen.«

Conny sagte nichts und überlegte, ob es nicht die beste Taktik war, einfach zu schweigen. Was konnte ihm Timm anhängen? Daß er mit Alice aus einem Glas getrunken hatte? Daß er anscheinend ihr letzter Besucher gewesen war? Oder besser: scheinbar. Wenn jemand dem Mädchen etwas angetan hatte, mußte es einen weiteren gegeben haben. Einen, der vielleicht im Schlafzimmer eifersüchtig auf sie gelauert hatte?

Aber wenn das so eindeutig war mit der fremden Hand – weshalb führte dann Timm die Ermittlungen und nicht die Mordkommission?

»Herr Pingel!« mahnte Timm nicht zum ersten Mal. »Wollen Sie bitte meine Frage beantworten?«

»Wiederholen Sie die bitte noch einmal«, sagte Conny. Sein Schweigen war gebrochen.

»Wann haben Sie die Wohnung von Frau Jädicke verlassen?«

»Gegen halb fünf. Ich bin mit der ersten U-Bahn gefahren.«

»Sie besitzen einen Wohnungsschlüssel von Frau Jädicke?«

»Wie kommen Sie darauf? Ich habe die Tür hinter mir zugeschlagen. Die Haustür stand offen.«

»Frau Jädicke ist nicht mit an die Wohnungstür gekommen?«

»Nein.«

»Weshalb nicht? Wenn jemand morgens um halb fünf Ihre Wohnung verläßt – stehen Sie dann nicht auf, um ihn wenigstens bis zur Tür zu begleiten?«

»Sie war im Bad, als ich ging.«

»Hatten Sie sich vorher gestritten?«

»Aber nein. Wir haben uns friedlich eine restliche gute Nacht gewünscht, und ich bin gegangen.«

»Hatten Sie Geschlechtsverkehr miteinander?«

Das geht ein bißchen weit, hätte Conny am liebsten gesagt. Aber Timm würde gerade bei dieser Frage nicht nachgeben.

»Nein«, sagte er deshalb betont und deutlich. »Das müßte auch die Obduktion ergeben.«

Timm maß ihn mit einem schnellen Blick und sagte: »Es gibt Kondome, Herr Pingel.«

Conny dachte an Alices kalten Körper auf dem Metalltisch in dem alten Backsteinbau, und eine Welle von Übelkeit stieg aus seinem Magen auf. Wie lange dauerte das Theater noch?

»Hat jemand Sie gesehen, als Sie gingen?«

»Das glaube ich nicht.« Er dachte nach. »Schräg gegenüber lungerte jemand im Hauseingang rum. Ein übernächtigter Junkie, so sah er jedenfalls aus. Mit einer blauen Umhängetasche.«

»Woraus schließen Sie, daß es sich um einen Drogenabhängigen handelte?«

Conny hob die Achseln. »Er wirkte so. Irgendwie abwesend. Er nahm überhaupt keine Notiz von mir.«

»Welche Verbindungen haben Sie selbst zur Drogenszene?«

»Keine.«

Hatte der Doktor deshalb die Armbeugen so intensiv untersucht und ihm sogar zwischen die Zehen geguckt? »Ich habe nie etwas mit Rauschgift oder anderen Drogen zu tun gehabt. Nicht mal mit Ecstasy. Für die Disko bin ich zu alt.«

»Sie haben auch nie über dieses Thema recherchiert und geschrieben?«

»Nein. Jedenfalls nichts Spezielles.«

»Und doch haben Sie – rein zufällig natürlich – den toten Alexander Senkpiel hinter Ihrem Auto aufgefunden.«

»Nein. Genau betrachtet, hat ihn Frau Stovesand entdeckt. Und nicht hinter meinem, sondern zwischen zwei anderen Wagen.« Und *mein* Auto gehörte mir gar nicht, hätte er noch hinzufügen können, doch wollte er Timm nicht überfordern. Der rückte schon mit einer neuen Überraschung raus.

»Woher bezog Frau Jädicke das Heroin?«

»Frau Jädicke bezog kein Heroin. Sie ist – sie war Sportlerin, falls Ihnen das entgangen sein sollte.«

»Pingel! Sie wollen Journalist sein und wissen nicht, was Sportler alles in sich reinpumpen?«

»Nicht Alice. Sie hatte etwas gegen Doping und Drogen.«

»So gut kannten Sie sich also?«

»Wir haben darüber gesprochen . . .«, sagte Conny nachdenklich. Da sitzt du bei mir auf dem falschen Sofa, hatte Alice gesagt. Welches war das richtige Sofa?

». . . nur ganz allgemein«, fügte er hinzu. Wie gut hatte er Alice wirklich gekannt?

»Sie ist aber an einer Überdosis Heroin gestorben«, teilte Timm nüchtern mit.

Conny starrte ihn an. »Das kann ich mir nicht vorstellen!«

»Ihre Kolleginnen angeblich auch nicht. Und ihre Mutter, mit der sie gestern vormittag verabredet war. Sonst wäre sie nicht so schnell gefunden worden.«

In diesem Augenblick wurde Conny schmerzhaft klar, weshalb ihm das Gesicht der Frau draußen vor dem Nebenzimmer so vertraut vorgekommen war. Es konnte sich nur um Alices Mutter handeln. Verwirrt sah er Timm an. Der sagte väterlich: »Nun packen Sie mal aus, Pingel. Entweder haben Sie mit dem Mädchen eine kleine Orgie veranstaltet und die Sache ist schief gegangen, oder –« Timms Stimme blieb oben.

»Oder was?« fragte Conny voller Unruhe.

»Oder es ist ein Fall für die Mordkommission. Sie können es sich aussuchen.«

»Nein«, sagte Conny sehr bestimmt. »Wir haben weder eine Rauschgiftorgie veranstaltet, noch habe ich ein Motiv, dem Mädchen so etwas anzutun. Auch wenn Sie es nicht glauben: Wir haben uns einfach nur gut verstanden. Mehr nicht. Leider. Als ich ging, war sie müde, aber sehr lebendig.«

Timm hatte wieder diesen Blick eines fachkundigen Zoobesuchers. »Jetzt werde ich Ihnen mal meine Version erläutern«, sagte er und hob den Zeigefinger. »Sie hängen in irgendeiner Weise im Heroingeschäft, Pingel. Im Osten ist das noch nicht so verbreitet. Wir haben allen Grund zu der Annahme, daß jemand versucht, den Handel auch im Friedrichstadtpalast aufzubauen. So viele Musiker, Tänzer, Artisten – das sind doch alles potentielle Kunden. Vielleicht ist der Journalismus eine gute Tarnung, um an die heranzukommen. Alexander Senkpiel war so ein Kunde. Wahrscheinlich sogar ein kleiner Dealer. Er trug ein bißchen was in der Tasche bei sich. Möglicherweise nachträglich reingesteckt. Jedenfalls kam der Onkel dahinter, welche Rolle ausgerechnet sein alter Freund Pingel in dieser Angelegenheit spielte und stellte Sie zur Rede. Das bekam ihm nicht gut, wie wir wissen. Mit dem goldenen Schuß war ihm allerdings nicht beizukommen. Das klappte erst wieder bei ihrer Freundin Puppi, die nicht so recht mitmachen wollte. Oder war es wirklich ein Betriebsunfall? Jedenfalls verpaßten Sie ihr die Nadel, schlossen in aller Ruhe die Wohnungstür ab –«

»Moment!« unterbrach ihn Conny. »War die abgeschlossen?«

»Sagt die Mutter.« Timm war sichtlich unzufrieden mit dem Erfolg seiner logisch aufgebauten Version.

»Dann hat nach mir jemand die Wohnung verlassen und die Tür verschlossen! Ich habe sie nur zugeschlagen. Und zwar ziemlich laut.«

»Also hatten Sie sich doch gestritten.«

»Nein! Die blöde Tür wollte einfach nicht zugehen. Ich mußte richtig Schwung holen.«

Timm sah ihn ein Weilchen schweigend an, dann sagte er: »Das könnte sogar stimmen.«

»Es stimmt! Ich habe keine Veranlassung, Ihnen die Unwahrheit zu erzählen.«

»Die Nachbarin hat zu der von Ihnen angegeben Zeit das Geräusch der Wohnungstür gehört. Als sie durch den Spion guckte, war niemand zu sehen. Sie hörte nur Schritte auf der Treppe.«

»Meine natürlich. Nach dem Krach mit der Tür brauchte ich mir keine besondere Mühe zu geben, mich leise zu verhalten. Im Haus war es ohnehin nicht ganz ruhig.«

»Aber Ihnen ist niemand begegnet.«

»Nein. Das sagte ich bereits.«

»Ihnen ist im Hausflur oder auf der Straße keine junge Frau aufgefallen?«

»Nein.«

Woher kam plötzlich diese junge Frau? Conny fragte danach, und der Kommissar gab ihm tatsächlich, wenn auch zögernd, Auskunft. Die Nachbarin hatte in der Küche ein Glas Wasser getrunken und auf dem Rückweg in ihr Schlafzimmer wiederum Schritte auf dem Treppenpodest vernommen. Durch den Spion sah sie eine blonde Frau, um die sie sich dann nicht weiter gekümmert hatte.

»Nun aber wieder zu unserer Version«, sagte Timm.

Conny, dem inzwischen manches klar geworden war, hob beide Hände. »Das muß Ihnen doch der Köter da draußen verraten haben, daß ich clean bin. Meinetwegen können Sie eine Haussuchung bei mir veranstalten.«

Timms Augen funkelten. »Die Kollegen vom Rauschgiftdezernat sind gerade dabei, Herr Pingel. Wo finden wir übrigens Ihren Wagen?«

Conny verbarg das Gesicht in den Händen. Haussuchung! Das hatte ihm in seiner Bude noch gefehlt. »Timm«, sagte er müde, »wenn Sie mir anschließend keine Putzfrau schicken, verklage ich Sie auf Schadenersatz. Und das Auto steht auf dem Schrottplatz. Es handelte sich um Brandstiftung, wie ich Ihnen gestern abend vergeblich klarzumachen versuchte.«

»Sein Sie mir nicht böse, Pingel. Das alles klingt reichlich wirr. Weshalb sollte jemand Ihr altes Auto anzünden oder in Ihre Wohnung einbrechen? Sie sind doch ein intelligenter Mensch. Haben Sie denn selber eine Erklärung für die Ereigniskette rings um Sie herum?«

»Nein«, sagte Conny bedächtig. »Jedenfalls noch keine vollständige. Vielleicht hängt wirklich alles mit dem Tod von Sascha Senkpiel zusammen, und damit, daß ich für einen V-Mann der Polizei gehalten werde. Jemand fühlt sich – ganz zu Unrecht – von mir bedroht und versucht mit allen Mitteln, mir etwas anzuhängen, nachdem es mit der Einschüchterung nicht geklappt hat.«

Timm schüttelte seinen wohlfrisierten Kopf. »Klingt nicht überzeugend«, sagte er. »Wer sollte das sein?«

Darauf wußte Conny eine Antwort: »Senkpiels Heroinlieferant. Joe Becker hat ihn gesucht und vermutlich auch gefunden. Deshalb mußte er sterben.«

Man sah Timm den Zweifel an. »Und Frau Jädicke?« fragte er.

»Die kannte ihn vermutlich auch ...«, sagte Conny nachdenklich. Wenn er wieder in den Palast kam, boten sich da einige Ansatzpunkte. Zum Beispiel die mysteriöse blonde Frau vor Alices und vor seiner eigenen Wohnungstür ... Vorläufig würde er den Kommissar nicht damit behelligen. Der glaubte ihm sowieso nicht.

Natürlich versuchte Timm, mehr aus ihm herauszufragen. Conny behielt alle seine Vermutungen für sich. Außerdem erlöste ihn das Telefon nach der dritten Frage. So empfand er es jedenfalls. Bis der Kommissar ihn forschend ansah und in den Hörer fragte: »Wo habt ihr das gefunden? – »Fingerspuren?« – »Sonst noch was?« – »Interessant. Guckt euch bitte auch den Flur und die Schlösser genau an.« – »Darüber werde ich mit dem Staatsanwalt reden.«

Er legte auf. Aus seiner triumphierenden Miene schloß Conny, daß die Durchsuchung der Wohnung wenig vorteilhaft für den Mieter ausgegangen war.

»Na«, fragte er, »wieviel Heroin habt ihr bei mir gefunden?«

»Nur ein Beutelchen. Vermutlich Koks. Was sagen Sie nun, Pingel?«

»Es mag selten vorkommen, daß Einbrecher etwas mitbringen, statt zu stehlen. Wollen Sie jetzt bitte meine Anzeige aufnehmen?«

Seltsamerweise schien Timm den Vorschlag zu überdenken. Er kratzte sich über dem Ohr und sagte: »Außerdem ist die Festplatte Ihres Computers gelöscht. Und alle Disketten, bis auf zwei, die in Büchern steckten.«

Conny stöhnte auf.

26 Trauerfeier

Er hatte nicht erwartet, daß ihn die Kripo zu Joes Beisetzung geleiten würde. Außerdem legte er wenig Wert darauf, ausgerechnet bei diesem Ereignis gemeinsam mit Timm aufzutreten. Das sah der Kommissar ein und ließ ihm einen Vorsprung beim Gang über den Friedhof. Für einen Haftbefehl hatte es ohnehin nicht gereicht. Auf dem Kokstütchen fand sich nicht die Spur eines verwertbaren Fingerabdrucks, und Timm schien bemerkenswerterweise geneigt, Connys Version der Kausalkette der eigenen vorzuziehen. Zumindest vorläufig. Er hatte Conny nahegelegt, Berlin nicht zu verlassen. Wäre Conny die Personallage der Kripo nicht bekannt gewesen, hätte er mit einer Dauerbeschattung gerechnet. Um die durchzusetzen, waren weder er noch Timm bedeutend genug.

Vor der Feierhalle waren bereits mehr Leute versammelt als hineinpaßten. Conny sah eine Menge bekannte Musiker und begrüßte etliche von ihnen. Noch immer kamen welche dazu. Die Palastleute stellten eine zweite große Gruppe oder vielmehr mehrere kleinere Grüppchen. Frau Fechtenberg wirkte sehr elegant in ihrem dunklen Kostüm. Conny trug wieder mal keinen Schlips und kein einziges dunkles Kleidungsstück. Um in der verwüsteten Wohnung vorbeizufahren, war es zu spät gewesen. Für sein letztes Geld hatte er in der Friedhofsgärtnerei einen großen Blumenstrauß erworben. Der schien Frau Fechtenberg mit seinem sportlichen Aufzug zu versöhnen. Sie tat jedenfalls, als freue sie sich, ihn zu treffen und stellte ihm einen Herrn von der Direktion vor, der ihn kritisch musterte. Glücklicherweise winkte ihm Gina von weitem zu, und er entschuldigte sich bei der PR-Managerin.

Neben Gina erkannte er Karla wieder, Saschas Mutter, ganz in Schwarz und zum Fürchten geschminkt. Er drückte ihr und zwei, drei Umstehenden die Hand und murmelte sein Beileid. Wie es sich für eine Beerdigung gehörte, fiel ein feiner Nieselregen.

»Trauerfeier Hansjoachim Becker«, rief der Türsteher. Alle setzten sich in Bewegung. Conny ließ sich abdrängen. Während er sich nach Frau Fechtenberg umsah, ging plötzlich Jakob Seidler an seiner Seite. Sie saßen denn auch zusammen in einer der letzten Bänke. Hinten standen die Trauergäste in Zweierreihen. Noch immer traf der eine oder andere Musiker ein. »Die kommen auch zur eigenen Beerdigung zu spät«, vermutete Jakob.

Timm hatte sich in einer Ecke plaziert, aus der er die gesamte Trauergemeinde im Blick hatte. Die Palastleute betrachteten ihn argwöhnisch.

Conny haßte Trauerfeiern. Er ging nur hin, wenn der Verstorbene ihm wirklich nahegestanden hatte, und war jedesmal um so mehr erschüttert. Die dumpfe, ein wenig unsicher gespielte Orgel, die feierlich-unzutreffenden Worte eines Berufsredners, der nichts von Joes Musikerdasein wußte, die geschmacklosen Anspielungen auf den freiwilligen Tod des zu früh Dahingegangenen konnten seine Trauer um Joe nicht schmälern, die in Wahrheit ein tiefer Schmerz um Alice war.

Jakob, der seine Tränen bemerkte, während sie dem Sarg auf dem verschlungenen Weg zum Grab folgten, sagte: »Ich wußte nicht, daß Joe dir so nahestand.«

»Ich auch nicht«, erwiderte Conny.

Nach der Zeremonie am Grab verließ er gemeinsam mit Jakob den Friedhof. Vergebens hatte Gina versucht, ihn zum engeren Kreis der Hinterbliebenen heranzuwinken. Er war nicht in der Stimmung, sich mit Joes verheulter Schwester zu unterhalten. Obwohl es ihm um Gina leid tat. Frau Fechtenberg konnte er nirgends entdecken, und Timm schien verschwunden zu sein, ohne an seinen Fahrgast zu denken.

»Ich habe noch mal über unser Gespräch nachgedacht«,

sagte Jakob. »Erstens habe ich dir was mitgebracht.« Er holte ein zusammengefaltetes Blatt aus der Tasche.

Conny überflog es im Gehen. Das Gutachten eines Ratsmaurermeisters Max Schulz vom Januar 1938, in dem von *minderwertigem Baugrund* und *besonderen Fundamentierungsmaßnahmen* die Rede war und darauf hingewiesen wurde, daß *immer die Gefahr besteht, dass erhebliche Schäden auftreten, sobald in der Nachbarschaft umfangreiche Bauvorhaben zur Ausführung gelangen, welche mit nennenswerten Grundwasserabsenkungen verbunden sind.*

»Danke«, sagte Conny. Waren die Erbauer des Handelszentrums und der Charité dümmer gewesen als der Ratsmaurer Schulz oder war der alte Palast doch bewußt geopfert worden?

Das konnte auch Jakob nur vermuten. »Den Bunker haben sie übrigens an der Ecke gebaut, weil die Schutzpolizeikaserne auf dem Platz vor dem Deutschen Theater schon bei den Nazis unter Denkmalschutz stand. Davon ist keine Spur geblieben.«

»Und zweitens?« fragte Conny. »Du hattest erstens gesagt.«

»Zweitens ist mir gerade ein Buch über Mordfälle in der DDR in die Hände gefallen. Ich habe daraus drei Sätze abgeschrieben.« Wieder kramte er in seiner Tasche und zog einen schmalen Papierstreifen ans trübe Tageslicht. »Der Paragraph 213 Strafgesetzbuch – ungesetzlicher Grenzübertritt – hatte auch Auswirkungen auf die Verschleierungstechniken bei Tötungsdelikten. So konnte das Verschwinden eines erwachsenen Menschen viel überzeugender begründet werden, als durch andere Kaschierungen. Für nahezu die Hälfte der verschleierten Tötungsdelikte traf in der DDR diese Begehungsweise zu!«

Den letzten Satz las Jakob mit besonderer Betonung. »Fällt dir was auf?« fragte er.

»Ja. Sein Vater behauptet aber, es sei ein Unfall gewesen.«

»Sein Vater? Hast du mit dem gesprochen?«

Conny nickte. »Anschließend war ich an Mertens Grab.«

Jakob blieb stehen und hielt ihn am Ärmel fest. »Und das sagst du so ruhig?«

»Entschuldige bitte. Aber es ist der vierte Todesfall, mit dem ich in den letzten Tagen konfrontiert worden bin. Oder der erste –«

Er stockte, als er das aussprach. Der erste in einer Reihe von vier? Gab es dafür mehr als eine dunkle Ahnung, über die nicht nur Timm schallend lachen würde? Sie haben zu viel Phantasie, Pingel! Frau Fechtenberg würde vermutlich feststellen: Wir befinden uns hier in keinem französischen Schauerroman über die Pariser Oper, Herr Pingel.

Jakob wartete auf eine Erklärung. Vergeblich. »Weißt du noch, wo diese Verena gewohnt hat, bevor sie zu Merten zog?« wollte Conny wissen.

»Sie wohnte gleich neben dem Palast. Das Zimmer hat sie zu Mertens Ärger nie aufgegeben. Da konnte sie nämlich in aller Ruhe ihren Doktor empfangen, wenn Merten nicht in der Gegend weilte.«

»Erinnerst du dich nicht genauer? Du bist doch in der Gegend groß geworden.«

»Na sicher. Die Artisten haben dort überall gewohnt. Nicht in Hotels. In möblierten Zimmern oder ehemaligen Pensionen. Bei uns im Haus existierte sogar eine Artistenagentur.«

Eine ganze Weile schritt Jakob wortlos neben ihm her, dann sagte er: »Einmal habe ich sie zusammen mit Merten abgeholt. Es muß in dem zurückgesetzten Eckhaus gewesen sein.«

»Und in welcher Etage?«

Jakob lachte grimmig. »Sei zufrieden, daß es nicht die andere Ecke zur Reinhardtstraße war. Die wurde nämlich abgerissen, um die Statik für den Palast zu verbessern.«

Sie waren inzwischen an der Straßenbahnhaltestelle angekommen. Vergeblich kramte Conny nach einem Fahrschein oder Geld. Er fand noch eine Mark.

»Kannst du mir vielleicht was pumpen?« fragte er Jakob, der seine Bemühungen bemerkt hatte.

»Das zeichnet den Erfolgsjournalisten aus«, entgegnete Jakob. »Noble Blumen für tote Kumpels und anschließend arme Rentner anschnorren.«

Er wühlte in seiner Geldbörse und reichte Conny einen Fünfzigmarkschein. Der hatte weniger erwartet und steckte das Geld dankend ein.

»Wenn du die Wirtin noch lebend antriffst, spendier ihr auch ein paar Blumen«, riet ihm Jakob. »Sie muß damals schon über siebzig gewesen sein. Ich glaube, es war im zweiten Stock links.«

27 Madame Giry

In der Straßenbahn konnte Conny in Ruhe das Glück auskosten, Timm entkommen zu sein. Um es nicht zu gefährden, schien es ihm zweckmäßiger, so spät wie möglich an den Ort zurückzukehren, den er bis vor kurzem als sein Zuhause bezeichnen konnte. Der Umweg über die Friedrichstraße war auch aus diesem Grund sinnvoll. Der wirre Schienenersatzverkehr kostete ihn zusätzliche Zeit. Conny hatte es nie für möglich gehalten, daß eine Straße langsamer als unter sozialistischen Verhältnissen zu rekonstruieren wäre. In Berlin lieferte die Marktwirtschaft dafür seit Jahren an allen Ecken und Enden Beweise.

Irgendwann gelangte er dennoch in die Reinhardtstraße, aß in einem chinesischen Imbiß Nudeln mit Hühnerfleisch und fühlte sich nach einer Cola für weitere Ermittlungen gewappnet.

Die von Jakob genannte Wohnung im zweiten Stock des alten Hauses stand leer. Er stieg eine Treppe höher und fand auch hier nur handgeschriebene Namensschilder, die nicht auf Alteinwohner deuteten. Pech gehabt.

Der alte Kasten roch nach Sauerkraut und Bohnerwachs, nach feuchtem Staub und abblätterndem Putz. Die Treppe knarrte beängstigend. Im ersten Stock links verriet ein altertümliches Messingschild über der Klingel, daß Th. Gebauer seit mehr als fünfzig Jahren hier wohnen mußte. Darunter hatte ein fahrender Künstler seine Visitenkarte mit einem Reißnagel befestigt.

Conny besah beide Schilder und klingelte. Erst nach einer ganzen Weile vernahm er ein Geräusch hinter der Tür. Eine alte Frau rief mit kräftiger Stimme: »Ich komme!« und rasselte mit dem Schlüsselbund.

Frau Gebauer war ein krummes Weiblein in unbestimmbarem Greisenalter, mit wasserhellen Augen und so großen Ohrläppchen, wie sie nur bei alten Menschen vorkommen. Sie blickte Conny aufmerksam an und fragte: »Ja, bitte, mein Herr?«

Conny stellte sich vor, ohne seinen Beruf zu erwähnen, und erkundigte sich, ob Frau Gebauer Zimmer an Artisten und Künstler vermiete.

»Wer hat Sie denn empfohlen?« wollte Frau Gebauer wissen.

»Ich glaube, Jonny erwähnte Ihren Namen . . .«, log Conny und traf ins Schwarze. Die alte Frau verzog den Mund zu einem Lächeln und sagte: »Der ist unsterblich, wie? Na, dann kommen Sie mal rein.«

Der düstere Flur glich dem Ausstellungsraum einer von Jonny zusammengetragenen Zirkus- und Varietésammlung. Plakate und Dutzende von Fotos überzogen alle Wände, deren Originalanstrich darunter nicht mehr zu erkennen war.

Frau Gebauer führte ihn in ihr Wohnzimmer. Die Wände unterschieden sich nur unwesentlich von denen im Flur. Auf einem alten Vertiko thronte als einziges Zugeständnis an die modische und technische Entwicklung der letzten sechzig Jahre ein Farbfernseher.

»Möchten Sie einen Kaffee?« fragte Frau Gebauer.

»Nein, danke.« Conny erinnerte sich an das Getränk, das seine Großmutter aus gut abgelagerten Bohnenbeständen herzustellen pflegte, und verspürte nicht den geringsten Appetit darauf.

Die alte Frau bot ihm einen Platz auf dem weinroten Samtsofa an und setzte sich ihm gegenüber in den einzigen Sessel. »Mit was für einer Nummer treten Sie denn auf?« fragte sie. »Sie sehen gar nicht wie ein Artist aus.«

»Ich bin auch keiner«, gab Conny zu. »Aber . . .«

Frau Gebauer hob gebieterisch die Hand. »Keine unnötigen

Entschuldigungen. Wenn Jonny dich schickt, ist das in Ordnung. Ich habe jahrelang nichts von ihm gehört.«

Conny sagte wahrheitsgemäß: »Es geht ihm gut.« Fasziniert sah er Frau Gebauer zu, die sich ein schwarzes Zigarillo ansteckte, ihm auch eins anbot, und genießerisch zu paffen begann.

»Das ist das einzige Laster, das ich mir noch leiste«, sagte sie. »Außer dem Kaffee natürlich. Und ab und zu ein guter Kognak.«

Conny leistete im stillen Abbitte. Wahrscheinlich war es ein Fehler, ihren Kaffee abzulehnen.

»Also Sie sind kein Artist, und Sie suchen trotzdem ein Zimmer.«

»Ja. Das heißt: nein. Ich suche eigentlich jemanden, der hier seit Jahren Zimmer vermietet.«

Sie nahm den Zigarillo aus dem Mund und starrte Conny an. »Sie sind von der Steuer?!«

»Aber nein! Es geht um eine reine Privatangelegenheit. Ich suche – » Er suchte zunächst einmal nach Worten. »Ich suche die Freundin eines Freundes. Sie hat hier im Haus gewohnt.«

Die alte Frau paffte vor sich hin und schien nicht sonderlich berührt von der Mitteilung. »Bei mir?« fragte sie.

»Haben denn noch mehr Leute hier im Hause Zimmer vermietet? Über Ihnen zum Beispiel?«

»Sie meinen den Schmidt, die olle Tunte? Oder sind Sie etwa auch . . .?«

Sie betrachtete ihn aufmerksam und nahm einen neuen Zug aus dem Zigarillo.

Conny winkte ab und erkundigte sich, wie lange der alte Schmidt über ihr gewohnt habe.

»Sein Leben lang. Er war Ankleider im Ensemble. Und hatte dauernd Krach mit den jungen Kerlen.« Den letzten Satz sprach sie sehr geziert. »Er ist schon drei oder vier Jahre tot. An Frauen hat er selten vermietet.«

»Es geht um eine Tänzerin vom Friedrichstadtpalast . . .«

Bei diesen Worten leuchteten die hellen Augen der alten Frau auf. »Da sind Sie bei mir richtig«, sagte sie. »Der Palast war mein Zuhause. Bis zur letzten Vorstellung habe ich da gearbeitet. Am 29. Februar 1980. Dann durfte ich aus meinem Fenster hier zugucken, wie sie das Haus abgerissen haben. Es war, als würden sie mir das Herz aus dem Leibe reißen. Und was ist draus geworden? Ein stinkiger Parkplatz! Dabei hatten sie uns ein Kulturzentrum versprochen wie das Pompidou in Paris. Waren Sie mal in Paris?«

»Ja«, sagte Conny. Er beglückwünschte sich zu seinem eigenen Spürsinn. »Als was haben Sie denn im Palast gearbeitet?«

Frau Gebauer lachte und nahm einen langen Zug aus dem Zigarillo. »Sind Sie sicher, daß Sie keinen Kaffee wollen oder trinken Sie wenigstens einen Kognak mit?«

Die Frage beantwortete sie nach dem ersten Schluck Osborne. »Fragen Sie mich lieber, als was ich im Palast *nicht* gearbeitet habe. Als Direktor nämlich. Sonst habe ich so ziemlich überall die Nase reingesteckt. Zum Schluß als Billeteuse und ganz zuletzt noch an der Garderobe.«

Madame Giry, ging es Conny durch den Kopf. Es war ihm beinahe ein bißchen unheimlich. Er sagte: »Da müssen Sie doch wahnsinnig viel erlebt haben, in all den Jahren.«

»In fünfzig Jahren. Das kann man wohl sagen. Die Zeit vorher gar nicht mitgerechnet, wo meine Schwester schon bei Carrell getanzt hat. Das muß ab vierundzwanzig gewesen sein. Zusammen mit den Tiller-Girls ist sie aufgetreten, mit Wilhelm Bendow und Claire Waldoff. Aus New York war eine richtige Jazzband da. Dazu die Musik von Rudolf Nelson und Ralph Benatzky. Später nannten sie ihn nur Benutzky, weil er manches wohl nur geschickt bearbeitet hat. Ich habe jedenfalls die erste Carrell-Revue mindestens zehn Mal gesehen, und für mich gab es nur einen Beruf: Tänzerin. Es hat dann auch geklappt. Vielleicht, weil meine Schwester was mit dem richtigen Kerl angefangen hatte – aber das war mir egal. Ich stand auf den Brettern, die die Welt bedeuten.«

»Dann haben Sie noch Max Reinhardt erlebt?« fragte Conny und im gleichen Augenblick fiel ihm Jakobs Prophezeiung bezüglich der alten Mimen und der alten Genossen ein.

»Na, Sie! Max Reinhardt! Bei der Premiere von *Hoffmanns Erzählungen* saß ich in der Gondel, die aus der Bühne gedreht wurde, weil ein Ruder stecken geblieben war. Wir zitterten sowieso schon alle. Bei der Premiere seinerzeit in Wien war das Ring-Theater abgebrannt, und Sie wissen ja, wie abergläubisch Schauspieler sind! Ach, das war eine Aufführung . . .«

Sie goß die beiden Gläser randvoll mit Osborne und zündete sich ein neues Zigarillo an. »Interessiert Sie der alte Quatsch wirklich?« erkundigte sie sich. »Bei mir müssen Sie nicht aus Höflichkeit zuhören.«

Conny erzählte ihr von seiner Serie. Er hatte schon fast vergessen, weshalb er eigentlich hierher gekommen war. Lotte Gebauer war eine ebenso gute Quelle wie Jonny. Und sie kannte den alten Bau an der Panke viel länger als der. »Paule Graetz, der spielte auch in Hoffmanns Erzählungen, der fragte eines Tages: *Sagen Se mal, kenn' Se ma ma den nächsten Weg zur Probe vorschlagen?* So ein verbauter Kasten war das.« Sie lachte. »Es gab da noch so einen Witz, aber der ist nicht ganz stubenrein . . . Wo zwei Freunde im Palast sitzen und der eine muß mal ganz nötig. Also geht er los und sucht die Toiletten. Man konnte sich da wirklich leicht verlaufen. Also: Er findet den Lokus nicht, rennt überall rum und kommt schließlich in einen großen, hell erleuchteten Raum, wo mittendrin eine Vase steht. Er sieht sich um – kein Mensch zu sehen. Er erledigt sein Geschäft in diese Vase und findet mühsam zu seinem Platz zurück. Na, sagt er zu seinem Freund, wie war das Programm inzwischen? Ach, sagt der. Nach dem Jongleur waren zwei Radfahrer dran – und dann kamst du ja schon mit der Vase . . .«

Conny amüsierte sich und versprach ihr, noch einmal mit

einer Fotografin wiederzukommen, und Lotte erzählte ihm dafür von den herben Jahren im *Theater des Volkes.*

»Das wurde immer schlimmer. Wir durften um Gottes willen nicht zuviel Bein zeigen. Die waren prüde wie die Russen nach dem Krieg. Sogar der Ausschnitt mußte mit Tüll verhüllt werden. Einmal haben sie der Marion Spadoni eine Nummer verboten, bei der die Mädchen als aufgezäumte Pferdchen über die Bühne trabten. Begründung: *Eine deutsche Frau hat keinen Schwanz!* Das waren die KdF-Theater der Nazis. Bei den Russen ging es dann nahtlos weiter mit dem Reingerede. Am Abend vor der Premiere fand immer die Zensurabnahme statt. Die Texte mußten vorher in Deutsch und Russisch eingereicht werden. Am schlimmsten war das deutsche Kulturamt. Da saß ein gewisser Bork, ein besonders übler Stänker. Und Otto Winzer, der später Außenminister wurde. Die haben der Marion dauernd zusätzliche Parteiveranstaltungen aufs Auge gedrückt. Kostenlos. Obwohl wir ein Privattheater waren. Jedenfalls, bis sie die Marion auf die kalte Tour enteignet haben und ihren eigenen Parteifritzen einsetzten.«

»Sie meinen Nicola Lupo?«

»Aber nein. Der war künstlerischer Leiter. Ein Italiener aus Rumänien mit russischen Vorfahren. Das war bei den Artisten ganz normal. Der eigentliche Kommandeur war ein gewisser Schwenkner. Der mischte sich in alles ein und schubste auch den ersten Spielleiter und den Inspizienten aus dem Amt. Mir wäre es beinahe auch an den Kragen gegangen. Da bin ich dann erst mal in die Requisite abgetaucht. Unter dem nächsten Direktor durfte ich wieder richtig mitmachen. Der kam vom Rundfunk und hatte was für Frauen übrig . . .«

Lotte Gebauer verlor sich in ihren Erinnerungen. Sie wußte tausend Anekdoten und Schnurren. Draußen glänzten die Lichter über der Spree. Die Schachtel mit den Zigarillos war leer und die Flasche Osborne nur noch halbvoll.

Conny besann sich auf seinen ursprünglichen Besuchsgrund. »Hat hier Ende der siebziger Jahre mal eine Tänzerin aus dem Palast gewohnt? Sie hat auch gesungen. Wahrscheinlich eine Tschechin.«

»Die Verotschka meinen Sie? Eigentlich hieß sie ja Jelena, aber das paßte ihr nicht. Sie behauptete immer, ihr Vater sei Spanier, und sie hieße eigentlich Juanita. Das haben die tschechischen Behörden nicht als Namen anerkannt. Der Vater hat angeblich beim Radio gearbeitet und die Mutter am Theater in Prag. Aber irgendwann hat sie sich doch einen spanischen Paß besorgt. Die verstand es, jeden einzuwickeln, wenn er nur entfernt wie ein Mann aussah. Weshalb fragen Sie nach ihr?«

»Sie war mit einem meiner Freunde liiert. Ich wüßte gerne, was aus ihr geworden ist.«

Lotte Gebauer lachte. »Mit wem war Verotschka nicht liiert? Sie hatte einen ziemlichen Verschleiß. Manchmal ging es hier zu wie im Taubenschlag. Aber sie hat es immer hingekriegt, daß die Kerle sich nicht gegenseitig in die Quere kamen. Jedenfalls meistens. Nur einmal hat es einen Riesenkrach gegeben, zwischen einem, der glaubte, ihr Verlobter zu sein, und dem Doktor, den sie dann geheiratet hat. Das war so ein ganz Feingemachter. Mir gefiel der andere besser. Obwohl das der Sohn von einem hohen Bonzen war.«

»Haben Sie jemals wieder etwas von Jelena gehört?«

Die alte Frau stand auf und zog das Vertikofach auf. Hineinblicken konnte sie nicht, förderte aber mit großer Sicherheit einen Packen Briefe und Ansichtskarten zutage, den sie durchzublättern begann.

»Sie hat mir ein paar Mal aus Amerika geschrieben. Aus Kalifornien. Aber immer ohne Absender. Und einmal aus Spanien. Hier ist die Karte.«

Das Farbfoto zeigte die Stierkampfarena von Malaga. Der Stempel war undeutlich. Die Jahreszahl begann mit einer 9.

Liebe Lotti! Die beßten Grüsse aus dem sonnigen Espana sendet deine J.

»Danach haben Sie nichts mehr von ihr gehört?«

»Doch, doch. Sie hat mich angerufen. Das ist noch gar nicht lange her. Sie meinte, sie würde sich vielleicht sogar mal sehen lassen. Aber sie ist nicht gekommen.«

»Von wo hat sie angerufen?«

»Das weiß ich nicht. Sie hat nur gelacht und gesagt, ich würde schon sehen.«

»Können Sie sich an Jelenas Familiennamen erinnern? Und vielleicht an ihren Geburtstag?«

Lotte Gebauer schüttelte den Kopf. »Das läßt doch nach bei mir. Ich werde nächsten Monat achtundachtzig. Ich kann Ihnen heute noch sagen, daß Franz Dworsky der technische Leiter im Palast war oder Vera Nikolajewa die Prinzessin mit der goldenen Rose spielte – aber wie mein jetziger Mieter heißt oder Jelena . . .«

Plötzlich aber fiel ihr doch etwas ein. »Gucken Sie mal da oben in den Kasten. Sie sind größer. So ein grünes Heft muß da liegen. Das Hausbuch. Ich war doch so etwas wie eine Beherbergungsstätte und mußte das für die Polizei führen. Oder für andere. Darum sollten wir es nachher abgeben. Denen habe ich was gehustet.«

Conny zog das Heft unter einem Stapel von Zeitungsausschnitten hervor. Frau Gebauer schlug es auf. Von Jelena Novakova aus Praha, geboren am 20. August 1951 in Bolina stammten mehrere Einträge. Zwischen 1976 und 1982 hatte sie immer wieder bei Lotte gewohnt, zuletzt als J. Novakova-Gonzalez. Abgemeldet am 10. Dezember 1982 nach Berlin NO 55, Pasteurstraße.

»Da wohnte der Doktor. Zu dem ist sie nach der Hochzeit gezogen.«

Conny bedankte sich. »Sie haben mir sehr geholfen, Frau Gebauer. Wegen der Fotos rufe ich Sie vorher an.«

»Ja, ja«, sagte die alte Frau. Das viele Reden schien sie doch angestrengt zu haben. »Was ist denn nun mit dem Zimmer?«

wollte sie wissen, schlug sich dann aber mit der Hand auf den Mund. »Schon gut«, sagte sie. »Ist nichts, wenn man zu alt wird . . .«

»Sie haben sich doch prächtig gehalten«, lobte Conny.

Sie brachte ihn zur Tür und wies im Flur noch auf das eine und andere Foto aus ihrer Karriere hin. »Haben Sie denn nun alles erfahren, was Sie für Ihren Artikel brauchen?« erkundigte sie sich besorgt.

Conny hielt schon ihre schmale Hand in seiner Pranke. »Haben Sie mal was von einem Toten im Palast gehört?« fragte er, und zu seiner Überraschung rief sie sofort: »Natürlich! Das war ein Schreck! Ich sehe ihn noch vor mir, den armen Kerl, wie er da morgens im Gang lag. Mausetot. Wer weiß, was der getrunken hatte.«

»Wann war denn das?«

»Na fünfundvierzig. Ein russischer Soldat in Uniform. Was glauben Sie, was wir für eine Angst hatten, wo doch vorher schon mal eine Pistole im Statistengang gefunden worden war. Das gab immer Ärger mit den Russen. Eine schreckliche Zeit. Sein Sie froh, daß Sie so was nie erleben mußten . . .«

28 Nachhaltige Belehrung

Das Warten auf zugigen U-Bahnhöfen auf den ausgedünnten städtischen Nahverkehr und die latente Bedrohung durch Kontrolleure entsprachen nicht Connys Geschmack. Dennoch fuhr er, angestachelt von seinem Erfolg bei Lotte Gebauer, vom Bahnhof Friedrichstraße zum Nollendorffplatz und fand das richtige Haus auf Anhieb wieder. Ein wenig beklommen stieg er in den zweiten Stock. Die Tür mit dem Namensschild *Jädicke* war versiegelt. Er hatte es nicht anders erwartet. Zögernd klingelte er an der Tür gegenüber. Lange geschah nichts. Dann fragte eine Frauenstimme, wer da sei.

Conny, mit dem Delikt der Amtsanmaßung durchaus vertraut, antwortete mit einem Satz, in dem die Wörter *Kriminalpolizei* und *Ihre Aussage* vorkamen.

Die Frau öffnete die Tür. Zu Connys Überraschung war sie höchstens in seinem Alter. »Das ist ja wie im Fernsehkrimi«, sagte sie neugierig. »Ich habe doch schon alles zu Protokoll gegeben.«

»Ja eben«, entgegnete Conny. Er wollte es auf keine längere Diskussion ankommen lassen. Irgendwann fiel ihr vielleicht ein, sich nach seiner Dienstmarke zu erkundigen.

»Es geht lediglich um die Beschreibung der Frau, die Sie heute morgen gesehen haben. Sie war blond?«

»Gefärbt, wenn Sie mich fragen. Es guckten so platinblonde Strähnen unter dem Kopftuch vor. Das Gesicht habe ich ja nicht gesehen.«

»Und wie war sie gekleidet?«

Die Frau hob die Schultern. »Wollen Sie nicht doch reinkommen?« fragte sie.

»Nein, danke. Ich muß noch andere Aussagen überprüfen . . .«

»Das arme Mädel. War immer so nett und fröhlich. Und ihr Freund sah auch sehr nett aus, wenn er auch viel älter war als sie.«

»Sie haben ihn öfter gesehen?«

»Ja, wie ich schon sagte. Ein dunkelhaariger Mann, so um die fünfunddreißig. Gutaussehend. Mittelgroß . . .«

»Die Frau heute morgen – wie groß war die?«

Sie zögerte. »Auch mittelgroß – für eine Frau. Jedenfalls nicht klein. Sie trug irgendeinen dunklen Übergangsmantel. Nichts Elegantes. Und dazu diese unpassende Tasche.«

»Würden Sie bitte die Tasche noch einmal beschreiben?«

Sie wurde allmählich ungeduldig. »Das habe ich alles längst gesagt. Eine ganz gewöhnliche Umhängetasche. Ungefähr so groß.« Sie zeigte mit beiden Händen einen knappen halben Meter. »Und dunkelgrün. Oder blau. Das konnte ich in dem Schummerlicht wirklich nicht genau erkennen.«

Auf der langen Rückfahrt fand Conny genügend Zeit, über die Ergebnisse seiner Recherchen nachzudenken. Er wäre sogar bereit gewesen, mit Timm darüber zu reden. Aber so spät am Abend saß der nicht mehr in der Keithstraße. Außerdem würde der ihm nicht glauben.

Er war sehr zufrieden mit dem Erfolg dieses Abends, als er endlich in den vertrauten Mief des heimatlichen Treppenhauses eintauchte. Von der gewissenhaften Kriminalpolizei hätte er erwartet, sie würde seine Wohnungstür ordentlich verschließen. Nebenher fiel ihm auf, daß es im Flur stärker nach Zigarettenrauch roch als jemals zuvor. Als er an der offenen Küchentür vorbeiging und im Augenwinkel einen Schatten bemerkte, war es zu spät. Ein Kerl umklammerte seinen Hals von hinten und drohte: »Halt's Maul, sonst bist du alle!«

Conny ließ sich mit seinem ganzen Gewicht fallen. Den Angreifer erschütterte das nicht. Der schlug ihm brutal in die Nierengegend, drückte ihm mit dem anderen Arm die Luft ab und schob ihn mit derben Stößen ins Balkonzimmer. Die Schreibtischlampe flammte auf und leuchtete ihm ins Gesicht.

»Da haben wir ja unseren ungehorsamen Freund«, sagte eine Stimme mit einem starkem ausländischen Akzent, den Conny spontan für unecht hielt. So sprachen die Schurken in billigen Synchronfassungen. Immerhin nahm er das noch wahr. Er krümmte sich. Seine linke Niere schmerzte höllisch. Der Mann hinter ihm stieß ihn zu Boden.

Der falsche Ausländer hinter dem Schreibtisch richtete den Lichtkegel auf ihn und fragte: »Woher kommst du, mein Freund? Du hast uns lange warten lassen.«

Conny bemühte sich, trotz seiner Schmerzen, das Gesicht hinter der Lampe zu erkennen. Er sah nur die Schuhe unter dem Schreibtisch. Rechts an der Wand, vor dem Bücherregal, stand noch jemand. Er trug blankgeputzte Stiefeletten und schwarze Röhrenhosen.

»Antworte!« bläkte der Synchronschurke. Sein Exekutor trat Conny auffordernd in die Rippen.

»Ich war zur Beerdigung«, ächzte Conny. »Und hinterher in einer Kneipe ...«

»Beerdigung ist sehr gut! Löst alle Probleme. Auch für dich, mein eigensinniger Freund!«

Conny legte sein Gesicht auf die Auslegware und schloß die Augen. Was gab es gegen drei Gewalttäter schon auszurichten.

»Schlaf nicht ein! Noch nicht! Erzähl erst, weshalb du überall herumschnüffelst. Wer bezahlt dich?«

Die Schmerzen waren zu groß, um lachen zu können. »Mich bezahlt keiner«, sagte er keuchend. »Rechts im Schubfach liegen meine Kontoauszüge.«

»Du bist nicht nur sehr mutig, sondern auch sehr dumm! Dabei haben wir dich gewarnt. Nicht wahr?«

Damit war offensichtlich der Mann hinter Conny gemeint. Mühsam wandte Conny den Kopf. Es war ohne jeden Zweifel der Bursche, der ihn am Boxhagener Platz angerempelt und seinen Jackenärmel aufgeschlitzt hatte.

»Erzähl uns bißchen, was du herausgefunden hast. Na los!«

Wieder ein aufmunternder Fußtritt. Noch vor vierundzwanzig Stunden hätte er arglos geantwortet: *Nichts.* Jetzt brachte ihm diese Antwort einen schmerzhaften Tritt gegen das linke Knie ein.

Zum Überlegen blieb ihm nicht viel Zeit. Stellte er sich taub, würde er weiter mißhandelt. Sprach er aus, was ihm in den letzten Stunden mehr und mehr klar geworden war, erging es ihm kaum besser. Im Gegenteil. Er beschloß, alles auf eine Karte zu setzen und sagte: »Ich habe ihn erkannt.«

»Wen hast du erkannt?«

Sieh an, der Akzent fehlte fast vollständig. Der Mann schien geschockt.

»Er war als Junkie verkleidet und stand gegenüber im Hauseingang.«

Pause.

Dann sagte der hinter der Lampe: »Er ist ein Idiot. Genau wie du. Zu nichts zu gebrauchen. Bringt nicht einmal ein Auto zur Explosion. Dazu diese Amateurgeschichte mit dem Mädchen. Du wirst ihn vergessen. Hast du es der Polizei erzählt?«

Was sollte er darauf antworten? Sagte er ja, brachten sie ihn möglicherweise aus Rache um. Verneinte er, entledigten sie sich des unbequemen Zeugen.

Der Bursche hinter ihm schlug ihm mit dem Handrücken ins Gesicht. »Na los!« sagte er.

»Keine Spuren!« mahnte der Schurke, der zu seinem hispano-albanischen Akzent zurückgefunden hatte. Die Mahnung ließ Conny hoffen.

»Noch nicht«, sagte er. »Es steht alles auf den Disketten, die sie beschlagnahmt haben. Durch ein Paßwort geschützt.«

»Deine Disketten sind leer!« verkündete der Lampenheini. Er klang ein bißchen unsicher.

»Bis auf die beiden, die ihr nicht gefunden habt.«

Möglicherweise war das ein unkluger Hinweis. Es folgte ein weiterer Fußtritt in den Rücken.

»Laß mich das erledigen«, sagte eine heisere Stimme, deren russischer Akzent echt schien. Der dritte Mann stieß sich mit aller Kraft von dem übervollen Bücherregal ab, dessen mühsam aufrecht erhaltene Stabilität vermutlich schon unter den Eingriffen der Kripo gelitten hatte. Es geriet ins Wanken, schien für einen drohenden Augenblick jedoch sein Gleichgewicht zu bewahren – und stürzte mit donnerndem Getöse in sich zusammen. Die Schreibtischlampe fiel zu Boden. Der Lampenheinrich schrie vor Schreck auf. Conny vernahm das Splittern der CD-Hüllen und das Knirschen der zerdrückten Stereo-Anlage. Bücher flogen bis zu ihm herüber. In der Kneipe unten mußte die Decke beben.

Der Urheber des Chaos stand im Licht, das ihn von unten anstrahlte, und lächelte böse. Ein schwarzhaariger junger Mann, das lockige Haar im Nacken zu einem dekorativen Zopf gebunden. Conny hätte ihn lieber als Balalaika-Solisten im Tunnel am Alex erlebt. Dafür war er ein bißchen zu gut gekleidet. Er kniete neben Conny nieder und hielt plötzlich eine lange Klinge in der Hand. Conny schloß die Augen.

»Du wirst dieses *Paßwort* vergessen«, sagte er. »Für immer und ewig.«

Conny öffnete die Augen und sah die Klinge niederfahren. Er spürte keinen Schmerz. Er merkte nur, daß er den Oberkörper nicht mehr bewegen konnte.

In diesem Augenblick klingelte es.

Für Sekunden erstarb jede Bewegung.

»Wer ist das?« fragte Lampenheinrich ohne jeglichen Akzent.

»Die Polizei«, gab Conny flüsternd seiner Hoffnung Ausdruck. Noch immer spürte er kein Messer.

Der Mann fürs Grobe trat ihm wütend in die Rippen. »Die Bullen kommen nie nach zehn«, zischte er. Überzeugend klang es nicht.

Der Russe, wahrscheinlich eher ein Tschetschene, verschwand lautlos im Flur. Es klingelte wieder, lang und anhaltend.

»Eine Frau«, meldete der Späher. »Mit einem Fahrrad.«

Meike! Conny wußte nicht, ob er sich darüber freuen sollte. Wenn die Meike auch noch in die Mangel nahmen . . .

»Eine Bekannte«, flüsterte er. »Sie will was abholen.«

Der Synchronschurke stand jetzt im Licht. Mit angeklatschtem dunklen Haar und Ganovenbärtchen sah er ein bißchen aus wie der Zirkusbesitzer Reinhold Kwasnik aus Oberschlesien auf dem Foto in seinem Personalausweis.

»Du läßt sie rein«, flüsterte er. »Kein Wort zu ihr. Und wenn dir das Paßwort einfallen sollte, bist du tot.«

Conny versuchte aufzustehen. Es ging nicht. Erst als der Tschetschene das Messer herauszog, spürte er den Stahl unter dem Hemd an seiner Schulter entlanggleiten. Torkelnd erhob er sich. Sein Bewacher packte ihn am offenen Mantelkragen, richtete ihn auf und rammte ihm die eisenharte Faust in den Leib.

Für den Augenblick verlor Conny jegliche Kontrolle über sich. Er klappte zusammen und fand sich zusammengekrümmt im dunklen Flur an der Wand zwischen Küche und Wohnungstür wieder.

»Du gehst sofort mit ihr ins Zimmer!« flüsterte es neben ihm.

Er war nicht in der Lage, einen klaren Gedanken fassen. Die Hand auf den Bauch gepreßt, öffnete er die Tür.

»Ist dir nicht gut?« erkundigte sich Meike besorgt.

Er schüttelte den Kopf. Sprechen konnte er nicht. Er schob die Tür hinter ihr zu, nahm ihre Hand und zog sie durch den dunklen Flur auf den Lichtschein zu, der aus dem Balkonzimmer drang. Das Fahrrad hatte sie glücklicherweise auf dem Podest stehen lassen.

Meike verharrte in der Tür und sagte kein Wort. Conny, immer noch atemlos vor Schmerz, schob sie sanft ins Zimmer und verriegelte die Tür. Das war kein Schutz. Aber sie konnten die Balkontür öffnen und um Hilfe rufen. Meike mußte rufen . . .

Im Flur klappte die Wohnungstür.

»Du hattest Besuch?« fragte Meike mißtrauisch. »Habe ich euch gestört?«

Statt einer Antwort fiel Conny einfach zu Boden. Er merkte nicht einmal, daß Meike sich über ihn beugte.

Er wußte auch nicht, wie er ins Bett gekommen war. Meike saß neben ihm und versuchte ihm Pfefferminztee einzuflößen.

Er brauchte eine ganze Weile, um sich zurechtzufinden. Der Schlafzimmerschrank stand offen, Wäsche und Kleidung lagen überall verstreut.

»Was war denn los?« fragte er überflüssigerweise.

Meike sagte: »Der Kneipier von unten kam rauf, um zu fragen, ob dir was passiert ist. Ich habe ihm erklärt, dein Computer wäre abgestürzt.«

Es ging Conny schon besser. Nur wenn er lachte, tat es sehr weh.

29 The show must go on

Sah man von den Schluckbeschwerden, dem anhaltenden Schmerz in der Magengrube und drei Blutergüssen ab, ging es ihm am Morgen richtig gut. Ins Wohnzimmer guckte er nicht, und das Chaos auf dem Korridor umschritt er großräumig. Mitten im Schutt stand Meikes Rad.

Während er duschte, bereitete sie ein spätes Frühstück und drehte nicht mal das Jazzradio weg. Dave Brubeck und Paul Desmond spielten *Take Five*. Conny nahm es als ein gutes Omen. Desmond hieß eigentlich Paul Breitenfeld. Wie mochte der echte Namen von Desmondo lauten?

»Willst du mir wirklich nicht erzählen, wer das alles angerichtet hat?« wollte Meike ungefähr zum siebenten Mal wissen. Frauen sind sehr ausdauernd mit unbequemen Fragen. Conny schüttelte den Kopf. »Solche Geschichten liest du haufenweise in den Blättern, für die du arbeitest«, sagte er. »Such dir eine davon aus. Du darfst alles fotografieren. *So hausten unbekannte Einbrecher in der Wohnung eines unbescholtenen Ost-Berliner Journalisten. War die Stasi im Spiel?*«

»Habe ich längst im Kasten«, sagte Meike. »Aber wenn du mit der Story dazu nicht rausrückst . . .«

»Da mußt du noch ein bißchen warten. Fünf bis zehn Jahre, schätze ich. Die Kerle meinen es ernst.«

»Mein Gott, was hast du denen getan? Bist du dabei, den Barschel-Mord aufzuklären oder handelt es sich um die Zigaretten-Mafia?«

»Kohle«, sagte Conny und ließ bewußt offen, ob er Geld meinte oder die Mitte zwischen Feuer und Wasser.

Meike sah ihm zu, wie er Tee trank und Toastbrot aß. »Bist du wirklich okay?« fragte sie. »Ich muß nämlich los.«

»Kommst du zur Generalprobe im Friedrichstadtpalast?«

Sie zögerte. »Ist eigentlich nicht mein Job. Aber wenn ich Zeit finde . . .«

»Versuch's mal. Es könnte wichtig sein.«

Meike schaute ihn irritiert an. »Hat es was mit gestern abend zu tun?«

Conny hielt es für besser, den Geheimnisvollen zu spielen. »Falls dich jemand fragt: Du weißt von nichts. Überhaupt nichts. Das ist besser für dich.«

»Du Blödmann! Ich weiß tatsächlich nichts!« empörte sich Meike.

»Eben«, sagte Conny. Er half ihr, das Rad aus der Wohnung zu schieben.

»An deiner Stelle würde ich mal 'ne Putzfrau engagieren«, riet sie ihm zum Abschied. »Oder besser die Sperrmüllabfuhr.«

»Ich werde es mir überlegen.«

Dreißig Minuten später verließ er die Müllhalde, die einmal seine Wohnung gewesen war. Den Telefonanschluß hatten seine Besucher aus der Wand gerissen, noch bevor er nach Hause gekommen war.

In der S-Bahn fand er kaum Muße nachzudenken, während er auf jeder Station wachsam die Bahnsteigkante musterte. Die forschen Kontrolletis waren woanders unterwegs. Ungefährdet erreichte er den Bahnhof Friedrichstraße. Der Schein von Jakob steckte noch immer ungewechselt in der Tasche. Auf seiner Telefonkarte befand sich ein Guthaben von neunzig Pfennig. Das mußte genügen, um mit Timm Kontakt aufzunehmen.

»Weshalb sind Sie nicht zu erreichen?« raunzte ihn der Kommissar sofort an.

»Weil mein Telefon defekt ist. Sie können sich gerne davon überzeugen.«

»Pingel, ich habe Sie fälschlicherweise für einen vernünftigen Menschen gehalten. Das war ein Fehler. Wollen Sie mir etwa erzählen, bei Ihnen wäre wieder eingebrochen worden oder so was Ähnliches?«

»Das auch«, sagte Conny ruhig. »Aber das glauben Sie mir ja sowieso nicht. Man hatte es auf die beiden Disketten abgesehen, die bei Ihnen liegen.«

»Kommen Sie her und holen Sie die Dinger ab. Oder soll ich Ihre Steuererklärung gleich ans Sozialamt schicken?«

Sieh an, der Herr Kommissar wurde sarkastisch.

»Danke«, sagte Conny. »Behalten Sie die bitte noch ein paar Tage. Am besten im Safe.«

»Da sind doch nur Artikel und Ihre Notizen drauf. Oder? Wo stecken Sie überhaupt? Der Staatsanwalt will mit Ihnen reden.«

»Morgen«, sagte Conny. »Ich habe zu tun. Mir bezahlt niemand die Zeit, die ich bei den Behörden verbringe.«

»Morgen ist Sonnabend.«

»Ich weiß. Ich arbeite auch sonnabends.«

Wie erwartet bläkte Timm: »Aber der Staatsanwalt nicht, Pingel!«

»Dann ist es auch nicht wichtig«, entgegnete Conny leichthin. »Im übrigen ist meine Telefonkarte leer.« Das war gelogen. Das Display zeigte noch dreißig Pfennige an. Er hängte trotzdem auf und schritt munter in Richtung Palast.

Am Empfang erwartete ihn eine Überraschung. Die Pförtnerin hielt ihn auf und sagte: »Sie möchten bitte oben bei der PR-Abteilung anrufen.«

Sie wählte für ihn, vergewisserte sich, daß sich jemand meldete und reichte ihm den Hörer durch das Fenster.

»Herr Pingel?« Es war nicht Frau Fechtenberg, sondern der junge Mann namens Peer. »Herr Pingel, in der augenblicklichen Phase der Probenarbeit halten wir es für ungünstig, wenn sich die Presse ungehindert im Hause bewegt. Das werden Sie verstehen. Nach der Premiere können wir gerne neue Termine aushandeln, falls Sie noch Interesse haben.«

»Hören Sie mal«, sagte Conny aufgebracht. »Wer ist denn auf diese glorreiche Idee gekommen? Geben Sie mir bitte Frau Fechtenberg.«

»Die befindet sich zur Zeit außer Haus. Ich glaube – sie ist heute nicht mehr zu erwarten . . .«

Am Tag der Generalprobe? Die Geschichte roch oberfaul. Andererseits hatte Conny keine Lust, sich mit diesem Peer herumzustreiten.

Der sagte: »Wir haben uns verstanden, ja?« und legte auf.

Nicht besonders clever. Conny seinerseits war durchaus fähig, sich blitzschnell in eine Lage hineinzufinden, wenn es sein mußte. Diesmal mußte es. Er redete einfach weiter. »Na, das ist doch wunderbar«, sagte er. »Da komme ich gleich mal rauf zu Ihnen, und wir bereden das in aller Ruhe. Ist denn die Dame Jimena auch im Hause? – Gut, ich frage hier. Bis gleich.«

Verbindlich lächelnd reichte er der aufmerksam lauschenden Empfangsdame den Hörer zurück. »Peer sagt, Sie wüßten, ob Jimena schon im Hause ist.«

Die Frau schien verwirrt vom Ausgang des Gesprächs. »Die Spanierin?« fragte sie unsicher. »Die müßte oben im Ballettsaal sein . . .«

»Danke.« Er trug sich schwungvoll in das Besucherbuch ein und machte, daß er um die Ecke kam, bevor sie sich besann.

Glücklicherweise wuchteten draußen gerade Transportarbeiter eine Riesenkiste auf die Rampe.

Der Ballettsaal befand sich im dritten Stock hinter den Umkleideräumen. Niemand kümmerte sich um ihn, als er die Tür öffnete und eintrat. Es war nur eine kleine Gruppe von Tänzern, die unter dem Kommando einer Frau nach blecherner Musik trainierte. Jimena, wie die meisten der Aktiven in einer Mischung aus Straßenkleidung und Sportdress gekleidet, stand abseits und redete mit einer anderen Frau. Als sie sich umwandte und Conny bemerkte, erbleichte sie. So erschien es ihm jedenfalls. Vielleicht hatte sie schon vorher so fahl ausgesehen. Für einen Augenblick schien es, als wolle sie durch die zweite Tür im Hintergrund abgehen, doch Conny trat zielbewußt auf sie zu und sagte: »Guten Tag.«

»Was wollen Sie hier?« fragte sie abweisend.

»Ich dachte, wir sollten endlich mal ein paar Worte miteinander reden«, sagte Conny mit erzwungener Ruhe.

»Das hätten Sie früher tun müssen. Jetzt habe ich keine Zeit, unmittelbar vor der Generalprobe.« Ihr Deutsch klang perfekt. Sie wandte sich zur Tür. Conny blieb neben ihr. Sie zögerte, ob sie den Saal und damit ein Dutzend Zeugen verlassen sollte.

»Hier dürfen Sie nicht durch«, sagte sie.

Conny hielt ihr die Tür auf. »Früher redeten wir nicht so förmlich miteinander. Wir haben uns geduzt. Erinnerst du dich nicht?«

In dem schmalen Flur stand sie mit dem Rücken zur Wand. Sie war noch immer eine sehr attraktive Frau, obwohl ihre Tagesform nicht die beste zu sein schien. »Was wollen Sie von mir?« fragte sie leise.

»Das sagte ich schon: mit Ihnen reden, Verena Jelena Juanita Jimena Novakova-Gonzalez-Hegemann. Wahrscheinlich sind inzwischen noch ein paar Namen dazugekommen.«

Sie versuchte zu lächeln. »Ich habe dich sofort erkannt, Conny. Und ich habe gehofft, du würdest mir kein Unglück bringen.« Ihr Lächeln war inzwischen strahlend aufgegangen. Sie trat sehr nahe an ihn heran und legte die Hand auf seine Schulter. »Wir treffen uns nach der Generalprobe und sprechen über alles. Einverstanden?«

Es fiel ihm leicht, der Verheißung in ihrer Stimme zu widerstehen. »Nein«, sagte er fest. »Wir reden jetzt. Und nicht unbedingt auf dem Flur.«

Sie versuchte es noch einmal. »Ich habe zu tun!« sagte sie barsch und machte ein paar Schritte zu der Tür hin, durch die sie gekommen waren.

»Gut!« entgegnete Conny laut. »Wie Sie wünschen.« Er öffnete die Tür zum Treppenaufgang. »Ich kenne den Weg zum Direktor.«

Sie kam sofort zurück und legte ihren Finger auf seine Lippen. »Nicht hier!« flüsterte sie. Am Treppenhaus vorbei führte sie ihn in einen leeren Büroraum. Sie hatte sich recht gut gefangen. »Was ist so wichtig für dich?« fragte sie.

»Zum Beispiel mein Freund Merten. Er war dir auch mal sehr wichtig.«

»Mein Gott, Merten. Er ist schon so lange tot . . .«

Conny kam nicht umhin, ihr schauspielerisches Talent zu bewundern. Es sah wie echte Trauer aus.

Er sagte hart: »Und nur wir beide wissen, wer ihn umgebracht hat.«

Sie blickte ihn an wie ein weidwundes Reh und protestierte: »Es war ein tragischer Selbstmord!«

»Natürlich. Für so etwas war dein Herr Gemahl ja Fachmann. Praktischerweise hat er selber die Obduktion durchgeführt.«

Die Frau mit den vielen Namen hob abwehrend die Hände. »Davon weiß ich nichts. Wir sind längst geschieden. Er ist in den Staaten geblieben. Ich habe nichts damit zu tun.«

»Auch nicht mit dem Tod meines Freundes Joe? Weshalb habt ihr den umgebracht? Weil er dahintergekommen war, wer seinem Neffen Sascha das Heroin verkaufte? Oder ging es doch um Mertens Tod? Joe hatte dich erkannt, und du wußtest, daß er mit mir über Merten gesprochen hat.«

Jimena hatte erheblich von ihrer Tagesform eingebüßt. Sie war jetzt wirklich weiß wie die Wand. »Damit habe ich nichts zu tun!« stieß sie noch einmal hervor.

»Du hast immer Männer gefunden, die dir die Dreckarbeit abnehmen. Diesmal war es dein Freund Desmondo. Ich bin nur nicht gleich darauf gekommen, wer mein Auto und meine Wohnung abfackeln wollte. Und daß er nicht nur Illusionist, sondern auch ein geschickter Verwandlungskünstler ist.«

Jimena sah jetzt aschgrau aus. »Er ist verschwunden«, sagte sie unglücklich. »Diese Leute sind sehr gefährlich. Sie haben ihn dazu gezwungen.«

Ihr weinerlicher Ton regte Conny auf. »Haben die ihn auch gezwungen, die kleine Schwimmerin zu töten?« brüllte er.

Ihre Augen irrten herum, als erwarte sie von irgendwoher Hilfe. »Das war eine persönliche Angelegenheit. Sie war schwanger von ihm.«

Conny senkte die Stimme. »Ist er wirklich so dämlich, sich von einem kleinem Mädchen täuschen lassen? Sie wollte ihm einen Schreck einjagen, mehr nicht. Aber sie wußte genau wie Joe, wer den Drogenhandel hier im Haus in der Hand hat. Oder haben will. Nur darum geht es doch!«

Ihre starkgeschminkten Augen waren weit aufgerissen. »Du arbeitest für die Polizei. Das habe ich von dem Moment an geahnt, wo ich dich in der Kleinen Revue erkannte. Du warst schon immer ein – ein Schnüffler . . .«

Leider nicht, dachte Conny. Sonst wäre ich dir vor fünfzehn Jahren auf die Schliche gekommen. Und ich hätte sofort gewußt, wer den angeblichen Junkie und die platinblonden Frauen auf der Treppe spielte.

»Wirst du mich jetzt verhaften lassen?« fragte sie heftig. »Weil ich die einzige bin, die ihr bekommen werdet? Desmondo ist seit gestern nicht in seiner Pension gewesen . . .«

Conny fuhr sie grob an: »Er hat den Braten gerochen und ist rechtzeitig abgehauen!«

Sie schüttelte den Kopf. »Nicht ohne mich«, sagte sie. »Die haben ihm was angetan.«

»Weshalb sollten sie?« fragte Conny. Unwahrscheinlich war es nicht, wenn er über den gestrigen Abend nachdachte.

»Er hat zu viel Aufsehen erregt. Das ist nicht gut für ihre Geschäfte. Du störst sie auch. Und nun ich . . .«

Sie schlug die Hände vor das Gesicht, als käme ihr erst jetzt zum Bewußtsein, worauf sie sich eingelassen hatte.

»Wer sind diese Kerle?«

»Ich weiß es nicht. Nur Desmondo kennt sie. Aber die waren nicht zufrieden mit ihm.«

»Und wie bist du an diese Scheißkerle geraten?«

Jimena glaubte wohl, so etwas wie Mitleid aus seiner Frage herauszuhören. Sie stürzte auf ihn zu und klammerte sich an ihn. »Wenn man mir eine neue Identität gibt und genügend Geld, sage ich alles! Alles. Ich weiß eine Menge!«

Conny hielt ihre Handgelenke fest und schob sie von sich. »Du überschätzt meinen Einfluß.« Er erkannte jetzt, was mit ihr los war. »Du hast selber einen Schuß nötig. Damit haben sie dich gekriegt!«

Sie fiel zusammen wie eine Schlenkerpuppe. Conny kam nicht umhin, sie mit beiden Armen zu umschlingen und festzuhalten. Ihr Körper war weich und nachgiebig. Sie roch nach Theaterschminke, Parfüm und ein wenig nach Schweiß. Die Augen hielt sie geschlossen. »Ich habe dich immer gemocht«, flüsterte sie. »Du mußt mir helfen.«

Bevor er sie auf einem der beiden Schreibtische absetzen konnte, öffnete jemand die Tür. Die Choreografin kam herein und sagte: »Sorry, Jimena. Die Umbesetzung wartet.«

Jimena löste sich aus seiner Umarmung. »Ich komme«, sagte sie mit ganz normaler Stimme und verließ schnellen Schrittes den Raum. Ohne sich noch einmal umzusehen.

»The show must go on.« Die Choreografin lächelte Conny entschuldigend zu. »Heute ist Generalprobe.«

Conny lächelte zurück. Ein bißchen gezwungen allerdings. »Toi, toi, toi!« sagte er.

30 Generalprobe

Er überlegte lange, ob er Timm noch einmal anrufen sollte. Schließlich versuchte er es, erreichte aber nur einen begriffsstutzigen Kollegen, der über Timms Verbleib nichts sagen wollte. Dann eben nicht. Jetzt war die Telefonkarte wirklich leer.

Aber da steckten noch die fünfzig Mark von Jakob in der Tasche, und der Grieche lag um die Ecke. Das Restaurant war ein bißchen voller als beim letzten Mal. Der Wirt winkte ihm zu und wies auf einen Zweiertisch im Hintergrund. Er kam gleich mit einem großen Ouzo zu Conny und sagte: »Es tut mir sehr leid. Ich habe gehört, was passiert ist.«

Conny nickte ihm schweigend zu und trank den Ouzo. Er bestellte die Vorspeisenplatte und eine Hammelhaxe. Dazu ein großes Bier.

Er hatte die Haxe kaum angeschnitten, als sein Appetit schlagartig schwand. Dagegen half nicht einmal ein zweites Bier. Und kein zweiter Ouzo. Als der Wirt den brachte, erkundigte er sich besorgt: »Schmeckt es Ihnen nicht?«

»Doch, doch«, beteuerte Conny. »Ich kriege einfach nichts runter.«

»Macht nichts. Ich packe es Ihnen ein. Darf es noch ein Ouzo sein?«

Als er ein paar Stunden später bezahlte, wußte er nicht mehr, wieviel Ouzo er getrunken hatte. Der Schein reichte knapp für die Rechnung. Der Wirt gab ihm die Hand und sagte: »Ich habe auch eine Tochter. Wenn der so etwas passieren würde . . .«

Conny ging geraden Schrittes auf den Ausgang zu. Die Tüte mit der Haxe vergaß er vorsichtshalber.

Er betrat den Palast durch den Vordereingang und zeigte

seinen Presseausweis. Der kritische Blick des Sicherheitsmenschen entging ihm. Er suchte sich einen Platz an der Seite. Eine ältere Frau neben ihm rümpfte unwillig die Nase und stand auf. Conny war nicht in der Stimmung, darauf zu reagieren. Weshalb saß er eigentlich hier? Es bereitete ihm Mühe, jetzt an Kalvenkämper zu denken und an die Verwicklungen, die ihm mit dem Computer bevorstanden.

Endlich erlosch das Saallicht, und der Vorhang öffnete sich. The show must go on, dachte Conny, und die Show ging wirklich los. Es war alles viel prächtiger, als er es sich nach den Probeneindrücken vorgestellt hatte. Die Ausstattung mit der stilisierten Markthalle, aus der bald ein bunter Zirkus wurde, überraschte ihn. Die Musik klang brillant, die Solisten waren gut bei Stimme, und die Berlin Girls warfen die schlanken Beine absolut synchron in die Luft.

Jemand stieß ihn an. Er reagierte erst beim zweiten Mal. Es war Meike. »Bißchen weiter vorne wäre besser gewesen«, beklagte sie sich, während sie ihre Kameras einrichtete.

An Meike hatte er gar nicht mehr gedacht. Es war nicht gut, wenn man sie zusammen sah. Er war sicher, daß der Tschetschene und seine Kumpels ihre Späher im Saal hatten. Er blickte sich um, vermochte aber nur die Nächstsitzenden zu erkennen, die gebannt zur Bühne starrten.

»Hat Kalvenkämper dich erreicht?« fragte Meike. »Er meint, deine Palast-Story wäre augenblicklich viel zu heikel.«

Conny war weit davon entfernt, die Tragweite dieser Botschaft auf sich wirken zu lassen. Unbeirrt wandte er sich wieder der Bühne zu. Dort war inzwischen das Hubpodium herunter gefahren. Es schien eine Stockung zu geben. Auf der Vorbühne gähnte das dunkle Loch. Der Regisseur, der mitten im Saal saß, sprach aufgeregt in sein Mikrofon. Allmählich brach Unruhe aus. Eine männliche Stimme sagte über die Lautsprecheranlage: »Wir unterbrechen für einige Minuten.«

Conny erinnerte sich, daß jetzt die Schwimmerinnen und

die Matrosen an der Reihe waren, und danach das himmlische Duo. Er stand auf und sagte zu Meike: »Komm mit!«

Meike folgte ihm widerspruchslos. Sie liefen den Abgang zur Vorbühne hinunter und tauchten seitlich unter der Dekoration durch. Niemand hielt sie auf. Ohne zu zögern, fand Conny den Weg zur Treppe und sprang, mehrere Stufen auf einmal nehmend, hinunter. Vor ihm rannte jemand um die Ecke. Das mußte der richtige Weg sein. Hinter ihnen kam noch jemand. Sie bogen um eine weitere Ecke. Dort führten die Stufen zur Hubzentrale. Die schwere Tür stand offen und etliche Leute drängten sich vor dem Wasserbecken.

Die Schwimmerinnen in ihren spärlichen Hula-Kostümen standen dicht gedrängt an der Wand, so weit wie möglich von dem erleuchteten Bassin entfernt. In dem bläulichen Wasser schwamm etwa einen Meter über dem Boden eine vollständig bekleidete Frau. Sie bewegte sich nicht. Nur ihre dunklen Haare wallten im Scheinwerferlicht.

Obwohl es in dem Raum sehr warm war, kroch Conny ein Schauer über den Rücken. »Jimena«, sagte er leise.

»Sie kennen die Frau?«

Conny erkannte die Stimme des Mannes, der hinter Meike hereingekommen war. Er drehte sich langsam um, streckte dem Kommissar Timm die gekreuzten Hände hin und sagte: »Ich war der letzte, der eine Auseinandersetzung mit ihr hatte.«

Meike fotografierte, was der Apparat hergab.

Timm sah ihn mißtrauisch an und schnupperte. »Sie sind betrunken, Pingel«, stellte er fest.

»Zum Glück«, entgegnete Conny und ließ die Hände sinken. Am liebsten hätte er sich auf den Boden gesetzt und geweint. Aber das hätte Timm wahrscheinlich noch weniger verstanden.

31 Epilog

Für zwei Tage verdrängte die sensationelle Wasserleiche den Finanzminister samt Rentenreform aus den Schlagzeilen der Tagespresse. Über die Hintergründe der *Todesserie im Weltstadtvarieté* liefen die heftigsten Spekulationen um, in denen *Der Geist des Hauses* in allen historischen Schattierungen beschworen wurde. Den Käufern der Boulevardblätter ersparten Meikes gestochen scharfe Fotos ohnehin die mühevolle Tätigkeit des Lesens. Es verging fast eine Woche, bis Conrad Pingel zum ersten Mal den beunruhigenden Aufmacher entdeckte: *Berliner Heroinmarkt in den Händen der Russenmafia?* In dem Artikel war von den neuen Paten aus der alten Sowjetunion die Rede, von den *Dieben im Gesetz*, wie sie nach russischer Tradition hießen. Vier von ihnen, längst durch die Anstiftung zu Gewaltverbrechen, Schutzgelderpressung, Prostitution, Drogenhandel und Geldwäsche aufgefallen, residierten in Berlin: ein ukrainischer und ein georgischer Ring, die sogenannte Dolgoprudenskaja – und die Tschetschenen.

Conrad hatte es vorgezogen, vorläufig nicht in seiner verwüsteten Wohnung zu nächtigen und statt dessen Rolf und Brittas Gästezimmer samt dem Computer des Sohns zu nutzen. Seit Jimenas Tod war er sicher, den wahren Hintergründen der Todesfälle mit seiner Version sehr nahe gekommen zu sein. Gefährlich nahe. Daran änderten Timms Zweifel nichts. »In Ihrer Zeitung können Sie das alles schreiben«, äußerte der Kommissar locker. »Selbst die alte Geschichte mit dem Pathologen und Ihrem toten Freund. So etwas lesen die Leute immer gerne. Besonders, wenn auch noch die Stasi mitspielt. Wir dagegen halten uns ausschließlich an Tatsachen, die sich beweisen lassen.«

Dennoch konnte nicht einmal der chronische Geldmangel Conny veranlassen, sein Wissen in der Öffentlichkeit breitzutreten. Aus gutem Grund: Von Sascha Senkpiel einmal abgesehen, hatten ihm die Toten auf die eine oder andere Weise zu nahe gestanden, um damit die Presse zu füttern. Vielleicht war auch ein bißchen Feigheit im Spiel, da war er sich nicht so sicher. In der reichhaltigen Fotosammlung bei der *Organisierten Kriminalität* in Tempelhof hatte er inzwischen den Tschetschenen als einen gewissen Valeri Rasumow wiedererkannt, zwischen Barcelona und Kasachstan mit internationalem Haftbefehl wegen zahlloser, unter ebenso vielen Namen begangener schwerer Straftaten gesucht, darunter Drogenschmuggel und Körperverletzung mit Todesfolge. Der falsche Ausländer entpuppte sich als der in Artistenkreisen unrühmlich bekannte Henry Hunger, der bei seiner Vernehmung von nichts wußte, niemanden kennen und sich an nichts erinnern wollte. Conny verzichtete darauf, ihm gegenübergestellt zu werden, und der Haftrichter entließ Hunger. Der gewalttätige dritte Besucher, ein mehrfach vorbestrafter Dealer aus dem Milieu des Drogenstrichs in der Kurfürstenstraße, blieb ebenso spurlos verschwunden wie der Verwandlungskünstler Desmondo, den selbst Kommissar Timm dringend verdächtigte, den Tod von Hansjoachim Becker und Alice Jädicke, möglicherweise auch den von Jimena Novakova verschuldet zu haben. Durch den aktuellen Fund von zwei nahezu skelettierten Leichen im Müggelheimer Forst mit Arbeit überlastet, erfuhr Timm erst drei Wochen später das Ermittlungsergebnis seiner bayerischen Kollegen. Die hatten am Morgen vor der Generalprobe auf einem Rastplatz an der Autobahn A 9 Berlin–Nürnberg aus dem ausgebrannten Wrack eines Berliner Mietwagens eine bis zur Unkenntlichkeit verkohlte Leiche geborgen. Mit einigem Aufwand war sie als die des aus Hagen in Westfalen stammenden Dietger Barczikowski identifiziert worden, unter dem Namen Desmondo als Zauberkünstler bekannt.

Die Nachricht von Desmondos unheilvollem Ende war wenig geeignet, Conny zu beruhigen. Andererseits konnte er sich nicht für sein weiteres Leben versteckt halten wie ein redseliger Mafioso. Er kehrte in seine demolierte Behausung zurück und begann mit Rolfs Hilfe die Renovierungsarbeiten.

Frau Fechtenberg rief ihn an, um ihm zwei Karten für die ausverkaufte Sonntagsvorstellung anzubieten und sich ganz nebenbei nach der Artikelserie zu erkundigen. *Der Geist des Hauses* lief mit unerwartetem Erfolg und hatte glänzende Kritiken.

Am Sonnabendmittag kreuzte Conny bei Meike auf, die ihn freudig, und doch mit überraschender Zurückhaltung zum Essen einlud. In der winzigen Küche war nämlich ein weiterer Besucher gerade dabei, ein üppiges Festmahl zuzubereiten. Die farbenfreudige Schürze kleidete den Kommissar Dietmar Timm nicht unvorteilhaft. Er schien sich vor Conny jedoch ein wenig zu genieren.

Erleichtert schlug der die Einladung aus. Seit langem hatte er sich vorgenommen, nach Reinickendorf zu fahren und die Frau zu besuchen, die er zum ersten Mal auf dem Flur vor Timms Dienstzimmer gesehen hatte. Bei Alices Beisetzung hatten sie nur wenige Worte miteinander gewechselt. Zu wenig, wie er fand.

Personen und Handlung dieses Romans sind frei erfunden – mit Ausnahme der Geschichte der beiden Friedrichstadtpaläste, aller historischen Persönlichkeiten sowie gewissen Eigentümlichkeiten der Berliner Presse und Lokalpolitik.

Mein Dank gilt den alten Jazzfreunden um Alfons, vor allem Helga, Friedel und Gene, der unsere Freundschaft zusammenhält, ferner Markschiess van Trix und seinem Erinnerungsvermögen, dem Zirkuskenner Klaus-Dieter Kürschner, meinem Freund und Kollegen Reinhard Kettner aus der Karlstraße, meinen selbstlosen Freunden Kurt und Gritta, meiner ideenreichen Tochter Lilly und meinem Sohn Kai, dem Breakdancer und seinen Freunden, Daniel Chavarrìa, der mir den Namen seiner Heldin Jimena auslieh, und den Mitarbeitern des alten und des neuen Palastes, besonders Günter Strohbach und Klaus Priesent, und allen anderen, die – manchmal unfreiwillig – zu diesem Buch beitrugen.

J.E.